JN307507

新潮文庫

死の枝

松本清張著

新潮社版

2226

目次

死の枝

交通事故死亡１名

1

東京の西郊外に伸びるI街道という古い街道がある。往昔は、鎌倉に通じた道路だが、今もそのころの面影をいくらか残していて、幅のせまいその道はうねうねと曲がって一筋に西に向かって僃っている。区画整理からも取り残されているので、舗装にはなっているものの、その原形をよろこぶ趣味家も少なくない。

それにI街道の傍には武蔵野の名残りがあった。樹齢の経ったケヤキの林は高々と空に伸び、それが両側だと、昼間でもその道が暗いくらいだった。街道沿いには商家がたちならび、団地も出来ているが、それでも柴垣を結った農家も存在し、雑木林の奥には藁ぶきの屋根がのぞいているのである。

その道は一本のままとは限らない。ところどころで二つになったり、三つに岐れたりしている。その角には必ず道祖神を祀る祠があった。祠の前には花が絶えない。その傍には、字もよく読めないような風化した石の道標が建っている。行先をしるした地名は江戸のころから由緒深い。その方角をのぞくと、そこにもケヤキの木立が径の上に枝を掩いかけている。I街道はそういう道であった。

しかし、近ごろのことで、この旧い街道も自動車の通行が激しくなった。団地が出来、住宅地がふえるに従い、それまで間道のようにみられたこの街道が普通なみの車の往来の道路になってしまった。

道幅は狭い。車のすれ違いがやっとのことで、そんなとき、通行人は家の軒下に立たねばならなかった。しかし、さすがにそれも昼間で、夜になると車の交通量は減った。

さて、早春の午後九時すぎのことだった。正確には三月十日である。

紅玉タクシーの運転手小山田晃は、吉祥寺駅から拾った客を乗せてI街道を走っていた。行先はKという町で、客は九時四十分ごろまでには先方の家に着きたいから急いでくれといっていた。

I街道は空いていた。昼間と違い、車も少なく、人の歩きも絶えている。走りよい条件であった。客が二度も腕時計をのぞくのがバックミラーに見えた。三十前後の、サラリーマン風の男で、黒のうすい手提鞄を持っていた。

「間に合うかい？」

客は途中で訊いた。

「へえ、何とかその時間までには行けそうです」

いま、六十キロぐらい出していた。この調子だと、あと三十分以内でK町に入れそうだった。

前方には、大型の白ナンバーが走っていた。これはタクシーが駅から五百メートルくらい行った交差点から出てきたもので、同じ方角に向かうとみえて、以来、ずっと前を塞いでいた。

向うも六十キロくらい出しているので、小山田運転手もそう気を焦ることはなかった。近ごろのオーナー族には運転未熟の者が多くてタクシーは迷惑しているが、その大型車は慣れた者が乗っているとみえ、上手に走っていた。小山田は安心して、その車のすぐ後ろについた。こっちのヘッドライトが照らし出しているのは、後ろ窓越しにみえる運転者の背中だけであった。印象では、中年男のようだった。同乗者はなかった。

Mの町をすぎて一キロばかり行くと、街道は二股のところにくる。左がK町に行く道だが、これは本街道より一層狭くなっている。小山田運転手は、その道に入ったら自分の車だけになれると心待ちしていたところ、前方車の尾燈が赤く瞬き出した。スピードを落としたのだ。小山田は、おや、と思ってこっちも速力を落としたが、大型車はサインを出して左の道に曲がった。

小山田運転手は少しがっかりした。大型車はあのままＩ街道をまっすぐに向かうものと思っていて、あとはひとりで走れると愉しみにしていたのだが、ここでも相変らず、その車に前を塞がれることになった。やはり、Ｋ町方面に行くらしい。

両側の木立が黒く逼っていた。客がいくら急いでいても追越しは不可能だった。また、その必要もなかった。前方車は馴れた運転ぶりで、やはり六十五キロを出していた。この狭い道を六十五キロでは速力の出しすぎだが、先方も急いでいるらしい。小山田はそれを幸いにやはりすぐあとにつづいていた。両方の車の間隔は二メートルとはなれていなかった。

「君、間に合うか？」

と、客はまた聞いた。

「はあ、大丈夫です」

「前にイヤな車がいるな。あれさえいなかったら、いいんだがな」

「いや、向うも相当速いですから、大丈夫ですよ」

左側に畠がひろがっていた。その向うに団地の灯が見えた。道は直線になった。もう少し行くと、橋になるはずだ。道路が狭いだけに橋の幅もせまい。長さ二十メートルくらいのその橋を越すと、Ｋ町の入口となる。小山田はこの辺には度々来ているので、地理には詳しかった。

ああ、もう橋のところに来たな、と小山田は思った。両車とも速力は落とさないままである。約二メートルの間隔もそのままであった。

大型車は橋にかかった。向うのヘッドライトで、コンクリートの白い橋の手すりが見えた。前方車は橋の上を走った。こっちも橋の上に乗った。K町の入口がすぐそこだと思うと、小山田も速力を落とす気にはなれない。

橋のほぼ中央あたりをすぎた時であった。

前方車の赤い尾燈が急に炎のように燃え立ったと思うと、けたたましい軋り音を立てて停まった。停まったといっても完全停止ではなかった。車体を揺るがし、十メートル以上はスリップした。

眼を剝いたのはそのすぐ後ろの小山田だった。心臓が頭まで刎ね上がったようになった。その中で起こった咄嗟の判断は、急ブレーキをかけても間に合わぬ、前方車への追突必至ということである。それは彼の長い間の経験からくる本能のようなものだった。

彼は、ブレーキを踏むと同時にハンドルを左に切った。なぜ、左に切ったかといえば、前の車が右に寄っていたからである。

　すると、今度は彼の車のヘッドライトが、真昼のような光の輪の中に一人の男が、橋の手すりを背に立ちすくんでいる姿を映した。それは、まるで光の中に翅をひろげた昆虫が飛びこんでくるような感じであった。

　小山田は全力を脚に入れてブレーキを踏んだ。間に合わない、と絶望した。男の逃げ出す姿が、彼の眼に映ったのが最後である。異常な衝撃で彼自身の身体も前にのめり、胸を鉄棒で殴られたようになった。音響と、噴煙のような埃が前に舞い上がるのだけは知った。

　しかし、その意識の喪失も長くはなかった。彼は激しく肩をゆすられて、自分に返った。

「おい、運転手さん、おい、おい」

　声が耳もとでした。睡眠から起こされるときのようなただの大声ではなく、悲鳴に近かった。小山田は朦朧と眼を開けた。自分の客の顔が傍にあった。運転台の横窓から首を突っ込んでいた。

「おい、大丈夫か。大丈夫なら、こっちへ降りてこい。大変だぞ」

2

業務上過失致死罪の疑いで逮捕された紅玉タクシー株式会社運転手小山田晃（三一）の分。

警察署での陳述。

「そのときは時速六十五キロで走っていました。前の大型車もそのくらいでした。道は狭かったが、あまり人通りのない通りですから、それくらいのスピードは出せました。それに、お客さんが九時四十分までにはK町の訪問先に着きたいということでしたから、つい、急いでもいました。前方の車とあまり間隔がなかったのは、つい、そんな気持があったためです。

前の大型車は運転が馴れていて、別に危なっかしいところもなかったので、すぐ後ろについて走っていても警戒はしませんでした。ですから、あの橋のところに来たときも、そのまま速力も落とさず、間隔もあけませんでした。全く、すっかり安心していたのです。ところが、いきなり、あすこで前の車が停車したので、ぼくは泡を喰ってブレーキをかけたが、もう間に合いませんでした。いいえ、男の人が橋の手摺りのところに居たとは全然気がつきませんでした。ぼくのほうからは見えなかったのです。

ハンドルを左に切ってヘッドライトがその人を映すまでは、人間がそんなところに立っているとは全然、知らなかったのです。何しろ、六十五キロの速力ですから、少々遠くにいてもあっという間に近づきます。それに、前の車が視界を塞いでいたからよけいに分からなかったのです。ハンドルを左に切ったのは、前の車が急停車したとき右側に寄ったためで、それに追突してはならないと思ったからです。そっちに気を奪られて、よけいにその人のいることが分かりませんでした。……ぼくはタクシーの運転手をして十年近くになりますが、こんな大事故を起こしたのは初めてです。いえ、小さな事故も起こしたことはなく、会社では模範運転手となっています。罪はぼくだけではありません。あんなところで急停車した前の大型車にもあります。あんな無茶なことさえしなかったら、こんなことには絶対になっていません」

小山田のタクシーの乗客、会社員栗野兼雄（二七）の証言。

「小山田運転手の云う通りです。ぼくはあのタクシーに吉祥寺駅前から乗ったのですが、前の大型車は、公園の横の四つ角からずっと前を走りつづけていました。ぼくもK町の佐伯という友人の家を九時四十分までに訪ねなければならなかったので、少し急いでくれと運転手に云いました。向うの車はぼくの行く方向にずっと走っていました。I街道の岐れ路でも、そのまま街道を真直ぐ行くのではなく、やはり左に曲がってK町に向かうのです。

ところが、あの橋のちょうど真ん中あたりに来たとき、前の車の制動燈がぱっと点いて、ギ、ギッと音がしたかと思うと急停車したではありませんか。それはぼくもはっきり眼で見ています。とたんにぼくの身体は前につんのめりました。小山田君が急ブレーキをかけ、車を左に曲げたのです。そのとき、眩しいばかりのヘッドライトの中に男の姿が両手をひろげるようにして見えました。ぼくは思わず眼をつぶりました。次に強か左肩を打ちました。ぼくがとっさに身をシートの上に横たえたため、その程度の打撲で済みました。

車が停まってからぼくはこわごわと起き、ドアをあけて下に降りました。そのときは向うの大型車も停まっていて、中から運転していた男があわてて出てくるのが見えました。すると、その男の横から赤いセーターの女が走ってくるのが見えました。ぼくは初め、その女の人も同じ車に乗っていたのかと思ったくらいです。ぼくが見ると、男は俯伏せになって橋の手摺りのすぐ下に倒れていました。ちょっと見ると、気を失ったような恰好です。ぼくはそこにしゃがみ、その男の肩に手を当てて抱き起こそうとしました。すると、胸のあたりからどくどくと血が流れ出るじゃありませんか。ぼくはびっくりして、その男をまた路面に置きました。血はその人の脇からだんだんにひろがってきます。それで、これはもういけないいな、死んでいるな、と思ったのです。手を男の脈にこわごわながら当ててみましたが、脈搏は感じられませんでした。

　そんなことをしているうちに、その大型車に乗っていた人はまだぼんやりと立って倒れた人を見ているのです。あまりのことにびっくりして、どうしていいか分からないといった顔つきでした。そのとき、傍に寄ってきたセーターの女の人がわっと泣き出しました。ぼくは、それで初めてその女の人が倒れている男と知合いだと覚ったのです。女の人は倒れている人の傍にしゃがむと、その肩に手を当てて、何とか名前を呼んでいました。そのたびに倒れた身体の下から血が橋の上にひろがるばかりです。ぼくは、そんなにしてはいけない、助かるものも助からなくなると思って、よしなさい、と云って止めました。そして、この近くに公衆電話があるなら、すぐに一一〇番に電話をかけたほうがいい、と云ったんです。

　すると、それまでぼんやりしていた大型車の人がうわずった声で、このへんに公衆電話があるか、と女の人に訊きました。女の人はただうしろを向いて指をさすだけでした。その男の人は一生懸命に走って行きました。

　ぼくは運転手のことも気になったので、タクシーの傍に戻りました。運転手はハンドルを握ったまま倒れ、首をがくんと前に垂れています。ぼくは運転手も死んだのかと思いました。しかし、とにかく大声を出して肩をゆすり、おい、おい、と怒鳴りつづけてみたんです。すると運転手が動いたので、やれやれ運転手だけは助かったなと思いました。しかし、運転手の小山田君がすっかり意識をとり戻し、タクシーから降りるまで十五分間ぐらいはかかったでしょう。やっとのことで彼を男の傍につれて行ったとき、さっき電話をかけに行った人も戻っていました。女の人は泣いてばかりいました。ぼくは、あの乗用車が急に停まったのがいけないと思います。なんでも彼の話だと、その女の人が急に飛び出したので、あわてて急ブレーキをかけたそうですが……」

都内新宿区の電気器具卸販売業朝日商会社長浅野二郎（あさのじろう）（三六）の分。

「あの晩、ぼくはＫ町にある電器屋さんの橋本（はしもと）さんを訪ねに行っていました。その店は九時半には戸を入れるので、あの速力で飛ばしていました。それに自動車も少なかったものですから。うしろからタクシーがついて来ていることはもちろん知っていました。絶えずヘッドライトがぼくの背中に当たっていましたから、少し接近しすぎているな、とは思いましたが、タクシーの運転手は無茶なことをするのが普通ですから、もう少し離れていろとも云えませんでした。それに狭い路ですから、ぼくが途中で路を譲り、タクシーを先に出すということも出来なかったのです。タクシーのほうも追い抜くつもりはない様子で、ただ近距離で後続していたから、まあ、そのままにしていたのです。

あの橋のところに来たとき、左側に男の人が立っていたのは、もちろん、ぼくは自分のヘッドライトで見えていました。変なところに今ごろ立っている人もあるんだなア、と思ってました。つい、眼がその男に行ったのが、あるいは失敗だったかも分かりません。ふと正面を見ると、ライトの中に赤いものをきた人間が走りこんでくるではありませんか。ぼくはびっくりしてブレーキを踏みました。とっさのことですが、すぐうしろにタクシーがつづいていることを意識していましたが、人間を轢き殺してはいけない、という本能から急停車をしたのです。ブレーキを強く踏んだのでタイヤは停まったままスリップしました。ぼくもあんな経験は初めてです。その女の人を避け得たときは安心しましたが、心配なのは後続車です。ぼくはてっきり追突されると思って身体を運転台にかがめました。しかし、その衝撃はなかったので、追突は免れた、と思いました。

ふと、うしろを向くと、タクシーが橋の手摺りすれすれのところに斜めになって停まっているではありませんか。ぼくは初め、そこで人が死んだとは知らず、タクシーの故障だと思って自分の車から降りたのです。そしてそこに歩いて行って初めて、さっきちらりと見た男が俯伏せになって倒れているのを見たのです。それから、赤いセーターを着た女がぼくとならんでぼんやりと男を見つめていましたが、突然、何か叫ぶと泣き出してしまいました。この女が車の前を横切ろうとした人だと、初めて知ったわけです。タクシーから降りた客がその仆(たお)れた男の傍に行き、身体を起こしていましたが、とたんに胸から血がどくどくと流れ出ました。ぼくはえらいことになったと思いました。直接に自分がやったのではないが、急停車をしたばかりにタクシーがその人を橋の手摺りに押えつけて突き当たったのです。手摺りはコンクリートで出来ているし、まるでタクシーがその人を煎餅(せんべい)のように圧(お)し殺したようなものです。

ぼくが呆然(ぼうぜん)としているところへ、タクシーから降りた客が、早く一一〇番に連絡しなければいけない、このへんに公衆電話はないかと、女の人に訊(き)きました。女の人はもう脚が震えて動けないようなふうで、ただうしろのほうを向いて指さしました。それで、ぼくは無我夢中になって電話のあるほうへ駆け出したのです。一一〇番に電話をかけてもどってくると、ほとんど同時に運転手が車から降りて来ました。彼はぼくの顔を見ると物凄(ものすご)い見幕で、おまえが急停車するからこんな事故になったと、食ってかかって来ました。そう云われると一言もないわけですが、ぼくだってあのとき女の人が前を横切らなかったら急停車なんかはしません。ぼくはこれでも免許を取って六年になるし、車は始終使いつけているので運転には自信があるのです。ぼくから云わせると、あの女がいけないのです。車の走ってくるところに飛び出すなんて無茶です。それは速力も少し出しすぎだったかも分かりませんが……」

赤いセーターを着ていた女池内篤子（二四）の分。

「亡くなった吉川昭夫さんは、あのときわたしを橋のところで待ってくれていたのです。恥を申しあげますと、吉川さんとは二年くらいの愛情関係でした。吉川さんはM町の人で、飲食店をやっています。ときどきわたしが吉川さんの店に何か食べに行っているうちに、そんな仲になりました。わたしの住んでいるところはK町で、あの橋から三百メートルくらいのところのアパートです。そのアパートで逢うのは人目があるので、吉川さんとはいつもその橋のところで逢っていました。わたしは都内の新宿にある合成樹脂を販売する会社の事務員をしています。勤めてから三年になります。あの晩は吉川さんと逢う約束になっていたのです。ちょうど九時に逢うように決めていたのですが、わたしの帰りがふだんより遅れていたものですから、家の仕事がそれだけ時間もかかり、三十分くらい遅れてしまいました。わたしは、あまり長く吉川さんを待たせていたので、早く逢わなければならないと思い、急いでそこに行ったのです。吉川さんは十分以上待たせると、とても機嫌が悪いものですから。

あの橋のところに行くと、まん中あたりのいつもの場所に吉川さんが立っている姿が見えました。もちろん、そのときは左のほうから車が来ていることもわたしには分かっていました。ヘッドライトが強く道を照らしていましたから。でも、わたしは吉川さんのことが気になって、心の急ぐままに橋を横切って行ったのです。まだ車がくるのには間があると思ったからです。いまから考えると、どうしてあんなことをしたのかよく分かりません。車をやり過ごしてもほんの数秒の間待てばいいのですから。でも、気持が急いで一刻も早く吉川さんに逢わねばということでいっぱいだったんです。ところが、わたしが横切ろうとしたとき、眼の前にぱっとライトが太陽のように輝きました。同時に凄い音がするではありませんか。わたしは轢き殺されるかと思って、心臓が凍り、顔を掩って立竦みました。その車はわたしのすぐ横を激しい音を立てて過ぎ、少し先で停まりました。

すると、それにつづいて、今度は別な物凄い音が起こりました。ふと見ると、吉川さんの立っていたところに凄い土煙が上がり、タクシーが横に停まっていました。そのタクシーのヘッドライトに照らされた橋の手摺りには、吉川さんの立っているはずの姿が見えません。そのかわり、道の上に横たわっている彼の姿が映りました。あとはもう無我夢中でした。どんなことをしたのか、自分でもよくおぼえていません」

3

紅玉タクシー会社の事故係亀村友次郎（かめむらともじろう）は、自社の運転手小山田晃から、人身事故を起こした報（し）らせがあった直後、事故についての調査をはじめた。

小山田の轢き殺した男、吉川昭夫はＭ町の飲食店主であった。

会社としてはこの事故が運転手の一方的過失であるために、会社の方で葬儀屋に頼み、吉川の葬式万端を済ませ、初七日がすぎた頃（ころ）に事故係長が行き、あとの賠償金について吉川の妻の杉枝（すぎえ）と話し合った。

ところで、その日から五日も経たないうちに杉枝が会社にやって来て、一千万円をくれと要求した。もし、これが聞き入れられないなら訴訟を起こすと云った。

「こんなわけだから、君も十分に調査してほしい。なるほど、相手を轢き殺したのは小山田運転手だが、急にそのタクシーの前で停車した浅野という人にも道義的にはまるきり責任がないとはいえない。聞けば電器類を卸す商会の社長だそうだが、遺族の要求する一千万円はともかく、適当な弔慰金なら、その浅野という人にもいくらか負担してもらっていいのじゃないのかな」

上役はそう云ったあと、愚痴を加えた。

「大体、あんなところでデイトするのが悪いよ。死んだ吉川という人は女房もあるのにさ。いわば浮気だろう。その浮気の相手になっている池内という女事務員もどうかしているね。自動車がくるのが分かっていながら、まるで野兎のように飛び出してゆくなんて無茶だよ。いくら男を待たせたか知らないが、二十四にもなれば、もっと考えそうなものだね。あれじゃ、まるで小娘じゃないか。こっちから云うと、その女にも弔慰金を負担してもらいたいくらいだよ。だが、あの死んだ人のおかみさんが一千万も吹っかけてくる気持の底には、亭主の浮気への憎しみがこっちにかかって来てるのじゃないかな。どうも、そんな気がするよ」

事故係の亀村友次郎はベテランであった。調査も行届いているが、人身事故で弔慰金を値切ったり、負傷者の入院費をまけさせることでは、このタクシー会社いちばんの腕だった。また、ほかの車に自社のタクシーが突き当たってキズを与えた場合、最少額で示談にすることもお得意であった。そのかわり、反対に自社の車が損害を受けた場合、その取立ての強引なことはこれまた彼は絶妙の腕を揮った。亀村の名前はタクシー会社間にも有名になっていた。

亀村友次郎は前に現場に立会ったとき、関係者の話を克明にメモしてはいたが、さらに念を入れるため、所轄署に行って警察側の記録を見せてもらうように頼んだ。

小山田の分だけではなく、彼のタクシーの前を走っていたという大型車を運転していた浅野二郎の陳述書も、死んだ吉川昭夫の恋人池内篤子の陳述も、それから、小山田のタクシーに乗っていた会社員栗野兼雄の証言も、亀村は入念に読んだ。

亀村は、そうした準備を終わった上で、今度はいちいち本人に会ってみることにした。

吉川昭夫の家はM町の狭い通りにあった。駅からあまり遠くない、小さな飲食店だが、それほど繁昌(はんじょう)しているとは思えなかった。一千万円を要求した妻の杉枝という女は、なり振り構わないみなりをしていた。頬(ほお)のこけた、眼の釣り上がった見るからにヒステリックな女だった。亀村は極めて如才ない調子で彼女に話しかけた。人を逸(そ)らさない、世馴(よな)れた話しぶりは長年の彼の技術の一つであった。

「主人が池内という女事務員と出来ていたのは半年前から知っていました。それでも、一年半は分からなかったのです」

彼女は、死んだ亭主の女のことになると腹立たしげに云った。

「はじめ、この店に会社の帰りか何かに寄っていたのが主人との因縁(いんねん)の始まりでした。よく食べにくる人だと思っているうち、ふっと、その女がこなくなりました。いまから考えると、あのとき主人と出来たのですね。あの女はわたしが怕(こわ)くてこられなくなったのでしょう。主人は女と夜待ち合わせては逢っていたようですが、わたしにはまだよく分からなかったのです。主人はたびたび集まりに出ていましたからね。あの女は浮気性ですよ。そら、あの顔をみたら、わたしには分かります。女のほうが誘惑したのに決まっています。……けど、亀村さん、そのことと、あなたのほうに要求する補償額の問題とは違いますよ。ごらんのように、主人の死後、店はすっかりさびれているんですからね。どうしてもそれだけもらわなければ、わたしは乞食になるか、子供連れで自殺するほかはありませんよ」

4

亀村は、小山田のタクシーの前を走っていて急停車をした大型自家用車の浅野二郎を、その会社に訪ねて行った。朝日商会は大きな電気器具の問屋で、建物も広い。事務員も十人ばかり執務していた。亀村は社長の浅野二郎と応接間で会ったが、浅野は柔和な人物らしく、その色の白いまるい顔に恐縮の色をみせて語った。

「まったく申し訳がありません。いわば、ぼくのために運転手さんの小山田さんに大へんな不幸をもたらしたようなものです。しかし、あのとき女の人が横合いから出てこなかったら、ぼくも急停車をしなかっただろうし、小山田さんもあんな不幸な事故を起こさなかったと思います。あの女の人が悪いと云いたいわけですが、向うだってわざとぼくの車の前に飛び出したわけではなく、いわば、全部が不可抗力の災難です。とはいっても、小山田さんにはほんとうに済まないと思っていますよ」

「あなたはずっと小山田のタクシーの前を走っておいでになったそうですが、それはどの地点からそうなっていたんですか？」

亀村は訊いた。

「そうですね、ぼくは吉祥寺の取引先に用事があって、次にK町の橋本電器店が店の戸を閉める前に行くつもりで、あの公園脇の道に出たんです。そのあたりから小山田さんのタクシーの前を走るようになったわけですね。もっとも、そのタクシーがすぐうしろについて来ていると分かったのはI街道もM町をすぎてからですが……」

「あなたはI街道を約六十キロのスピード、またK町に行く道に入ってからは六十五キロをお出しになっていますが、少し出しすぎだったようですね」

「その点は警察でも絞られましたがね。しかし、人通りのない夜の道を制限キロ以上出すのは普通でしょう。それに、ぼくも橋本電器店の閉店時間の九時半までに行きたかったので、心が急いでもいたのです。今にして思えば、あのとき小山田さんのタクシーを先にやり過ごせば、こんなことにならなかったのですがね。何しろ、道が狭いし、それに、タクシーも前に出ようとする様子もなく、ずっとうしろをおとなしくついて来ていましたから、ぼくもそのまま走っていたんです」

亀村は、次に事故の起こった現場にもう一度立った。コンクリートの橋の長さは約二十メートル、幅は三メートルもなかった。橋の手摺りは窓が少なく、ほとんど壁といってよかった。当時、事故発生直後の現場でも見たように、これなら被害者もタクシーに挟まれて煎餅のようになったのも無理はなかったと再確認した。

彼は警察の記録をよく読んできたので、いまもこの地形を見ながら当時の事故模様を眼に蘇らせた。あのあたりに浅野の大型車が来ていて、その前を池内篤子という女が横切ろうとした。すると、女は、あの道をあの地点まで来て、ここに立っている吉川を見つけ、急いで大型車の前を横切ろうとしたのだ。

大型車と池内という女との間は五、六メートルしかなかったと思われる。六十キロ以上出している車の前を、そんな短い距離で飛び出すのは少し無茶だと思われた。もっとも、彼女は恋人をそこに長らく待たせていたので、早く逢いたいのと、まだ車が傍にくるには間があると考えたと陳述書では述べている。夜は自動車の距離がよく分からないとも云っている。

亀村は、そこで約三十分ばかり考えた末に池内篤子のアパートに行った。もちろん、昼間だから彼女は勤め先に出ていて留守である。しかし、亀村は彼女に会うのが目的ではなかった。彼はアパートの経営者や、他の同居人や、その近所の人にいろいろと訊いて回った。このときはタクシー会社の名刺を出さず、興信所の者だが、池内さんを嫁に欲しいという先から彼女の素行調査を頼まれたと嘘をついた。

はじめは皆の口も固かったが、亀村の例の世馴れた質問で、遂に彼女とM町の飲食店主吉川昭夫との関係を洩らしだした。

それによると、たしかに半年前、一度、相手の奥さんがアパートに怒鳴りこんで来たこともあった。それ以来、彼女も男をアパートに引き入れるのは懲りたか、外で彼と逢っているようだと皆は云った。

「けど、どうしてあんな男に池内さんは一生懸命になったのでしょうねえ？」

と、アパートの人もいい、近所の人も顔を顰めた。

「あんな男？」

「大きな声では言えないけれど、吉川さんというのはヤクザですよ。飲食店を奥さんにさせているが、自分は暴力団の中に入っていて、博奕はするし、酒は呑むし、よそでも女に手を出しているらしいですよ」

「ふうむ」

亀村は考えこんでから訊いた。

「それじゃ、恐喝もあるでしょうな？」

「さあ、それは知りませんけど。……だから、どうして池内さんがあんな男に惚れたのか、わたしどもには分かりませんよ。もっとも、この道ばかりは別でしょうからねえ」

「池内さんには、そのほかに恋人は居ませんか？」

「とんでもない。吉川さんにのぼせ切っていましたからね。ほかの男が、あの女の胸に入る隙はありません。それとなく、吉川さんのことを忠告する人もありましたが、池内さんは、他人がどう云おうと吉川さんからは離れられないと云っていました」

「そうですか。たいへんですな。それじゃ縁談どころじゃありませんね。いや、どうも有難う」

亀村は、そこを立ち去ったが、池内篤子には会いに行かなかった。その代り、彼は、小山田運転手が乗せた客の栗野兼雄が、三月十日の夜九時四十分までに行かねばならなかった相手の佐伯という家を訪ねた。その名前は、栗野の陳述書に出ていたから、すぐに知れた。

亀村は、その家で三十分ばかり、話をした。

そのあと、栗野兼雄に会い、その話が陳述書どおりであることをたしかめた。亀村は、会社に、あの一件は新しい材料が出てこなかった、会社としては小山田運転手の過失に全面的な責任を負うほか仕方がないだろうと報告した。

亀村の手腕に期待していた上役は、渋い顔をした。あとは、死んだ吉川昭夫の妻が要求する補償額の交渉だが、それが成功しなかったら会社が相手の訴訟を受けて立つほかはなかった。

タクシーの事故は切れなかった。あとからあとからいろいろな事故が起こる。亀村友次郎の仕事も休みはなかった。彼は、そのたびに都内のほうぼうを走り回った。

しかし、亀村はI街道で起こった事故を忘れてはいなかった。一つには、被害者の遺族が一千万円の賠償を要求して訴訟になったからでもある。新聞は、この経過を報じて、遺族に不親切なタクシー会社に批判的であった。訴訟は長びきそうであった。

その年は暮れた。翌年の二月初め、亀村は朝寝床で新聞を読んでいると、社会面の隅の小さなコミ記事の見出しが眼に入った。

「若い女の自殺未遂——二月二日午後八時ごろ、池袋三丁目アパート青葉荘内の無職池内篤子さん（二五）の部屋からガスの臭いが洩れているのを隣室の人が気づき、ドアをこじあけて入ったところ、篤子さんがガスのゴム管をくわえて苦悶しているのを発見。生命に異常はなかった。原因は、最近、恋人に冷たくされたのを悲観。狂言自殺の疑いもあるので、所轄署で取調べ中」

池内篤子。――亀村は、はてな、と思った。

池内篤子といえば、去年の三月、I街道からK町に行く途中で、小山田運転手が重大な人身事故を起こしたときの関係者ではないか。その事故で死んだ吉川昭夫の愛人だった女ではないか。

あの女、いつ、K町から池袋に越したのだろう。あの事故から、ほぼ一年になる。死んだ吉川のあと、新しい恋人ができたとみえる。小山田運転手は三年の実刑を云い渡されて、いま、刑務所にいる。事故死した吉川の妻と会社の間は賠償額一千万円をめぐって目下訴訟の係争中である。池内篤子は新しい恋人をつくったが、冷たくされて狂言自殺（?）を企てる。亀村の生活に変わりはないが、世間の一年間はやはり変わっている。

しかし、世の中には同姓同名ということがある。新聞に出ている池内篤子も、あるいは別人かもしれない。

亀村は、その日、わざわざK町に行った。一年前に篤子のことを聞きに行ったアパートを訪れた。

「池内さんは十カ月ぐらい前に、このアパートから引っ越して行きましたよ」

管理人は云った。

「どこに移ったのでしょうか？」

「さあ。なんでも池袋のほうだと聞きましたがね」

管理人は自殺未遂の新聞記事を読んでいないふうだった。

「そうすると、池内さんに別な恋人が出来て、そっちのほうに引っ越したのですかな？」

「そんなことはないでしょう。あの人は亡くなった吉川さんを一生懸命に想っていましたからな。引っ越してゆくときも、ここに居てはいつまでも吉川さんの事故のことが胸に残るからと云っていました。あんなヤクザな男のどこがいいんですかね。わたしにはまだ分かりませんよ」

亀村は、その足で池袋のほうに行った。彼は所轄署を訪れ、係官に事情を聴いた。

「あれは狂言自殺ですね。男の仕打ちが冷たくなったから、そんなことをしたんですよ。女のよくやる手ですよ。その相手ですか。これはあまり公表出来ないけれど、新宿のほうで電気器具の卸しか何かをやっている会社の社長です」

「浅野二郎さんという人じゃありませんか？」

「あんた、知ってたんですか。それじゃ仕方がありませんな。その通りです」

「二人はいつごろから親しくなったと云ってましたか？」

「ほぼ一年前に、なんでも、その女の知人がタクシーの事故で死んだそうです。そのとき浅野という人もその現場にいた関係で、それからのなじみだそうです」

「ありがとうございました」

亀村友次郎は、約一年前の調査のときと同じように、池内篤子を訪ねて行かなかった。といって浅野二郎も訪ねなかった。

一週間くらい経って、亀村は西荻窪駅の南口から吐き出されてくる人ごみの中に、背の高い栗野兼雄を見つけた。亀村はその姿を待つために、三日間、夕方、ここに立っていたのだった。

肩を叩くと、栗野兼雄は怪訝そうに亀村を見返った。彼は亀村の顔を見忘れていた。

「やあ、お忘れでしょう」

亀村友次郎は、目尻に皺をいっぱい寄せて笑った。

「亀村です。ほら、いつか、I街道のところで、あなたに乗っていただいたタクシーがたいへんな人身事故を起こしましたね。あのとき、その調査のことで、あなたにお会いしたことのある紅玉タクシーの事故係の亀村ですよ」

栗野兼雄は、その言葉で思い出したように、お付合いのような微笑を見せた。亀村は駅前にある喫茶店に栗野を誘った。栗野は彼とお茶を喫(の)むのはあまり好まないようだったが、亀村がすすめるので仕方なさそうに店に入った。亀村はにこにこして、自分のような仕事はほうぼうを回るから、偶然、この駅から電車に乗ろうとして来たときあなたの顔を見たのだ、と云った。それから、あの節はいろいろお話を伺って済まなかったと、礼を云った。

お茶が来てから、二人の話は自然と当時のタクシーの事故のことにふれた。あんな人身事故は会社創立以来初めてだと、亀村は弁解した。小山田運転手は実刑三年の判決を受けて、いま刑務所にいると話すと、栗野兼雄は暗い顔になった。

「近ごろは人身事故を起こすと厳罰主義になりましたからね。小山田君は不運でしたよ。あのとき前の大型車に接近して走っていなかったら、あんなことにはならなかったでしょうがね」

亀村が話すと、栗野もやはり不運なときは仕方がないと相槌(あいづち)を打った。

「ところで、この前、新聞をよんだのですが、あの事故で亡くなった吉川さんの恋人の池内篤子さんが、池袋のアパートで自殺をしかけたそうですよ。ほら、あの時、タクシーの前方を走っていた大型車の前を横切ろうとした女のひとです」

「ほう。そうですか」

栗野は、眼を瞠ったが、初めて聞いたにしては、真剣な愕きがうすいようであった。

「警察で調べたところ、池内さんはあのタクシー事故の縁で、あの大型車に乗っていた浅野さんと仲よくなって、一カ月後にはK町から池袋のアパートに移り、会社もやめたそうです。そして、浅野さんの愛人になってしまったんですな。ところが、その浅野さんが最近、寄りつかなくなったので、男の心を戻すために、ガスのゴム管をくわえて狂言自殺を演じたそうです。……おや、あなたは、それをご存じないですか?」

「知りません。あの人たちとは関係がありませんから」

「そうですか」

亀村は、しばらくコーヒーを音立てて啜っていたが、茶碗を置くと云った。

「ぼくのカンだけど、池内篤子さんと浅野さんとは、あの事故のある前から恋仲になっていたと思いますな。どちらも、会社が新宿にあったし、そんな機会はあったと思いますね。そら、池内さんは、浅野さんのことは誰にも分からないように、秘密にしていましたけどね。聞けば、吉川という人はヤクザでね、暴力団に入っていたというから、あるいは池内さんから始終金を捲きあげていたかも分かりませんよ。池内さんが彼から逃げ出そうにも、逃げられないように、押えていたかも分かりませんね。そこに、浅野さんのような、頼もしい男が出来ると、彼に頼んで吉川さんを、つい、どうにかしてもらいたくなる……」

栗野はコーヒーを呑むため顔を伏せていた。しかし、亀村の話を聞いていることは、その固くなった姿勢で分かった。

「……ところで、あなたは吉祥寺駅前から小山田のタクシーにお乗りになったわけですが、それから四つ角にかかったところで、横合いから、浅野さんの運転する自家用大型車が出てきて、ずっとあの現場まで先行していたわけですね」

亀村は調子を変えて、気楽そうに訊いた。

「そうです」

「両方とも、I街道では六十キロから、六十五キロの速力を出していた。あなたは、K町のお友達の佐伯さんというお宅に九時四十分までに着かなければいけないといって小山田を急がせておられた。……さあ、ここですがねえ。もし、浅野さんがですよ、あなたがK町に行くことを知っていて、その時間に吉祥寺駅からタクシーに乗ることが分かっていたら、あの交差点の横で、車のハンドルを握って待っていたかもしれませんなア」

栗野のコーヒーを持つ手の指が少し慄えていた。

「吉川さんが、あの橋の上で、その時刻に立っていることも浅野さんには分かっていた。もし、池内さんからそう聞いていれば、訳はありませんし、池内さんも吉川さんに時間をきめて、その場所に立たせることは容易だったわけです。そこに、浅野さんの大型車が疾走してくる。池内さんの立っている前を、少し過ぎたところで、急停車をする。池内さんが本当に横切ろうとしたかどうか、それは分からないが、とにかく、そういう理屈をつけて、急停車をした。あわてたのは、すぐ大型車に接近して後から来ていたタクシーの小山田運転手です。思わずハンドルを左に切って、そこに立っている吉川さんに車をぶっつけてしまった。……この場合も、浅野さんが、故意に自分の車を右寄りに停めてしまったら、小山田運転手は追突をおそれて左に切ることは分かっています。小山田は、それまで、そこに人間が立っていることは分からなかったといってます。夜のことだし、すぐ前を走る大型車が吉川さんの立っている姿を小山田の眼から隠したという計算も考えられます。橋の幅はせまい。タクシーは六十五キロを出していたから、いくら急ブレーキをかけても、吉川さんを避けようはありませんね」

亀村は、そこまで一気にいった。

「ぼくは、そんなことは知らないよ。関係のないことです」

栗野は、憤ったように云った。

「そうですかね。ぼくは、あなたが、小山田運転手を急がせたということに、ちょっとひっかかるんですよ。あなたが、運転手を急がせさえしなければ、小山田も、もっと速力を落として走っていたでしょうからね。そしたら、あの悲惨な事故は避けられたかも分かりません」

「しかし、ぼくは急ぐ用があった。それは、タクシーを利用する客の勝手じゃありませんか。君」

「あなたが九時四十分までに行かなければならなかったというK町の佐伯さんのお宅のことですね。……けど、栗野さん、困ったことができましたよ。ぼくは、あの事故の調査で、佐伯さんのお宅に伺ったんですよ。すると、佐伯さんでは、三月十日の晩にあなたがくるという約束はあったが、九時四十分までに是非来なければならぬというほどの用事ではなかったといいましたよ。いや、大した用事でもないのに、ちょっと遊びに行きたいと電話で強引に云ったのは、あなただったそうですね？」

「………」

「ぼくは、前のとき、それをあまり気にもとめず聞いていたんですが、今度、池内さんの狂言自殺騒ぎで、はっと思い当たったんです。ああ、そうか、これは、うまく計算された犯罪だなと思いました。偶然にみせかけて、その偶然が全部、人工的な、見えない紐になっていると思いましたよ。何しろ、人身事故を起こした車は〝凶器〟と云われている時代ですから、ああ、またタクシーがひどいことをやったな、と警察でも世間でも考えたと思いますよ。この犯罪は、そういう盲点も利用したと思いますね」

栗野が茶碗を置いて起ち上がろうとした。

「ああ、ちょっと、待って下さい。もう一つ、妙なことが分かりました。それは、浅野さんはあの時、K町の橋本電器店に、やはり、急用があって、行くところだといってましたね？　けど、ぼくが今度調べてみたら、去年の三月十日は橋本電器店は定休日でしたよ。浅野さんは、うっかり、それを忘れて、あの橋の上を通る口実にしていたのですな」

実は、この橋本電器店の定休日のことは亀村のつくりごとであった。しかし、この一言は効果があった。栗野兼雄は、見る間に真蒼になった。それを見届けた上で、亀村はいった。

「すみませんが、栗野さん。これから警察に行って、あなたと浅野さんとの当時の、かくれた友人関係を話してくれませんか。そうでないと、ウチの運転手の小山田があまりにも可哀想ですよ」

彼は、肩をたたくように、栗野兼雄の腕をとらえた。

偽(にせ)狂人の犯罪

1

猿渡卯平がその殺人計画を立てたのはほぼ一年前からであった。だが、彼の場合、それは殺人そのものの計画ではなく、それを遂行した後の法廷戦術に置かれていた。

猿渡卯平は、本郷に住む経師屋であった。今年三十五になる。五つ違いの妻と、六つになる女の子とがいた。

彼は、その商売にありがちな、根からの職人上りではなかった。亡父は東京でも聞こえた経師屋だったが、彼は私大の経済学科に通い、将来は会社か銀行づとめをするつもりでいた。だが、十五年前に父親が死ぬと、店は次第に寂れた。彼の父親は名人肌の経師だったので、自然と腕のいい職人が集まっていたのだが、ろくに修業もしていない卯平が店をつぐと、職人たちは彼を見限って離散した。

卯平は経師屋をつぐ意志はなかったのだが、親戚や、父親をひいきにしていた骨董屋などのすすめもあって、大学を中退した。彼は器用なほうで、小さいときから父親を真似てその仕事をやっていたが、むろん、本格的なものではなかった。彼は、職人たちがそのまま店に残ってくれるものと期待していたのだが、結局、彼と徒弟一人となった。そんなことで広い店も維持できなくなり、裏通りの小さな家に引っ込んでしまった。

それでも、亡父の縁故から美術商がときどき仕事を頼みにきた。もとより、それは上物ではなかったが、とにかく、この半素人上りの経師屋が何とか生活できる程度には注文を出してくれたのだった。これも亡父のおかげであった。

駄物の仕事だけを引き受けていたら、猿渡卯平も平凡ながら無事な生涯を送り得たに違いない。ところが、ある日、亡父のひいきになっていた一流美術商の蒼古堂が珍しく上等の仕事を持ち込んできたのだ。それは軸物の表装だった。これが災難の因になったのである。

蒼古堂の古い番頭は卯平にこう云った。

「これはさる大切な得意から表装を頼まれたのだが、たいそう期日が切迫しているんでね。それで、すまないが、なるべく至急にやってほしい。ただし、この絵は百万円以上するので、くれぐれも気をつけて、入念にやってもらいたい」

急いで入念にやれ、というのはむずかしい。このとき、断わればよかったのだが、卯平にはやはりいい物をやってみたいという欲があった。それに、番頭ははっきり云わないが、よその店では期日が間に合わないため断わられた様子である。おやじの代から世話になっている骨董屋だし、一つは、その急場を助けてあげたいのと、一つは、自分でも上物はやれるという自信を示したかったのである。

卯平は、その晩から早速仕事にかかった。持ち込まれたのは有名画家の極彩色の花鳥である。蒼古堂は自分から表装材料を持ってきたのだが、それは先方の注文によるという渋い古代裂だった。

卯平は一心に日夜その仕事にとり組んだ。期限にあと一日というときだった。それまでの進行は彼にも満足のいく出来ばえだった。それはちょうど冬のことで、仕事場には大きな火鉢を置き、炭火が勢いよくおこっていた。どういうものか、彼はガス焜炉が嫌いであった。

最大の不幸は、彼が便所に立ったあとに起こった。部屋には妻も居なかった。ものの五分も経たないうちに戻ってくると、絵の上から一筋の煙が立ち昇っていた。火のついた炭が火鉢から弾いて飛び、傍の枠に張りつけていた絖の上に落ちたのである。彼は急いでそれを取り除いたが、間に合わず、牡丹の壮麗な花弁に無惨な穴があいていた。その直径五ミリばかりの縁の黒い焼穴こそ、卯平自身の人生をすっぽりと呑み込んでしまったのである。

卯平は瞬間頭がぼんやりした。えらいことをやった、とり返しのつかないことをしたというのは、まだいくぶんの理性があるほうだろう。そんなことすら考える余裕がないほど彼は惑乱した。一瞬に、大切な得意を喪失したという絶望感、この高価な絵を弁償しなければならないという経済的負担、それから、この不始末が噂になって業者仲間にひろがり、あらゆる蔑視と嘲笑とを受けなければならないという不名誉感、屈辱感がいっしょくたになって彼の頭を叩きつけた。

　憤った蒼古堂は当然彼にこの損害の弁償を要求した。先方は、百二十万円出してもお得意さまに言訳はできない、と云った。しかし、おまえさんのほうに仕事を出した自分のほうにも手落ちがあるから、せめて百万円を出せ、と云った。もちろん、その結論になるまで、卯平は蒼古堂の番頭からあらゆる罵詈讒謗を、その垂れた頭の上に聞いていなければならなかった。

　百万円はもとより、三十万円の金すら彼の預金にはなかった。しかし、蒼古堂は、百万円出したら今度の失敗は大目にみて、あとの仕事を出そうと云ってくれた。卯平がそれをあたまから信じたのが彼の不幸の第二歩であった。

　彼は蒼古堂からのあとの注文が欲しかった。これきり一流美術店に見放されると、彼の経師としての生命は絶たれたと同様である。よそからも絶対に注文が無いに違いない。彼が高利貸の荒磯満太郎のところに百万円の金を借りに行ったのは、そういうことからだった。

荒磯満太郎は六十二歳であった。彼は卯平の切り出した百万円を七十万円に下げて承諾した。それだけでも卯平は助かった。だが、その場で手にした現金は、月一割五分の利子を差引いて五十九万五千円だった。その上、荒磯は端数の五千円を礼金という口実で巻き上げた。

卯平は、ほかからもやっと三十万円ほど工面し、自分の僅かな金もそれに足して、とにかく蒼古堂に弁償した。しかし、蒼古堂の注文はそれきり切れてしまった。あと仕事を出すというのは嘘だったのだ。弁償金を取るまでの方便であった。

それから卯平の地獄が始まった。荒磯満太郎は毎月容赦なく貸金の請求にくる。もちろん、元金は払えないから、十万五千円の利子だけ都合して払ったが、それも滞りがちになった。ところが、高利貸は複利計算だから、荒磯からの借金は遂に元金の三倍にもふくれ上がってしまった。

卯平は、何とか荒磯の急催促を柔らげようと、彼がよく行く池袋の小料理屋に案内した。荒磯は年寄りだが、酒も女も好きだった。この店には卯平と関係のあるサワ子という女中がいた。三十一で、色白の、ふくよかな身体の女だった。器量はさしていいというわけではないが、男好きのする顔で、うけ口のところに魅力があった。荒磯はどうやらサワ子が気に入ったらしい。はじめのうちは卯平の女だと思って、彼もかなり遠慮していたが、そのうち、次第にサワ子に露骨な素振りを示すようになった。そのうちに、荒磯はひとりでその小料理屋に行くようになったが、その飲食代は全部卯平の支払いに回った。そのぶん、卯平の借金から差引くのかと思うと、そうではなく、難儀な立場を助けてやったのだから、礼に卯平がそのくらいのことをするのは当り前だ、と荒磯は云った。

その果てに荒磯はサワ子を横取りしてしまった。女も荒磯の金になびいたのである。卯平は荒磯を憎んだ。噂に聞くと、悪質な高利貸として聞こえている男であった。これまでずいぶん人を苦しめてきたらしい。その強欲なやり方で自殺した借り手も出たということであった。

卯平が荒磯に殺意を抱くまでには、こうした経過があった。

猿渡卯平は、この高利貸の殺害を思い立ったが、同時に、自分の犯罪が罰せられないように計画した。もっとも、だれだって犯罪人は身の安全を図るものだが、彼の場合、荒磯という相手が相手だけに、自分が被害者の犠牲になるのは不合理だと思った。

人を殺せば死刑になる。あるいは、情状を酌量されても無期懲役か、懲役十何年を喰うに違いない。懲役十年でも、生きながらの屍同様で、ある意味では死刑よりも残酷である。荒磯満太郎のような非人間で、世の中の害虫のような男と同等の価値で死刑になったのではたまったものではないと思った。

卯平は、いつか読んだドストエフスキーの「罪と罰」でラスコーリニコフの云った言葉を思い出した。この大学生は金持の老婆を殺そうと計画して、それを理論の上で合理化させている。

《一方には無知で無意味な、何の価値もない、意地悪で、病身な婆あがいる——誰にも用のない、むしろ万人に有害な、自分でも何のために生きてるかわからない、おまけに明日にもひとりでに死んで行く婆あがいる。——すると一方には、財力の援助がないばかりに空しく挫折する、若々しい新鮮な力がある。しかも、それが到るところざらなんだ！　あの肺病やみの、愚劣で、意地悪な婆あの命が、社会一般の衡にかけてどれだけの意味があると思う？　虱か油虫の生命と何の選ぶところもない、いや、それだけの値うちすらもない。だって婆あのほうは有害だからね。あれは他人の生命を蝕むやつだ》

まったく荒磯満太郎ときたら、このロシアの大学生が憎悪する穀潰しの老婆以上だ。彼は社会の害虫である。いや、社会なんかはどうでもいい。自分の一家を破滅に叩き落とし、しかも、おれの女を奪い去った奴。——

2

猿渡卯平は、いよいよ荒磯満太郎の殺害を考えた。

荒磯は六十二歳の非力な老人である。彼を殺すくらいはわけはない。それこそ油虫をたたき潰すようなものだ。ただ、そのあと、いかにして犯罪が警察に知れないようにするかだ。ここが工夫のしどころである。万一、バレて、あんな害虫のような男と同価値で死刑や無期懲役を受けたくない。

卯平は、これまで、犯人がいかに自分の犯行を晦ますことに苦労しているかを、小説や実話もので読んでいた。殺害した死体が分からないように炉にくべたり、山中に埋めたり、死体を寸断してバラバラにしてほうぼうにかくしたり、また奇抜なのは、ポオの小説「黒猫」にあるように、壁の中に埋めこんだりしているのもある。いや、この方法は現実に十数年前、ロンドンの住宅街で起こっている。また、殺害現場に自分が居合わせなかったと見せかけるために、加害者がどのようにアリバイ工作に腐心することか。

もちろん、現実の世界は、まだまだ殺人の暴露しない事件も多い。殺害された死体が発見されても犯人の分からない迷宮入り事件も少なくない。これらはみな完全犯罪といっていい。

しかし、それだからといって、完全犯罪を狙った計画が悉く成功するとは限らない。いや、もろくも捕えられた犯人が多い。もっとも、これは書かれた物語の多くが主としてそうした類いの事件を扱っているからでもあるが。

猿渡卯平は、その完全犯罪をずいぶん考えた。だが、どれもこれも成功しそうではあるが、一方では重大な危険を伴っていた。その危惧は、彼の欠如した勇気、怯懦、躊躇、不決断から来ているのかも分からなかった。殺しはいとやさしい。しかし、刑罰を逃れる道はまことに困難である。

そんなことばかり考えているうちに、彼はふと、またドストエフスキーの「罪と罰」の一節が思い出された。

老婆を殺した大学生ラスコーリニコフも遂に警察に逮捕されて、検察官ポルフィーリイとの対決になる。ここはこの小説のなかでも圧巻で、検事と被告とのスリルに富んだ心理闘争の場面だ。

その中に、たしかポルフィーリイが云った犯罪例のことが載っていたように彼は思った。あれは精神病の犯罪だったと記憶する。なんでも、それは犯人が精神病者であるために無罪になった事件だった。

猿渡卯平はそれを思いつくと、すぐに古本屋に出かけ、棚から、うすよごれた「罪と罰」をひき出した。五、六回もページを繰っているうちに、その個所はたやすく見つかった。

「『さよう、ちょうどそれと同じような心理的事件が、われわれの扱った裁判事件の中にありましたよ。そういう病的な事件がね』とポルフィーリイは早口につづけた。『やはりある男が自分で自分に殺人罪を塗りつけてしまったんですが、しかもその妄想の程度がひどいんですよ。自分の見た幻覚を引っぱり出して、事実は具陳する。その場の状況は詳述するというふうで、みんな誰も彼も悉く煙に捲かれてしまっている、とまあどうでしょう？　その男は全く偶然に意識せずして、多少殺人の原因になったとはいうものの、全く多少という程度に過ぎないんです。ところがその男は、自分が殺人の導因を与えたと知ってから、急にくよくよし出し、頭の調子が変になり、いろんな妄想に悩まされ出して、すっかり気ちがいみたいになってしまいましてね、挙句の果てに自分を犯人と思い込んだわけなのです！　しかし、結局大審院が事件を明瞭に審理したので、不幸な男はやっと無罪を証明されて、監視つき釈放という事になりました。これなんかひとえに大審院の功によるものですな……』」（米川正夫訳）

猿渡卯平は、「これだ」と思った。そうだ、精神病者になることである。これだったら、文句なしに裁判官は無罪を言い渡す。

なまじっか、完全犯罪を計画するから、犯行が暴露するのである。緻密な犯罪計画を企めば企むほどどこかに欠陥が存在して破綻が生じるのは、古今東西の探偵小説や実話物の教えるところである。狂人ならば衆人環視の前でも大胆に人が殺せる。なにも緻密な計画を立てて、足音を忍ばして深夜荒磯の住居に忍びこむことはない。死体を隠したり、アリバイを作ったりする面倒も要らない。猿渡卯平が精神病者になろうと決心したのは、このときからであった。

だが、当然のことながら、すぐそのあとで、果して気違いを装うことが押し通せるかどうかという疑問に彼は突き当たった。裁判所は専門医に彼の精神鑑定を命じる。専門医は詳細に彼を診察し、試験し、鑑察し、それが真正な精神病患者か擬装かを識別するに違いない。卯平はここに別な新しい不安が起こったが、とにかく偽狂人が見破られないですむかどうかを研究してみようと思った。

こんなことは誰にも訊けない。彼が犯罪の以前にそのような質問を発したと分かれば、忽ち計画が発覚するからである。彼は、そのことを書いた専門書について当たることにした。

そのような専門書を書籍店から買うことも危険である。これも彼の犯罪の以前に、そうした専門書を購読していたことが判明すれば、他人に質問した場合と同様、その下心が後になって看破されるからである。それなら、これは図書館しかないと思った。しかし、同じ図書館につづけて通うのは、危険至極である。係員にこちらの顔をおぼえられないように、ほうぼうの図書館を回ることだった。たった一度だけそのような専門書を閲覧したとしても、犯罪後に係員が思い出すことはないであろう。もちろん閲覧の場合、図書館ごとに別々な偽名を使うのである。

都内には、上野の図書館や国会図書館のような大施設もあれば、各区に一つずつ区立の図書館がある。東京の二十三区に一つずつあるとしても、研究には十カ所ぐらい回れば十分であると思った。

彼は、まず、精神異常者が刑事責任を問われないことを確かめるため、行きずりの本屋で六法全書を立読みした。

刑法第三十九条には「心神喪失者ノ行為ハ之(これ)ヲ罰セズ、心神耗弱者(こうじゃくしゃ)ノ行為ハ其(その)刑ヲ減軽ス」とあった。心神喪失者と心神耗弱者との相違はどのような点にあるのか、彼にははっきりしたことは分からなかったが、とにかく精神病患者が心神喪失者には相違ない。たとえ軽減されても刑を受けるのでは意味が無い。それで、完全な精神異常者にならなければならないと思った。

（註。いわゆる心神喪失者および心神耗弱者とは、いずれも精神障碍の状態にある者を云い、両者の差異はその障碍程度の強弱にあり、而して前者は、精神の障碍により物事の是非善悪を弁別する能力なく、またはこの判断に従って行動する能力なき状態を指摘し、後者は、精神の障碍未だ上述の如き能力を欠如する程度に達せざるも、その能力著しく減退せる状態を指称するものなり。＝昭和七年、大審院判例）

彼は各所の図書館を回り、精神医学、犯罪病理学といった類いの本を借りては耽読した。そして、一口に精神病といっても、その病類範囲の広いのにおどろいた。

ある本に詐病のことが書かれている。彼はそれを熟読した。

《犯罪人、ことに累犯者には、罪を免れるために精神病を偽る者が稀にある。ことに多少精神病の知識のある者、たとえば、医師、看護人、またはかつて精神病者に親しく接していた者などに多い。俳優で巧みに偽狂人になる者がある。しかし、詐病は通常世間の者が想像するほどに多くはない。何となれば、精神病を巧みに偽ることは実際普通に考えられるほどには容易なわざではないからである。いわんや、精神病に関する何らの知識、経験の無い者が、専門医の面前で精神病者を装って通るということはあり得ないのである。精神病学上の経験からいえば、詐病は往々すでに最初から一定の精神異常者である場合が少なくない。すなわち、この場合は詐病が一種の症状とも見られるのである。ことにヒステリー、または変質者などに詐病を見ることが稀ではない。そしてこれらの偽狂人は、のちには遂に真の病的症状となり終わる場合すらしばしば見られるのである》

卯平は、このほか、類似の専門書について当たったが、いずれも擬装狂人の困難であることが指摘されている。どのように狂態を演じ、真の狂人らしく見せかけようと努力しても、専門医から見ると、忽ちその真偽が看破されるというのである。また、身体的症状、たとえば、反射運動とか脈搏などの症状で、その偽りであることが看破されるという。

また、たとえ錯乱状態をつづけても疲れてくるから、それは長つづきするはずはなく、たとえば、ときどき監視の眼をぬすんで興奮状態を中止して疲労を休めたりするので分かるし、抑鬱状態を装おうとしても、これに伴う大きな心痛苦悶、精神的感覚脱落などを偽ることはできない。また、痴呆状態、あるいは昏迷状態を装うても、感情の鈍麻や、表情や態度などをいつまでも偽ることはむつかしいとある。また、この状態では外界の刺戟に対し反応を示さないのが特徴であるが、擬装をつづけようとしても必ず外界を認識し、そこからの刺戟に反応を示さざるを得ない、とある。

このような本を読んでいると、偽狂人がいかに至難であるかが分かった。ほとんど、それは不可能事に近いように思われる。しかし、と卯平は思った。

死刑を眼の前にして真剣な努力をすれば、通しおおせないことはあるまい。そこをどう見つけるかである。

精神病にはいろいろな症状群があるが、最も擬装にふさわしいものは精神分裂症のように思われた。何故ならば、精神病は精神及び身体的な症状をもとにして診断されるが、精神分裂症はこの身体的基礎が全く判っていない、とある。

《これは精神症状のみをもとにして限定された疾患単位類似の状態であって、おそらく、何か一定の原因、あるいは身体的過程が因となっているのではないかと想像される。クレペリンは、それは新陳代謝の何かの障害であろうと思ったが、しかし、この身体的過程は一種のものではなく、いくつかの種類のものであって、何らかの素質があって、いろいろな身体的病的過程によって分裂症を起こすのかもしれず、また脳の一定の場所が冒されるために症状を起こすのかもしれない。とにかく、これは心理学的な立場から規定されたものである》（犯罪精神病概論）

これによると、いわゆる精神分裂症は身体的な徴候は認められなくとも、心理的な立場からだけで診断されるという。卯平は、これはいいと思った。

そのほか、たとえば、アルコール中毒だとか、遺伝性だとか、癲癇だとか、脳震盪、脳腫瘍（のうしゅよう）、尿毒症、伝染病、中毒といったものは卯平の経験に無いことであるから、このような身体的症状を見せることはできなかった。

3

　卯平はさらに勉強した。なぜ、偽狂人が見破られるかということに重点を置いたのである。そうすると、それはたいてい本人の医学的無知によって暴露されている。

　気違いの様子を示したら何でもいいと思ってやたらとその真似（まね）をする者がいる。しかし、精神病には一定の病型があり、一定の症状群があり、また一定の経過があって、決して相互に混合することがないのである。擬装狂人が不自然に出放題の狂態を示しても、そういう無知な矛盾から暴露される。

　たとえば、躁暴（そうぼう）錯乱の状態を見せて放尿脱糞（だっぷん）するとか、自分のたれた糞を食べるとかいうような不潔な行為をしていても、また別な狂人の真似をするから専門医に忽ち真偽が看破される。要するに、何でも気違いの真似をすればいいというわけではなく、それには決まった病型、症状、経過の知識を十分に体得しなければならない、ということが分かった。

　こうした擬装狂人、つまり詐病を看破する方法というのがある。それは一定期間に互（わた）って厳密な観察をし、ある場合には故意に監視者を遠ざけ、ひそかに不用意なうちに患者の動作、言語を注意するというのである。また場合によっては、次のような特殊な方法手段を医者は試みる。

①夜間問診法。これはもっぱら無言昏迷の詐病に応用せられるもので、はじめ、その嫌疑者（けんぎしゃ）に対して詐病などのことについては何も云わないで、数日間、ただ静かに観察をつづけて油断を与える。そして、突然、夜間睡眠中を起こして問診をこころみる。そうすると、たいていは発言をしはじめるという。

②暗示法。これは詐病の被疑者の傍に数人の医師が立ち向かって、互いにその被疑者の病状について討議結論する。そして、この症状にはまだかくかくの症状が欠けているなどと話をして、それが患者の耳に入るようにする。そうすると、二、三日のうち再び問診するときは、その云われた通りの症状を偽るようになるという。

③説得法。詐病の犯罪嫌疑者に対し、もし君が精神病者と判定せば刑罰は免除されるが、一方ではすぐに精神病院に収容しなければならない。そうすると、監獄とは違って、精神病院では無期限に留（とど）め置かれるかもしれない。それではかえって君のために不利益になろうなどと話すと、軽い罪を犯した者は、案外、その詐病を告白する。しかし、真の精神病者は、こんな話を聞いても何ら反応を示さないものである。

④威嚇法。詐病の嫌疑者を医師の研究会または講習会のような場所につれ出して、その面前で、本例は詐病の疑いがあるものである、諸君は精密な観察を本人について遂げられたいなどと云うと、たいていの者は羞恥のためにその仮面を脱ぐようになるという。

⑤酒精試験。これは嫌疑者に試験的にアルコールを飲ませて精神上の反応如何を試験する。こうすれば本人は酩酊状態に陥って、その精神的異常を擬装することが出来なくなり、あるいは犯行当時の酩酊状態の状況を推知することも出来る。——

卯平は、こうした詐病の看破法を十分におぼえておくことにした。こうした実験方法の裏を掻けばいいわけである。

それでは、実際の精神分裂症はどのような症状の特徴があるのだろうか。ある本では、早発性痴呆という名称よりも、今では精神分裂症という名称が好んで用いられるといい、それは必ずしも早くから始まるとは限らないとあった。それは主として「青年時代に何らかの外因あるいは心因性の動機無しに発病する」という。してみれば、壮年期になって、ある日突然、その症状が現われはじめることもあり得るのだ。

次の本は精神病医の立場から書かれたものである。

《分裂症の症状は非常に雑多であって、個々の場合によってわれわれが診断に当たって非常に違ったものを拠りどころとする。第一は患者の体験を聞くこと、第二は表情、行為、生活態度などの客観的な症状、第三は分裂症患者に相対したときのわれわれに起こる反応、分裂症患者がわれわれに与える印象である。第一、第二のものは理解に困難は少ないが、第三のものは甚だ心理的なもので、はっきり言い表わすことのむつかしいものである。

分裂症患者にわれわれが相対したときにわれわれにとって訳の分からない、互いに心を通じ合うことが出来ない、とりつく島のない、冷たいという感じをわれわれが持つ。慣れによって微妙な見落としやすい症状を捉えるためであるかもしれないが、しかし、単にそれだけではなく、軽いバセドー患者の眼の光で患者をひと目みてすぐ診断を下す内科の名医とは違ったものである。爬虫類を見たときの気味悪さ、小鳥を見たときのあたたかさ、初対面から虫の好かない人という感じと似た分裂症独特の感じがあるものである。患者の表情や身振りだけでなく、物語る体験や反応性などからも同じ印象を得る。これは検者の主観であって、これに頼って分裂症の診断を下すことは一般的に妥当であるかどうか疑わしいかもしれないが、これによってまず見当をつけて、さらに詳しく分裂症の症状を探したり、躁鬱病や、心因性反応や、精神病質との鑑別をしたりするのに非常に役立つもので、雑多の症状のある分裂症の共通な症状

として根本にこういうものがあるように思われる》

そうして、その主観的症状には、幻覚、妄想、自我障害などがあり、客観的症状には、行動の異常や生活様式の異常があげられる。

たとえば、患者は無精怠惰で仕事をせず、しても遅く、まとまらない。身の周りも整えず、だらしがなく、朝は起こさなければ起きず、顔も洗わず、着のみ着のままで身体を清潔にせず、ものぐさで一日中ぶらぶらしていて、まとまったことをしない。あるいは勝手な行動をし、言うことをきかず、仕事をせず、ひとりで当てどもなくさまよって警察の厄介になることもある。目的不明の、見当はずれの、何の役にも立たない勉強や仕事をすることもあり、患者の価値の判断が変わって、われわれに分からないと思える。人の迷惑を気にせず、他人のことに無関心で、社会的、家庭的生活に適応性が無く、共同生活は出来ず、全く自分ひとりの世界の中で埋まっているように見える。

また、表情はこうなる。

冷たい、硬い、空虚な、奇妙な表情で、無表情なことも、意味の分からない、冷たい、空虚な、深みのない、うすっぺらな笑い、痴笑を泛べていることもあり、これは空笑と云われる妙な表情をわざとしているようなこともあり、眉をひそめたり、口を尖らしたりしていることもある。

　感情反応性（何が起こっても平気で、感情の反応が現われないほうが多い）、行動（動機不明で、全く予測出来ない行動が多く、患者がどんな気持でそんなことをするのか分からないことが多い）、言語（患者の発表する思想は支離滅裂で、思路の各節に連絡が無く、言葉は支離滅裂なことが多い。無意味な同じことを繰返したり、短い言葉を取り出してみれば意味はあるが、全体としてまとまりが無いので、何の話か主題が分からない）といったことも書かれてある。

　猿渡卯平は、こうした書籍をほうぼうの図書館を回って耽読し、重要なところは机にかがみこんでメモした。彼はそれをうすい紙に書き取って秘密に所持した。妻にも絶対に見せられなかった。彼は、独りでいるとき、恰も受験生のように、それを反覆熟読しては頭の中に叩きこみ、完全におぼえこんだと思うはしからメモを焼き棄てた。

　それだけでなく、彼は夜布団の中に入ると、本でおぼえたことをこっそり練習したり、女房の居ないときは家の中で稽古したり、また人目にふれない場所に出て反覆して自己訓練をおこなった。まさに死刑と対決しての賭である。敵は精神病医である。次には検事と裁判官であった。そのためには十分な練習と鍛練とがなされなければならぬ。最も重要なことは、いかなる危機を迎えても動揺しない胆力を養わなければならないことだった。巧妙なる演技をする人間はある。しかし、死刑と対決しての勇気と不動の精神は、いかなる名優でも獲得し得ないものであった。

4

○　荒磯満太郎殺人事件被告人猿渡卯平精神状態鑑定書

鑑定事項　荒磯満太郎殺人事件被告人猿渡卯平の本件犯行当時（昭和四十年八月二十五日）の精神状態並びに現在の精神状態につき鑑定を求む。

一、犯罪事実。

被告人は、昭和四十年八月二十五日夜六時ごろ、文京区本郷弥生町（やよいちょう）××番地の路上において、同区曙町（あけぼのちょう）××番地金融業荒磯満太郎（六三歳）を突然襲撃し、短刀をもって同人の背後をひと突きし、つづいて顚倒（てんとう）せる同人の上に馬乗りとなり、心臓部ほか五カ所を刺傷し、出血多量のため即日同所において同人を死に至らしめたものである。

二、鑑定人の直接調査し得たる事実。

家族歴。（略）

本人歴。被告人は特に発言しないが、小学校、中学校、高等学校などについて調査するに学業成績良好である。高等学校二年生のころに肋膜炎に罹って約六カ月休学している。被告人の家庭は、その父親の生存中は経師屋として家計豊かなるため、被告人は某私立大学経済学科に入学し、将来、会社または銀行に勤務せんとの希望があったが、父親の死亡によりやむなく大学を二年生で中退、家業を継いだものである。

昭和三十九年二月ごろ、得意先より頼まれた表装の失敗により、その弁償を請求されたが、経済的余裕無きため、被害者荒磯満太郎より高利の金七十万円を借入した。しかるに、その後注文先からの仕事も無く、家計が苦しくなったため、その返済に窮し、以来、被告は鬱々としていたが、そのころより人間が少しく変わったと、妻女ヤス子は証言している。翌昭和四十年三月ごろからは不眠症が強くなり、食事をせず、器物を投げつけ、あるいは飯を何度となく洗ったのち食べるなど、ようやく奇矯の言動が激しくなった。妻女のすすめで某精神病院に診察を受けに行ったこともあるが、一向に治癒せず、あるいは警察が自分を逮捕にくると云い、通りがかりの警官に飛びかかったこともあった。言語は不明瞭となり、何を訊いてもトンチンカンな返事をし、あるいは幻聴があるかのように独言し、また不意に家を飛び出してどこともなく行くことが多くなった。

妻女ヤス子の語るところによれば、その症状が増進しない前の昭和四十年二月ごろ、被告は妻女に向かって、自分は十九歳のときに池袋のバーで不良と喧嘩（けんか）をし、外に連れ出され、三人に樫（かし）の棒で殴られたことがある。そのときしばらく人事不省に陥っていたが、帰っても恥ずかしくて親には云わなかったと話した。それで、いま自分の頭の痛いのは、そのときの負傷が後遺症となっていて、再発したのであろうと悩んでいたという。

その後、被告は一晩外に出ても二日ぐらい帰らず、妻女がどこに行ったかと訊けば、蒼古堂という美術商から仕事を頼まれたので相談に行き、同家に泊まったと云ったり、あるいは友人の家に宿泊したとか云ったが、これはみな虚言であった。あるいは、夜、友だちが来たから早く表をあけよ、と妻女に云うこともあったが、すべて事実ではなかった。妻女の話によれば、被告は被害者荒磯満太郎の仕打ちを少しも恨まず、早く金を返さなければ申し訳がないなどと云っていたという。

しかるに、八月上旬より症状はいよいよひどくなって、遂に右の荒磯満太郎を殺害したものである。

三、現在症。

被告が導かれて診察室に入るや、急いで椅子に無造作に坐り、鑑定人に礼をすることはない。ただし、周囲の状況をうかがい見るが如き風を示す。一見せば、被告は背低く丸顔の風貌卑しからず、年歯相当の男子で、頭髪は蓬々として伸び、着衣はやや乱れている。血色やや蒼白なるも、唇は赤し、表情どことなく鈍きところあるも、久しく対話する間にときどき笑い、ときに怒り、あるいは涕泣することあり。されど、その表情は深刻ではない。しかし、どことなく不自然に見えるところがある。眼はおおむね半ば閉ざし、完全に開いてものを見ることはほとんどない。与えられた席に着くと、無作法に机上にある茶碗を見て茶を求め、あるいは煙草を求めることがある。ときに火鉢に手をかざし、顔をこれに押しつけ、火の上に近づき、行動すべて常軌を逸す。ただし、故意にその風を装うのかと疑われるふしがある。絶えず低い声で独語す。その言葉は連絡を欠き、解し難く、ただ大体を知るのみ。内容にも変化乏しく、同様のことをしばしば反覆することがある。

彼の記憶、知識、幻覚、妄想等の病的症状および今回の刑事事件に関して問診すると、彼はおおむね質問者の意に叶うような答えをなさず、その連絡は前記のような有様で、とうてい対話語によって彼の知能等を測定することは困難である。

次いで、その記憶を調べるべく既往の事項を問うに、答弁はほとんど反応を示さず、その間、彼の顔貌は甚だ茫乎として緊張せる風無し。その独語体に話すことを聞けば、曰く、「森羅万象がはっきり見える。夜は電気が点々として美術商や友だちが見える。蒼古堂がいろいろなことを頼みにくる……おやじは表具師だが、芸術院会員だった。竹内栖鳳先生がわたしを可愛がってくれた。油絵は愚劣だから滅ぼさなければならぬ」(談話中多くは瞑目)

彼の独語中には幻覚、妄想のあるような口吻を洩らすので、これに関する質問を発したところ、答えるところ左の如し。

(「変なことが聞こえるか」「友だちがくるから、いつも話をしている」「誰が?」「豊田とか、渡辺とか、木村とか……」「それはどういう職業の者か」「学校の友だちや、美術商や、経師職人など……みんな悪い画壇を滅ぼす相談をしている。わたしの子分は百人ほどいる……金は子分が持ってくるが、泥棒がみんな持って行く。……栖鳳先生のところに行くと、二千円ぐらいくれる。秘書にすると云ったが、やめた」「毒でも飲まされるか」「毒も飲まされる。いろいろなものを混ぜては入れる」「誰が入れる?」「人間が入れる。財産を横領するために入れる。みんながわたしの財産を三百万円横領した。(涕泣)」「栖鳳先生は生きているか」

「元気でいる。いつか富岡鉄斎先生と碁を打っていたところに行き合わせたことがある」「鉄斎の寒山拾得を知っているか」「あれはロシヤ人だ」「ロシヤ人に知った人がいるか」「ドストエフスキーを知っている」「ラスコーリニコフを知っているか」（無言）「ドストエフスキーとどこで遇ったか」「わたしがロシヤに行ったときに遇った。トルストイもいた。二人ともいいお爺さんだった」「文学は好きか」（無言）「マルクスは知っているか」「彼もロシヤ人だ。汽車の中で遇ったとき、わたしにロシヤの煙草をくれた」

今度の犯罪に関する質問をすると、次のように答える。

（「裁判事件があるか」（無言）「刑事被告人ではないか」「そうではない」「いろいろ殺人事件があるのではないか」「今は無い。刑法は不都合だ（その後独語を盛んにする）」「荒磯満太郎という人間を知っているか」「生命保険の勧誘員だろう」「金貸ではないか」（しきりと考える風をする。無言）「彼から金を借りたことはないか」「ぼくは大悟徹底して……日本一の経師だ。近いうち芸術院会員になる。前から、なれといってすすめられているが、そのつど断わってきた。……ほかに芸術院会員になりたくて運動している人がたくさんいたから。……今度はなる」「それはいつごろか」（瞑目考慮。答えず）「荒磯満太郎とたびたび料理屋に行ったことがあるか」「早く栖鳳先生の絵を表装してあげなければならぬ。家には先生の絵が溜まっている。（以下、その言葉を反覆して独語するのみ）」

四、犯行後の被告人の行動。

逮捕されてのち拘置所に入るや、異常な挙動が多く、原籍、住所のほかは記憶しないと答え、ほかに何らの申立てをしない。ときに涕泣することがある。しかし、その状態に疑わしいところもある。裁判所出廷後は房内で高声を発し、喧噪を極める。大声を発し、喧噪し、泣き笑い、あるときは祈禱する風をする。

五、考察。

現症においては思想散漫、統一せる考慮無く、多くは答えないために真の記憶を検することが出来ない。問診するに故意に無知を装い、誤れる答えをするのではないかと疑われるふしもないではない。独語をつづけ、問いに対してさらに答えないことが多い。なかんずく、公判廷に出てから以上の症状甚だしくなったところをみれば、この精神異常は狂者を真似るところが多く見える点もある。彼の現在示す症状は、詐病の可能性を除外し難いが、しかし、その全精神状態がみな詐病のためとは考えられない。

現在、被告人は、思路まとまらず、理解、判断、感情とも著しく障害され、理非善悪を弁識する能力を欠くものであり、法家のいう心神喪失状態にあるとして可なりと思われる。

よって次の通り鑑定する。

六、鑑定主文。

一、被告人は本件犯行の約一年前より、精神分裂症に罹患しているものと考えられる。

二、被告人の本件犯行当時（昭和四十年八月二十五日）の精神状態は理非善悪を弁識する能力を欠いていたものと考える。

三、現在の精神状態は精神分裂症の興奮錯乱状態にある。

5

副島二郎検事は、津村吉雄教授の提出した猿渡卯平被告の精神鑑定書を熟読して顔をしかめた。

金融業荒磯満太郎を殺害した猿渡被告の裁判は、もう半ばまで進んでいる。裁判所は早くも公判の最初の段階で猿渡被告の精神鑑定を津村教授に命じたのだが、それは猿渡被告の精神が荒廃して弁護士から精神鑑定の要請があったからでもあるが、第一、被告が精神分裂状態のため全く審問ができないのである。裁判所が人定訊問(じんていじんもん)をしても、被告は自分の名前と年齢と、妻や子供の名前を答えるくらいなもので、あとは黙しているか、勝手なことをしゃべっているか、泣くかしているのであった。

これは副島検事が起訴するまでに、被告を訊問して、さんざん、苦汁(くじゅう)を嘗(な)めたことだった。猿渡被告は、この鑑定書にある通り、何を訊いても反応が無く、少しも調書がとれなかった。自分の犯行など全然記憶していないらしく、被害者荒磯満太郎の名前は知っていたが、彼は生命保険の勧誘員だと云い、どこかに生存しているようなことを云う始末だった。

だが、副島検事は猿渡卯平が本当の気違いかどうか定めかねていた。いや、むしろ猿渡が詐病ではないかと密(ひそ)かに思っていたのである。鑑定書にもその疑問が書いてあるが、鑑定医は、もともと精神異常の素質者が詐病を為(な)すので、それが拘禁されている間に、病勢が昂進(こうしん)し、実際に心神喪失者になる場合が多いと書いてある。猿渡卯平の鑑定もそうなっている。

現在の猿渡が詐病とすれば、まことに上手な演技だ。その状態は真に迫っている。

検事は猿渡の示す状態を克明にメモして、自分の知合いの精神科の医者に診(み)せたところ、医者は、この症状は問違いなく真物(ほんもの)だと云った。なぜなら、詐病にありがちな他の症状群が紛れこんでいないからというのである。いかに上手に精神病者を真似ても、ニセ者は必ず他の症状群と混同するから馬脚を現わす。けれど、この被告の場合は、それが全く無いというのであった。

それでも、検事は猿渡を疑っていた。第一、被告は、被害者の荒磯から高利の金を借りる以前は全く普通人であった。様子がおかしくなったのは、被害者から借りた金が雪達磨(ゆきだるま)のようにふくれ、きびしい催促を受け、かつ、自分の関係している女が荒磯に奪われてからだ。

もちろん、これは被告にとって大きな衝撃であったに違いない。精神科の医者に云わせると、潜在的な精神病的症状は精神的打撃によって著しく触発されるということだった。猿渡の場合、荒磯から受けた精神的苦痛、経済的苦痛が衝撃といえた。

だが、どうも合点がいかないのは、猿渡被告の様子がそろそろおかしくなるころ、妻女に向かって、自分が十九くらいのとき、池袋あたりのバーで三人づれの不良と喧嘩をし、頭を強打されたということを話していることだ。妻女の言によれば、夫の過去のその事実は初めて聞いたことで、それまでは本人の口から出なかったという。もっとも、それを話したのは被告の精神異常がまだひどくならない前で、彼はしきりに頭痛を訴え、物忘れや、言語の軽い障害を起こしかけたころだから、あるいは、彼自身がその自覚症状に怖れて、妻女に過去の原因らしいものを話したともいえた。

だが、なんだか、それは今日の詐病の伏線として妻女に語ったような気が副島検事にはするのだ。あるいは、被告が整然と乱れるところなく典型的な分裂症を維持しているところから、精神病に関する知識を本などで得て、それを忠実に守っているような気がするのである。その本で、過去に頭脳を強打したとか、高熱を出したことに起因する精神障害があるという事を学んで、不良に頭を殴られた話を作ったのかもしれないのである。

津村教授の提出した鑑定書にも、猿渡卯平の分裂症は詐病の疑いが無きにしもあらずとある。しかし、結局は、被告人の犯行当時の精神状態は理非善悪の識別能力を欠く、即ち心神喪失者とするを適当と考えるとし、現在の精神状態も心神喪失者とみなすことが出来ると結論した。これでは完全に刑法第三十九条に該当し、猿渡卯平に無罪の判決が下されるのは決定的だった。

だが、副島検事は先輩からいろいろな詐病の例を聞いている。たとえば、無罪の判決が確定した直後、被告の状態が急に正常に戻るとか、あるいは、極めて軽い刑が確定し、仮出獄すると、その病状が漸次軽快に向かうとかいうことである。これらは本当の精神病による犯行という事は出来ない。つまり、検事も裁判所も被告にいっぱい喰わされたわけである。裁判は一事不再理の原則で、たとえあとでその被告がニセ狂人と分かっても、判決が確定すれば、その犯罪では二度とやり直しがきかない。

いま、猿渡卯平は拘置所の独房に居る。

そこで副島検事は、前から拘置所の看守長に頼んで、猿渡被告の様子を絶えず監視するようにしていたが、その報告は、ますます猿渡被告が分裂症であることを報らせるだけだった。たとえば、看守がわざと監視から遠ざかったりして、実は密かに隣の独房から観察しても、猿渡被告の状態は全然変わらなかった。つまり、監視があろうと無かろうと彼の病状は同じだったのである。

しかし、もし猿渡が精神医学の本を読み、特に犯罪精神医学を研究していたなら、それくらいの用意は当然であろう。必ずや彼は医者が詐病者を見破る方法まで研究しているに違いないのだ。

副島検事は、いつも自分の下についている検察事務官の河田鉄五郎を呼んで相談した。津村教授の鑑定書の写しも見せた。

「専門医はこんなふうに鑑定してるんだけどねえ、ぼくは猿渡が正真正銘まとも、、な人間としか思えないんだ。あの男は、うまく芝居をしていると思うんだよ。これで無罪でも確定したら、ケロリと気違いが癒ってしまうと思うよ。そうならないうちに、何とか猿渡の詐病を剝いでやりたいよ。君、何とか工夫はないかねえ？」

河田は副島検事の意見に同感した。彼も取調室の猿渡を見ているが、老練な彼も被告の症状にはお手あげだったのだ。こっちの訊問には全く知らぬ顔で、勝手なことをぶつぶつ呟いているのだ。

「検事さん。ああいう気違いというのは、こっちの云うことが全然、判らないんですかねえ？」

「うむ、それが分裂病の症状らしい。つまり、外界からの刺戟に反応を示さないということだな」

「そうですか」

河田はしばらく思案していた。四十五歳の彼は、検察事務官になる前、警察の刑事であった。

「検事さん。色ごとをしゃべってやっても、あいつには通じませんかねえ？」

河田は顔をあげて訊いた。

「色ごと？」

「その、何です、猥談をしゃべるんですよ。あいつがまともだったら、逮捕されて一年近くも拘置されているんですから、性欲には餓えているはずです。そこにエロ話でもしてやれば、かならず反応を示すと思いますがね。これは昂奮するでしょうからね」

「うむ」

検事は考えこんだ。

悪くない知恵である。人間の弱点を衝いて攻撃するのに後ろめたさはおぼえたが、相手が狂人を装って殺人罪を脱れようとしているのだから、卑怯な点はくらべものにならない。検事は、この方法は社会公益の前に宥されると判断した。

「しかし、検事さんや、私などの前では駄目でしょうな?」

と、河田は云った。

「どうして?」

「そりゃ、やっぱり猿渡も警戒しますよ。ですから、ほかに誰もいない、彼ひとりの場合に試したほうが効果があります。だれも見ていない時だと、本性が出ますからねえ」

河田は、そう云って自分の経験を話した。あるとき、彼は地方に行った。宿の女中を口説くため、夜、風呂か何かに行く前、座敷にわざとエロ写真を忘れたように置いた。女中は床を敷きにくるから、必ずそれを見る。知らぬ顔をして彼が部屋に戻ってくると、女中の顔つきが違っていた。いくら、隠そうとしても、その昂奮は判る。それで、女中はやすやすと陥落した、というのだった。河田はニヤニヤしながら話した。女中は客の居ない留守にひとりだからその写真をじっくり眺めたのだ、客の前では絶対に見ないものだ、とも云った。

「しかし、猿渡がひとりでいるときに、猥談を聞かせるというのはむつかしいねえ」

検事はいった。

「それは、やっぱり拘置所がいいでしょう。猿渡は独房に入っていますから」

河田は何事かを検事に進言した。

副島検事は拘置所に行き、所長に面会した。彼はそこで或ることを頼んだ。

翌日、河田事務官の姿が地検から消えた。そのかわり、河田によく似た被告人が拘置所の猿渡の隣の独房に入った。

猿渡は言語面の疎通性を欠き、独語などが多かったが、夜間に叫喚したり、騒いだりするようなことはなく、他の房に迷惑をかけなかったので、病監に移されずに、独房に残っていた。

各房の夕食が済み、看守が食器を集めて去った。そのころから、猿渡の隣の独房の被告人は何ごとかを朗読しはじめた。はじめは経文でも読んでいるように聞こえた。被告人のなかには読経する人間も少なくない。

十五分もすると、洟を垂れているような顔つきの猿渡が、だんだんその声に耳を傾けるような素振りを見せてきた。彼の弛緩した表情には次第に緊張が現われた。彼は、そっと房の前に眼を配った。廊下には、終夜点いている電燈の光が冷たく映えているだけであった。

猿渡は少しずつ身体を動かすと、用心深く声の聞こえるほうの壁に寄ってきた。彼は、その壁にぴったりと身体をつけ、一心に朗読の声を聴いていた。も早、茫乎とした表情はどこにもなかった。

そのうち、彼の蒼白い顔に血色が上ってきた。朗読の個所は、どうやら佳境に入ってきたようであった。しかも、それは単調な棒読みではなく、男と女の声が台辞のように使い分けられてあった。男の声は舐めるが如き調子であり、女の声は愛撫される猫のような具合であった。そのうち、男の声は少しく暴力的になり、女の声は反対にますます柔順になり、溶けるが如くになった。両人の言葉は、何の飾りもなく、羞恥を脱ぎ捨てたものであった。

そのうち、両人の会話は絶え、ただ何か嵐が通過するような擬音がつづくだけであった。そして、その合間には、男の喜悦の嘆声と、女の歔欷とが交互につづいた。

——

猿渡卯平の全身は耳と化していた。彼の眼はぎらぎらと光り、顔を充血させ、額に汗を滲ませ、荒い息づかいで喘いだ。彼は落着きを失い、身体をよじりはじめた。彼は房の入口の横に誰かが忍びより、端から眼だけを出しているのを少しも知らなかった。

それから半年後、河田検察事務官が退職となり、二カ月遅れて副島検事が地方の地検に転任となった。

事情を知らない外部の者は、事務官の退職と、副島検事の転任とを結びつけて考える者はなかった。

それよりも、専門の鑑定医でさえも看破できなかった殺人犯人の猿渡卯平の詐病をみごとに敗北させ、第一審で無期懲役にさせた有能な副島検事が、どうして左遷されたのか。首をひねる者は多かった。

事情は外部に秘密にされていたが、実は、河田が猿渡を落とす道具に使ったのは、警察から借りてきた押収品の猥本であった。警察には風俗壊乱のそうした種類の押収品がいっぱいある。河田は、前に刑事をしていたので、顔を利かせて借用に及んだのだが、それ以来、河田はそうした品に病みつきとなった。

「私は、自分がそんなものを見て楽しむというのではなく、人に見せることが楽しくなったのです。どんなに澄ましている人でも、エロ写真や枕絵を見せると昂奮します。笑いにまぎらわしたりしていますが、その眼の色はごま化されませんな。警察の押収品だから、すごいのがあります。私は、そういう他人の擬装ぶりを崩して、本性をあばいてゆくのが好きになりました」

警察に捕えられたとき、河田検察事務官はいった。彼は知合いの刑事から次から次に押収品を夥しくもらっては、人々に見せたり与えたりした。それが判ったのである。暴露した直接動機は、彼がそんなエロ本を人妻に読んで聞かせて誘惑したので、その夫から襲撃されたのだった。

「猥本を読ませたら、私はうまいもんですよ。男と女の声色をつかいますからね。たいていの女が次第に息をはずませて、眼の中がうるんできますよ。……何しろ、私は、副島検事の命令で、例の猿渡の独房の隣に入って、この手を使い、みごとにあいつの偽気違いを見破って無期懲役に追い込んだんですからね。なにしろ、専門の精神科医

が心神喪失者という鑑定書を出したんですからね。……そりゃ、違法かもしれません
が、副島検事はあの時、大よろこびでしたよ」

家紋

1

《或る地方ではめったに殺人事件は起こらないが、起これば迷宮入りになることが多い。これは信仰のために信徒の間に共同防衛意識が強く、聞きこみが困難だからである》

と、或る検事総長が体験を語る回想記で述べている。

――それはこうした地方の一つであった。

事件は報恩講の終りの晩に起こった。一月十六日である。

報恩講は、開祖親鸞の忌日に行なう。東本願寺では十一月二十一日から二十八日までだが、西本願寺では陽暦に改めて一月九日から十六日までとしている。だから、この地方は西本願寺の系統に属していたのだ。

近くには、親鸞が北陸路巡錫のとき逗留したゆかりの吉崎御坊がある。その吉崎から東北約三里にFの村があった。近くには、吉崎から起こっている柴山潟もあった。東西に細長い湖だ。その湖に注ぐT川の山間部より平野に出たところがFの村だった。

一月十六日のこの地方は寒い。

農業をいとなんでいる生田市之助が村の寺の徳蓮寺から戻ってきたのは夜八時半ごろだった。報恩講の最後の晩は、村の主だった者が徳蓮寺に集まって飲む。市之助もかなり酔って戻った。

市之助は四十一になる。女房の美奈子は三十で、間に雪代という五歳になる一人娘がいた。美奈子は囲炉裏の傍の布団の中に雪代を抱いて寝ていた。

「お帰り」

と、美奈子は夫市之助の姿を見て、眼をあけて云った。

「雪代の風邪はどうだ？」

市之助は、子供の顔をのぞいた。

「あんたが出て行ってから、安西先生に来てもらって注射をしてもらったけど、まだ熱がすっかり下がってないようです」

「熱は何度だ？」

「三十七度くらい」

市之助は黙って台所に行き、水を飲んだ。

「おまえさん、ご飯は？」

と、美奈子は肩を起こしかけて、そこから訊いた。

「寺で食ってきたから、別に腹は減っておらん」

「そうかい」

美奈子はまた肩を横たえた。子供の風邪が気にかかっていた。

市之助は台所から引き返すと、囲炉裏の傍に坐って、弱くなった火に枯枝をくべた。彼は、燃え立つ火をみつめてあぐらをかいていた。煙草を吸いながら、何か考えているふうでもあり、ぼんやりとしている様子でもあった。

「あんたも早くお寝み」

と、美奈子は枕から顔を動かして云った。

「うむ」

市之助はまだつくねんと火を見ていた。

子供の雪代が急に泣き出した。美奈子があやすと、すぐに寝入った。

「おまえさん、まだ寝ないの?」

美奈子は、まだ囲炉裏の傍から離れない市之助に云った。炎の色を映した彼の顔は燃えていた。

市之助がようやく腰をあげたのは、それから二十分も経ってからだった。彼は灰をかけて火の始末をし、帯を解いた。今夜は寺の寄合でよそ行きの着物をきている。彼が子供を挟んだ隣の布団に入ったときに柱時計が九時を打った。この辺は家が十四、五戸くらいかたまっているが、日が昏れるとすぐ深夜のようになる。

市之助が鼾をかき出してから間もなくだった。彼は美奈子に揺り起こされた。

「なんだ？」

彼は赤い眼を開いた。

「表に人が来て戸を叩いてますよ」

市之助の耳に戸の音は熄んでいた。

「今ごろなんだろう？」

首をもたげると、柱時計の針は九時四十五分を指していた。とたんに、戸を拳で打つ音が鳴った。

「今晩は。生田さん」

男の声が呼んだ。

「だれだえ、お前さんは？」

市之助は身体を半分起こしてきいた。

「本家から使いに来ました。ちょっと開けて下さい」

「なに、本家から？」

市之助はその言葉で起き上がった。

本家は、この村から一里ほど北東に離れたTの町にある。生田家はこの界隈では旧家で、本家はT町で農機具と肥料商をいとなんでいるほか、各村に分家が七つぐらいあった。市之助もその分家の一つである。本家の当主は宗右衛門といって、市之助とは濃い血のつながりは無いが、三代前は兄弟であった。分家にとって、本家のことといえば何よりも大事にしなければならなかった。

市之助が本家からの使いと聞いて一も二もなく床から起きたのは、本家の当主宗右衛門の妻スギが長いこと胸を患って寝ているからであった。最近症状が重くなってきている。深夜の使いと聞いて、市之助の頭にはすぐにスギのことが走ったのだった。

市之助は表戸を開けた。農家のことで門燈も外燈も無い。ただ離れた座敷から暗い電燈の光が表に流れた。そこには頭巾を被った釣鐘マントの男が提灯を持って立っている。市之助には、一番に、その丸い提灯についた紋が眼に入った。丸に揚羽蝶は生田家の定紋だった。

市之助は相手の顔をのぞこうとしたが、男は遠慮ぶかそうに三角形の頭巾を目深に被り、提灯の光を避けるようにしていた。

「わしは市之助だが、あんたは本家から来たのかの?」

　彼は使いの男に訊いた。

「はい。旦那があなたにすぐに来てくれということで、わしがお迎えに来ました。実はおかみさんの容体がよくないので」

　市之助は、やはりそうか、と思った。

「で、どんな様子だ？」

「さっき、だいぶん血を吐かれたそうです。お医者さんはずっと注射をつづけています」

「分かった。ときに、あんたは本家の雇人かの？」

「はい、半月前に雇われました」

　本家はT町で手広く農機具と肥料の商売をやっているから、店員はいつも五、六人いた。だが、旧い人間は別として、新しく雇った者には出入りが多かった。市之助は、迎えの男もその一人だと思った。

「外は寒いから、わしが支度をするまで内に入っていてくれ」

「いいえ、わしは、ここで結構です」

　外の闇には粉雪が舞っていた。市之助も、このような場合だから迎えの者に無理にはすすめず、大急ぎで支度にかかった。さっきから二人の問答を聞いていた美奈子も起きてきた。

「いま聞いた通りだ。本家のおばさんが血を吐いたそうな」

市之助は、寺から着て帰ったばかりの着物を大急ぎで身にまといながら云った。

「おばさんは幾歳でしたかね？」

「たしか、今年は五十七のはずだったな」

「まだ若いのに、快くなればいいですがね」

と、美奈子も夫の支度を手伝いながら云った。

「今夜は、ひょっとすると帰れないかもしれない」

家を出がけに市之助は云った。

「分かりました。もし容体がよっぽど悪かったら、明日にでもわたしも本家に行きましょう。ただ、雪代が熱を出しているのでちょっと困るけど」

「雪代が大事だ。年寄りが死ぬのは仕方がない。そのために子供の病気が重くなっては困る。まあ、明日の様子次第だがな」

市之助は、あとの戸締りの用心を云いつけて表に出た。提灯を持ったマントの男は、同じ所にじっと立っていた。

美奈子は表まで出たが、生田家の定紋入りの提灯を持った男は、頭巾のまま微かに頭を下げた。二人は闇に向かって狭い道を向うに歩いて行った。提灯の橙色の灯がゆらゆらと動きながら小さくなるのを美奈子は見送った。粉雪が頬にかかった。

底冷えのする晩だった。美奈子は肩を震わせて表戸を閉め、閂をかけた。囲炉裏の残り火に手をかざしたあと、着物を脱いで布団の中に入ったが、子供は、ずっと睡りつづけていた。

美奈子は、本家のスギのことを考えていた。スギさんが死んだら、宗右衛門さんは後添いを貰うだろうか。まだ六十だから年寄りというほどではない。しかし、四十の長男を頭に三人の男の子がいる。どれにも嫁があり、孫がいた。本家には身代があるから、宗右衛門さんに後添いを貰う意志があれば容易に実現するだろう。だが、入ってきた後妻はたいへんだろう。——美奈子は、そんなことを考えているうちに、自分も子供の寝息に誘われて目蓋が重くなった。

2

美奈子が二度目の戸を叩く音に眼がさめたのは、市之助が出て行ってうとうととしている時だった。柱時計は十一時半を指していた。

「今晩は、今晩は」

外の声は戸の音の間に低く聞こえた。その声に彼女は聞きおぼえがあった。さっき夫を迎えにきた本家の同じ使いの声だった。

美奈子は手早く着物をひっかけて土間の下駄(げた)をはき、心張り棒を戸からはずした。彼女が暗い外に見たのは、丸提灯についた本家の定紋と、その灯を避けるように立っている頭巾のマント姿だった。

「また、来ました」

と、その使いの男はやはりマントの頭巾を目深にしたまま俯(うつむ)向き加減に云った。

「はあ?」

「おかみさんの容体が急に変わりました。それで、お宅のご主人からすぐにこちらのおかみさんを呼んでくるように云われたので、わしがまたお迎えに来ました」

男は低い声で云った。

「そうですか」

予期したことだったが、美奈子の胸は騒いだ。

「おばさんの容体はよっぽどいけないんですか?」

「はい。だいぶん悪いようです」

夫は、スギの容体次第では明朝夜が明けてから本家にくるようにと云い残して出た。

しかし、夫が本家に行ってみると、思ったよりスギの様子は危険になっていたのであろう。今からすぐ来いというのは、夫が自分にもスギの死に目に合わせたいからだと思った。美奈子が、支度をするまで中に入って囲炉裏の傍で待っていてくれと相手に云うと、

「いいえ、わしはここで結構です」

と、提灯の男は暗くて寒い外から動かなかった。だが、

「あの、おかみさん」

と、美奈子の背中から男は呼んだ。

「ご主人は、子供さんもいっしょに伴れてくるようにとのことでした」

「子供も？」

夫は雪代が熱を出していることを知っている。こんな寒い晩にその子を伴れて、二里も離れた本家に行けないくらいは分かっているはずなのに、と美奈子は思った。一方では、スギとの別れに子供も伴れてこいという気持だろうと思いながらも、もし子供の風邪がひどくなったらどうするつもりだろう、という抵抗もあった。

自分の支度を終えて美奈子は布団の中の子供をのぞいた。五つの雪代は、熱で赤い顔をしていた。

「子供は風邪を引いて熱を出しています。いっしょにはとても伴れて行けないと思いますが」

美奈子がマントの男に云うと、

「なんとか厚着をさせても伴れてくるようにとのことでしたが」

と、使いの男は夫の伝言を忠実に伝えた。

美奈子は迷った。夫の云うことに従ったものか、それとも風邪の用心のため家に残したものか。子供を残すとすれば、隣の庄作さん夫婦にこの子を預けなければならなかった。それで美奈子は、ちょっと待って下さい、と断わって、隣の家の戸を叩いた。マントの男は、そうした美奈子の動作を提灯を持ったままじっと見ていた。

隣の庄作の女房のお房が戸を開けて顔をのぞかせた。雪代はこのお房に可愛がられていた。

「済みません。お房さん、いま本家から使いの人が来て、おばさんが危篤だから、わたしにすぐ来てくれということです」

美奈子が云うと、

「本家のスギさんが？」

と、お房も美奈子に向けた眼を、そのうしろに立っているマントの男に移した。

「さっきもこの人が迎えにきて、ウチの人は本家に行っているのです。だが、わたしと雪代にすぐこいというのは、おばさんの容体がよっぽど悪いらしく、危篤ではないかと思うのです。これから子供を背負って本家に行こうと思いますが、ちょうど雪代は熱を出して寝ているので、どうしたものかと思案しているのです」

「そりゃ雪ちゃんを伴れて行くのは無理だよ」と、お房はすぐに云った。「今夜はまたよけいに冷えるじゃないか。こんな晩に二里の道を歩いて行けば、風邪がひどくなるのは分かりきってるよ。そんな事情なら、あんただけ行って、雪ちゃんはウチで預かってあげるよ」

「そうですか」

「いいよ。わたしがあんたの代りに雪ちゃんの傍に添寝してあげるから、雪ちゃんが眼を醒ましても、わたしなら泣きはすまい」

このとき、マントの男が口を入れた。

「こちらのご主人は、子供さんもいっしょにということでしたが」

低い、呟くような声だった。

「いくら市之助さんがそう云っても、そりゃ無茶だよ」

と、お房はその男に少し激しく云った。

「こんな晩に伴れて行くと、雪ちゃんまで殺しかねないよ」

男は不服そうに黙った。

家の中から子供の泣き声がしたので、

「ほら、眼を醒ましたよ」

と、親切なお房は美奈子といっしょに家の中に入った。眼をあけた雪代は大きな口を開けて泣いていた。

「よしよし」

と、お房は雪代の枕元にかがみこんで、その頭を撫でた。

「雪ちゃん。あんたのお母さんは用事があって、これからちょっとそこまで行ってくるからね。その間、おばさんといっしょに留守番していようね」

女の子は泣きやんだが、涙で濡れた眼をお房と、その横にならんでいる母親の顔とに向けた。

「おばさんが云う通りだよ。すぐ帰ってくるからね。雪ちゃんはここでおばさんといっしょにねんねして待っておいで」

子供は母親のすでに支度の変わったのを見て諦めたようだったが、それでもいっしょに行きたそうな顔をしていた。

「よしよし。それじゃ、おばさんといっしょにお母ちゃんを家の中から見送ろうね」

お房は雪代の額に手を当てて、だいぶん熱が下がっているようだね、と云い、ねんねこにくるんで雪代の身体を抱え起こした。

「寒いから外には出ないで、ここでお母ちゃんにさよならをしようね」

お房は雪代を抱きかかえ、入口のところに立った。

「それじゃ、雪代、すぐに帰ってくるからね、おとなしく待っておいで。おみやげを買ってきてあげるから。おとなしくしてないと、また熱が出て、安西先生が注射をしにくるよ」

美奈子は雪代の額の髪を撫でた。提灯を持っている男は、さっきの姿勢のままじっと立っていた。

「それじゃ、お房さん、済みませんがお願いします」

美奈子は頭を下げた。マントの男は頭巾の下から、雪代を心残りげに見ていた。それは、この子がいっしょに伴れて行かれないのを残念がっているようにもみえた。彼はお房には挨拶(あいさつ)しないで背中を向けた。

美奈子はその男のうしろから暗い道を歩いて行った。それは市之助が歩いて行った方角と同じだった。お房に抱かれた雪代は、暗い宙に揺れながら小さくなる提灯の橙色の灯をいつまでもみつめていた。それが子供の見た母親の最後の姿だった。

……

――翌朝七時ごろ、通称「弁慶土堤」と呼ばれる川堤の径で、市之助と美奈子の惨殺死体が村人によって発見された。夫婦の死体はかなり離れて横たわっていた。二人ともひどい血にまみれていた。

T町の警察署が二つの死体を調べると、両人とも腹に深い突き傷を受けていた。致命傷は、咽喉を抉った同じ凶器によって出来たと思われる円い突き傷であった。

弁慶土堤というのは、F村からT町に行く近道で、むかし、この土堤を義経主従が歩いたという伝説に依った。土堤の横はT川で、すぐ向うに見える松林の反対側が柴山潟であった。安宅関址はそこから遠くない。

凶器について、警察は初め、昔の槍のようなものではないかという意見だったが、のちには、山芋を掘る鉄棒だろうということになった。山芋掘りに使用する鉄棒は、その先端が尖っている上に研がれている。夫婦の傷の孔は円く、その棒の尖った先をかなり深く入れると、ちょうど腹や咽喉の孔と大きさも一致するのである。

捜査が開始されたが、むろん、T町の本家生田宗右衛門方では、そんな使いを市之助のもとに出したおぼえはないと云った。その晩、六人の雇人は全部家にいた。スギは寝たままだが、容体の急変は起こってなかった。市之助夫婦を呼び出したのは本家の雇人に化けた男だった。

この殺人は残酷であった。はじめ、徳蓮寺の報恩講から帰った市之助を呼び出し、それからしばらくして、妻の美奈子を呼び出している。犯人が夫婦を迎えにきた釣鐘マントの男だという推定は動かない。彼は最初に呼び出した市之助をT町に向かう弁慶土堤の現場にさしかかったところで殺害したのである。次には妻の美奈子を呼び出し、同じ場所に伴れてきて殺している。

凶器が山芋掘りの鉄棒だとすると、本家の使いに化けた男は夫婦を迎えにきたときその棒を手に持ってなかったのであるから、多分、殺害現場近くの、夜でも目印になるような所にその凶器を隠しておいたと思われる。山芋掘りの鉄棒だと、全体の長さが二メートル近いのもあるから、相手を突き刺しても犯人は返り血を身体に受けないですむであろう。

犯人は倒れた相手の上から咽喉をめがけて強い力で突き下ろしたと思われる。この場合、犯人は提灯を傍に置いて、その明りで夫婦の咽喉（いんこう）部に見当をつけたと思われた。

3

犯人は生田家の事情を知っている男に違いなかった。本家の宗右衛門の妻が胸を患って寝ていること、市之助夫婦が本家の報せだと云えばすぐに駆けつけることなど、ちゃんと心得ていたのだ。本家の雇人が始終変わっていることも知っているらしかった。

何よりも市之助夫婦を信用させたのは、提灯についた丸に揚羽蝶の紋だった。これを生田家の家紋と知っている点、他所者とは思えなかった。夫婦は、この紋一つを見ただけでも本家からの迎えの者だと信じたといっていい。犯人はまたそこを狙っていたのだろう。

犯人の計画性はまだあった。市之助と美奈子とを時間を置いて別々に誘い出していることだ。これは夫婦がいっしょだと二人がかりで抵抗されること、または、市之助を攻撃している間に美奈子が大声を出して救いを求めたり、逃げ出したりする危険を考慮したのであろう。夫婦一人ずつ時間を置いて殺したところに犯人の頭脳がみられた。

夫婦とも死んでしまったので、迎えの男がどのようなことをいって最初に市之助を誘い出したかは捜査陣に正確には分からない。だが、美奈子がお房に語ったことから大体の推測はできた。

犯人を目撃したのは、隣のお房と、五つになる雪代である。雪代は幼児だから、犯人の姿について語れるのはお房だけだった。

迎えの男は釣鐘マントを着て、頭巾(ずきん)を深くかぶっていた。自分の手に持った提灯の明りからも顔を避けるようにして佇(たたず)んでいた。粉雪の舞う闇(やみ)の晩である。お房にはその男の人相が全く分からなかった。

男の声は低く、何だか押えたような具合だった。地声が判(わか)らないように工夫していたとも思える。そのためか、口数は少なかった。暗いところから様子を見成(みまも)るように立っていた。

犯人は子供の雪代をしきりと一緒に伴れて行きたがっていた。風邪がひどくなるといって、お房が強く反対したから雪代は難を脱(のが)れた。そうでなかったら、雪代も両親といっしょに殺されるところだった。

犯人は五つの女の児(こ)まで犠牲にしようとしたらしかった。はじめから生田市之助一家のみな殺しを考えていたようであった。盗まれた物は何も無い。警察の捜査は、最初から怨恨(えんこん)説に絞られて進められた。

当初、犯人はすぐに検挙されるものと思われた。彼は物的証拠は何一つ残していない。凶器も発見できなかった。冷たいT川の底を三日間にわたって捜索したが無駄であった。しかし、犯人は手がかりを多く残している。

たとえば、本家、分家を含めて、生田家の内情に詳しいことを自ら見せている。よそから来た風来坊ではない。お房の目撃談によると、頭巾をかぶったマントのままだったし、提灯の光から顔を避けるようにしていたというから、この近所に人相を知られた男であろう。背の高さ、五尺六寸近くはあったという。五尺六寸は一メートル七十センチである。長身のほうであろう。

それに提灯という小道具がある。普通の提灯ではなく、生田家の家紋入りだ。丸に揚羽蝶は、この地方では生田家だけだった。凶器が山芋掘りの鉄棒だとすると、これも特殊なものである。どの家にも有るというような品ではなかった。

しかし、これが迷宮入りになったから不思議である。

捜査は県警の応援があった。方法は三つに分かれた。一つは提灯の出所を求めること、一つは山芋掘りの鉄棒を探すこと、最後に、生田家の内情に通じ、且、市之助夫婦に恨みを抱いている者を聞込むことなどであった。

丸に揚羽蝶の家紋は、この辺では生田家しかなかった。これは本家、分家全部同じである。ただ、家紋のついた提灯を持っているのは、本家一軒と分家二軒だった。捜査員が調べると、本家にはその提灯が五つある。どれも無事に残っていた。また当夜使用された形跡も無く、五つとも埃をかぶっていた。

分家の二軒はそれぞれ別な村だが、ここもその提灯は納戸に仕舞われたままでいた。やはり最近使用された形跡は無く、その笠にも柄にも白い埃が溜まっていた。

そこで、事情を知っている犯人は提灯を前もって注文したのではないかという推測になった。T町をはじめ、県下一帯に亙り、提灯屋を調査した。しかし、その事実は無かった。提灯を造っているところは県下でも僅かだ。そこで隣接の県についても調べてみたが、丸に揚羽蝶の提灯の注文を受けたという店は一軒も出てこなかった。提灯の手がかりはここで切れた。

次は山芋掘りの鉄棒の捜索だった。F村は県の南部の山岳地帯が平野に下りたところで、村の者は秋になると、商売用の山芋を掘りに行く。それはこの村だけではなく、隣接の各村もほとんどそうだった。つまり、この辺の村では山芋掘りが特別に珍しいことではなく、したがって、それに使用する鉄棒は三軒に一軒ぐらいの割に一本ずつ持っていた。F村では約三十戸がそれを持ち、東の村では二十戸、西の村では二十五戸が持っていた。

しかし、これは警察の推測であった。推測というのは、ほかにも山芋掘りの鉄棒を持っている家があったかもしれないということだ。これは次の聞込みの困難にも関係していた。すなわち、どの家がその鉄棒を持っているのか、村の者は捜査員に語りたがらなかったのである。

判っているぶんだけは捜査員が先方の家に行った。その農家の者は刑事に問われて、渋々ながら裏の小屋から鉄棒をとり出してきた。先端は鉛筆を削ったように円錐形に尖り、磨かれていた。刑事たちの調べた限りでは、その先が泥だらけのものが多く、血痕は無かった。ルミノール反応にも現われなかった。

被害者の隣家のお房の申立てによると、夫婦を呼びにきたのは頭巾をかぶった釣鐘マントの男だったという。この村の者でこのようなマントを持っている人間は無いというのが村人の一致した答えだった。

最後に、聞込みは困難を極めた。はじめからこの殺人事件の捜査は怨恨関係に重点が置かれていたので、もっぱら生田市之助と美奈子夫婦の交際関係が洗われた。夫婦仲は円満であった。美奈子は十年前に隣県の町からきたのだが、市之助とは見合いである。娘時代には他の男との恋愛関係はない。性質はおとなしく、働き手である。色白の器量よしだが、村での浮いた噂はなかった。

市之助も働き者だった。親から譲りうけた一町歩あまりの先祖の田を忠実に守り、近所づき合いもよい。酒は好きだが、深酒ではなく、女関係も無い。財産は田畑や、自分の家のほか、農協に百五十万円くらいの預金がある。借金はない。おとなしい性格で、喧嘩(けんか)したこともなく、人に恨みを買うような男ではなかった。

要するに、市之助夫婦が悲惨な災難を蒙(こうむ)るほどの原因は、捜査陣の耳に何も入らなかった。平凡で、平和な普通の農家の家庭だったのである。

捜査陣が最も聞込みに力を入れたのは、生田家の本家と分家の市之助の関係、あるいは他の分家同士との関係だった。田舎では本家、分家の秩序が血族的な結合となっているが、その内部は外側からは窺(うかが)い知れない葛藤(かっとう)があるかもしれない。これは世間の例によく見られる通りだ。

しかし、本家の宗右衛門には三人の男の子がいて、それぞれ結婚している。跡取りの長男はすでに四十歳だ。宗右衛門は財産家だが、相続人が決まっていれば、分家が本家の財産を狙うのは不可能だった。また分家同士もみなうまく行っている。ここで本家のことが仮りに問題になったとしても、それは市之助夫婦が奇怪な男に呼び出されたた口実にされただけで、事件には何の関係もなかった。

しかし、このような市之助夫婦の環境は、どこまで聞込みが真実を伝えたかは疑わしかった。村人はほとんど捜査員の問いに沈黙を守っていた。顔なじみの駐在巡査にしてすら、捜査本部に対してこの村の家庭のことはよく分からないといった。村のことだと、たいてい噂になったりするものだが、ここでは他人の悪い風聞は全く存在していないのである。駐在巡査は、何か調査をはじめるとき、いつも村人のこうした沈黙の壁に突き当たるといった。

村は熱心な門徒ばかりだった。元来、加賀、越前は、開祖親鸞の巡錫以来、強固な一向門徒となり、中世でもしばしば弾圧する領主と戦っている。その宗教による互いの紐帯感、あるいは運命共同体的な意識が、現在でも一帯の村落を支配しているかのようにみえた。

事件の起こった当日、市之助は夕方まで畑にいて麦を踏んでいる。妻の美奈子は、子供の雪代が風邪を引いていたので、ずっと家に残っていた。市之助は午後四時から徳蓮寺に行き、報恩講の最後の集まりに出席した。その晩は寺からの振舞いであった。集まった者は徳蓮寺の檀徒代表格の七人であった。寺では住職の野上恵海や院代の真典が出て接待に当たった。

恵海は五十歳になる。この寺の住職に来てから十年以上経っていた。院代の真典はこの寺ではまだ三年くらいだった。ほかに二人の小僧がいる。住職は妻帯していなかった。それで、こうした行事があると、村の女たちが寺に手伝いに行く。その日も女たち五、六人が台所で働いたが、美奈子は子供の風邪で参加していない。

寺では檀徒総代を大事にするから、その日もずいぶんとご馳走を出した。住職も院代も懸命につとめている。住職も院代も酔った。宴が終わったのが八時で、市之助も真直ぐに家に帰っている。

――しかし、こんなことがいくら分かっても捜査の役には立たなかった。

こうして、最初、事件の解決はいとも簡単にできると思いこんでいた捜査陣も、遂に何の手がかりも得ることができず、迷宮入りとなった。所轄署に置かれた捜査本部は五十日間ねばった末に解散した。

4

それから十三年経った。

雪代は十八歳になった。彼女は九州の福岡に居た。

両親をいっぺんに喪ったので、本家をはじめ、ほかの分家でも彼女を引き取るといったが、そのいずれも子沢山であった。もちろん、雪代一人を置いたところで生活には困りはしない。ただ、家庭の融和の点から、どの家でも多少の躊躇がないでもなかった。

福岡は分家の次男に来ている嫁の実家であった。商売は、せんべいの製造元だった。せんべいを焼いて卸すのである。博多にわかの面に型どったのがこの地の名物だった。その家は嫁にいった娘のほかに子は無かった。

雪代は可愛がられて育った。小学校から高校とすすみ、今年からは女子大に行っている。もとの女専で、土地では名門校だった。雪代は高校まで首席で通した。

その間、故郷の北陸には二度しか帰っていなかった。それも福岡に行って一年後と、四年後だった。だから、まだ小さい時である。本家に泊まったが、両方とも二晩しか寝なかった。故郷がどうしても好きになれなかった。

雪代も、両親の悲劇のことは聞いていた。五歳のころだとうっすらと物心がついている。両親がどのような最期を遂げたかは、特に人が教えてくれなくとも、子供心にも察しがついていた。両親が居なくなった直後、あのころの家には、知らない小父さんがいっぱい出入りし、巡査も混じっていた。来る人が、雪代を見て、この子が可哀そうだといい、隣のお房というおばさんが、母の居なくなった晩のことを話すのを傍で聞いていた。その話はいつも同じで、わたしが引きとめなかったら、この子まで殺されるところだったよと自慢そうに云っていた。

正確に、その事件を養父から聞いたのは二年前の十六のときだった。雪代が頼んで教えてもらったのである。

「ふしぎなことやな。とうとう犯人は分からずじまいになった。まだ生きとれば、この日本のどこかに何喰わぬ顔して暮らしとるはずばってんなア」

養父は詳しく説明した上で、そういった。

雪代は、両親を殺した犯人が何処かで生活していても、それに対して別に憎しみは湧かなかった。幼い時のことで、実感はなかった。両親との生活が淡い記憶でしか残っていないせいもあろう。かえって、この日本の何処かの土地に、その犯人が生きて暮らしていることが奇異に感じられた。養父の話では、犯人は背の高い男でマントを頭巾ごとかぶり、雪の夜に家紋入りの提灯を持って、父と母とを別々に迎えに来たという。すると、雪代には、闇の中に父と母とを死出の旅に案内した背の高い男が北欧の童話の中に出てくるような神秘さで浮かび上がってくるのだった。

その男が、この日本のどこかに今も住んでいる。——その土地も分からず、彼の顔も分からないことが、かえって悪霊的にさえ思えた。

本家の生田宗右衛門が七十三で死んだのはその年の秋であった。雪代は、行きたくなかったが、本家のことだからと養父母がすすめるので、仕方なくFの村に帰った。

前に戻ったときから九年ぶりだった。

宗右衛門の葬式は終わっていた。雪代にはぼんやりとした記憶があるだけで、故人の顔もよく分からなかった。女房のスギは十年前に死んでいる。雪代は養父母の娘が嫁にきている分家に泊まった。五つまで育った家は他人のものになって建て替えられていた。その隣のお房も三年前に死んでいた。

折角、戻ってきたのだからといって、分家では、雪代の両親の供養を徳蓮寺に頼んだ。両親の位牌はこの分家の仏壇にならべられてあった。

昼の二時ごろ、徳蓮寺から黒い着物をきた五十すぎの坊さんが風呂敷包みを持って分家にやってきた。

「おお、立派に成人なさって。いい娘さんになられましたな。これでは道でお遇いしても分かりませんなア。われわれが年齢をとるはずです」

坊さんは、茶を飲みながら、雪代の顔をしげしげと見ながら云った。徳蓮寺の住職の真典だった。

住職が別間で、風呂敷包みの中の袈裟と着替えをしているとき、この家の老人が雪代に教えた。

「あんたのお父さんとお母さんが亡くなったときにはな、あの真典さんが徳蓮寺の院代でな。そのときの住職の恵海さんが八年前に死んだので、跡を継がれたのじゃ」

雪代は、その話で思い出した。両親が殺された日は報恩講の七日目だった。父はその晩、ほかの人といっしょに徳蓮寺でご馳走になり、八時半ごろに家に戻った。住職も院代も檀徒総代というので皆に酒をすすめてつとめたという。すると、そのころ院代だったこの真典は寺で父をもてなしたのだ。雪代は、九州の養父が語ってくれた話を思い出しながら、仏壇に金色の袈裟姿で読経(どきょう)している住職の後頭を見ていた。住職の真典は雪代よりも背が少し低かった。読経は念入りで、一時間半はたっぷりとつづいた。

供養が済むと、住職は、出された酒を少し飲んだ。彼は雪代を悲しませないためか、両親のことは話さなかった。四十分くらいすると、袈裟を包んだ風呂敷を抱えて出て行った。

住職が帰ったあと、老人は四十三歳の息子と酒を飲みながら云った。

「真典さんも、院代のときは女のことで噂が多かったが、さすがに年齢(とし)をとって、すっかり、いい爺(じい)さんになってしもうたの」

息子は何か云いかけたが、雪代が横に居るのに気づいてか口を閉じた。老人も黙った。——

あくる日、雪代は嫁といっしょに自転車で柴山潟の傍まで遊びに行った。途中は新しく出来た県道で、川土堤(どて)の径(こみち)は廃道となり、黄色い草に蔽(おお)われていた。そこが雪代の両親の殺された弁慶土堤だが、嫁は教えなかった。

秋の北陸の潟は、冷たい色の水を湛(たた)えてひっそりとしていた。両岸の松林の間に紅葉がわずかに残っているだけで、雑木林はほとんど梢(こずえ)だけになり隙間(すきま)が多かった。水辺に枯れた芦(あし)の群れがあったが、その水影は少しも動かなかった。

「あ、あすこに徳蓮寺さんが通っていなさる」

三十八歳の分家の嫁は指を挙げた。

潟といっても、ここは川のように狭く、対岸は間近だった。その向う岸の土堤の上に道があるのだろう。黒い着物をきた坊さんがひとり、うつむき加減に歩いていた。昨日、読経にきてくれた真典であった。

先方はこちらに気づかずに歩みをつづけていた。水の上にその背の低い影が倒(さかさ)まに移動していた。どんよりと曇った日で、あたりの黄色い風景の沈む寒々とした中を、坊さんのたった一つの黒い姿が小さく動いていた。

雪代は、その姿を見て、ずっと前、夢の中でこれと同じ場面を見たような気がした。

5

それから五年経った。——

雪代は恋愛して、結婚した。夫になったのは銀行員だったが、実家は佐賀県の田舎町にある臨済宗の寺だった。寺の三男である彼は養子にきた。

雪代は住んでいる福岡から汽車で二時間足らずの夫の実家には夫に連れられ結婚後三度行った。古いその町は新しい国道からもはずれた細長い町だった。旧道はやたらと曲がっていた。その両側は軒の低い、格子造りの家がならんでいた。その軒の下や、外からも見える中庭に白い素麺が横にひろく滝のように干してあった。この町は素麺の産地であった。

旧道が鋭角に曲がったところに、高い銀杏の樹を旗印のように持った大屋根の信養寺があった。それが夫の実家だった。

夫の父親の住職は、横幅のひろい、背の低く見える人だった。寺には二人の若い僧と、小僧さん一人とがいた。この付近では旧い臨済宗の寺だった。

長男は坊さんになるのを嫌って、近くの町で菓子の製造業をしている。次男は高校の教師になっている。舅にあたる六十五歳の住職は、人が好くて、のんきであった。

本堂も大きく、裏の墓地もひろかった。境内に大きな銀杏の樹があるのだが、墓地にも小さな銀杏の樹があった。その両方の梢には胸の白い鴉のような鳥がとまりにきた。このへんでは朝鮮鴉といっているが鵲であった。舅の住職は北陸生れの雪代にこのへんの郷土史や地理を話した。

それは結婚して三年目の年だったが、久しぶりに夫の実家に帰ってみると、寺では葬式がはじまっていた。雪代はこれまで何回かここに来ているが、葬式にぶつかったのはそのときが最初だった。

臨済宗の導師は荘厳な装いをしている。金襴の高い帽子をかぶり、紫の色衣、金襴の袈裟を身にまとい、払子を構えて黒塗螺鈿の曲彔に腰かけている。雪代は寺の庭に遠く立って本堂の葬式の進行を見ていた。

やがて住職が曲彔から起って仏前にすすんだ。

「あら、お父さんはずいぶん背が高く見えますね?」

雪代は傍に立っている夫に云った。

「うむ。帽子をかぶっとるからやろうな」

夫も本堂の内をそこからのぞきながら云った。

「仏教でも、あれを帽子と云うの?」

「云うとも。明治のはじめに外国からシャッポが輸入されたばってん、適当な訳語が無かったけん、禅宗の帽子の名を借りたとたい」

「物識（ものし）りね」

「親父（おやじ）の受け売りたい。……あれで帽子の高さは十五、六センチくらいあろうや。それで背の低い親父も立派に見える」

夫は声を出さないで笑った。

年をとった坊さんというのはみんな背が低いのだろうかと雪代は思った。雪代がそう考えたのは、七年前、北陸の田舎の分家に来た徳蓮寺の住職真典のことだった。真典は年寄ったというほどではないが、背が並より低いほうだ。あれは若い時からだろう。蕭条（しょうじょう）とした秋の柴山潟の岸を歩いていた真典の背の低さを眼（め）に泛（うか）べた。どんよりと曇った空のひろさが背景に大きかったから、よけい背が低くみえた。

しかし、雪代は真典のあの姿を、ずっと前、それも子供のころに見たような気がする。柴山潟のときも、ふと、そう思ったものだが、未（いま）だにはっきりしなかった。夢の中だったかもしれない。

しかし、徳蓮寺のあの真典も、舅のように帽子をかぶったら、ずっと背が高く見えるだろうと思った。だが、徳蓮寺は真宗である。真宗ではあんな頭巾（ずきん）のような帽子はかぶらない。

明くる朝、雪代が舅の部屋に行くと、住職は白木の位牌を机の上に置き、傍に硯箱を揃えて、お経の本を繰っていた。

「今朝、また近くの村に新仏のでけたの、戒名ば付けてやらんばならんとたい」

舅は説明した。

「それじゃ、墨をすりましょうか」

「うむ、頼む」

寺だけに硯は大きくて立派なものであった。雪代は住職が戒名を考えている間、これも大きな墨ですりはじめた。上質な硯とみえ、墨が吸いつくようであった。

「もう、よか」

舅は戒名が決まったとみえ、筆をとって、雪代がすったばかりの墨に穂先を浸した。白木の位牌には黒々と美事な文字が書かれた。漆のように墨色から香りが匂った。雪代は墨をすったことが何年間もなかったので珍しかった。

「それじゃ、また、お葬式ですか?」

「うむ。病人が死ぬとつづけざまばな」

住職の舅は忙しいのが、満更でもない顔つきだった。

二日の連休なので、その夜も雪代は夫と寺に泊まるつもりだった。

田舎の町では行くところもなかった。夕方から散歩に出たがすぐに行き詰って寺に引き返した。庫裡に入る前に、本堂裏の墓地に行ってみた。境内を仕切っている垣の、低い門をくぐるとすぐ墓地なのだが、黒い墓石の暗いところに灯を入れた提灯が二つ宙に浮いていた。気味が悪かったが、夫といっしょだし、彼の実家が寺なので、気持が悪いから引き返そうとも云えなかった。実際、夫はもう、その明りのついている提灯の前を歩いていた。

二つの提灯は墓の両側に立てた竹の先に吊るされていた。その明りが墓前の花や、菓子などの供物を淡く照らしていた。墓は新しかった。

「墓がでけたので供養したんやろうな」

夫は雪代に教えた。雪代はかたちだけ手を合わせたが、夫の背中にかくれるようにして見ていた。やはり、気持はよくなかった。

丸い提灯は安物の白張りであった。風雨に破れてもいいのである。白い紙に何も書いてなく、火だけともっているのが、冥界を想わせた。

「白張り提灯というのは、やはり気持が悪いな」

と、夫も同じ思いらしかったが、その次に何気なく、冗談半分に呟いた。

「おやじも、この提灯に墨で何か書いとけばよかろうに。文字を一字書いとくだけでも、だいぶん違うやろな」

「字でも、気持が悪いでしょ」

雪代は思った通りを云った。

「そうかな。うむ、そうかもしれん。そんなら、この家の紋でも描(か)くか。紋ならよかろう」

夫は思いつきを云って笑った。

雪代があとになって、あっ、とひとりで声が出そうになったのは、この夫の言葉に思い当たることがあったのだ。夜、布団の中に入って、横の夫の寝息を聞きながら、睡(ねむ)れぬままにさまざまなことを思っているとき、白張り提灯のことで云った夫の声が耳に戻ってきたのである。

提灯に紋。——

五つのとき、両親を迎えに来た犯人は、丸に揚羽蝶(あげはちょう)の生田家の家紋入りの丸い提灯を持っていた。養父の話してくれたところによると、警察では、本家も分家も全部捜したが、どこも提灯は無事に数を揃えて残っていた。

しかし、寺の墓場には、今夜見たように白張りの提灯が下がっている。供養のためだから、破れてもかまわない安物である。徳蓮寺にもああいう供養の白張り提灯が、境内裏の墓地に在ったのではあるまいか。警察は墓場の提灯までは気がつかない。

　この寺のように、徳蓮寺にも硯は在った。坊さんは提灯に、丸に揚羽蝶の紋を描くことができる。たとえ上手でなくとも、本家の病人の急変に動揺している人間の眼は誤魔化せたろう。

　犯人は背が低かったかもしれない。しかし、彼は釣鐘マントをきて、その頭巾をかぶっていた。頭巾は三角形をしている。頭の上に別なものを載せ、その上から頭巾をかぶせると、頭巾は三角形の尖(とが)った先をぴんと張るから、隣のお房おばさんの見た夜目には、背の高い男に映ったに違いない。ちょうど、背の低い舅が儀式用の金襴の帽子をかぶると、見違えるほど高く見えたと同じにである。帽子は十五、六センチの高さというが、マントの頭巾もそれくらいはあろう。額にかかった部分を別としても、十センチ以上は十分に高く見える。

　犯行の夜、徳蓮寺では、報恩講の終りの晩で、住職も小僧も檀徒総代の接待に疲れて熟睡していた。その寝入りばなに院代が寺を脱け出たとしても、気づかなかったに違いない。住職の恵海は酒に酔って寝ていた。

　雪代は、田舎の分家の年寄りが不用意に云ったことを思い出した。

（真典さんも、いまは年とったが、若いときは女のことで……）

それは真典が徳蓮寺の院代のときだったのであろう。

――すると、突然、夢の中のことが出てきた。

雪代が母の背に負われてどこかの道を歩いている。母の傍には、父ではない男が前こごみに歩いていた。その男に、母はぴたりと寄り添っていた。やはり、夜で、遠くに人家の灯が小さく見える野道であった。

あれは夢なのか、実際の出来事だったのか。

――あの地方の人々は警察の聞込みに対して口が固かったという。山芋掘りの鉄棒は、警察で調べた以外に、まだ持っていた者があったのかもしれない。

雪代は暗い天井に匍う太い梁をいつまでも睨んでいた。

史疑

1

新井白石の著作「史疑」が現存していると伝えられた最初は、ある新聞社の学芸記者が北陸一帯をほかの取材で歩いて東京に帰ったときだった。

この話は、はじめその学芸記者がよく出入りする某大学の助教授のもとに届けられた。その助教授は容易に信じなかったが、だんだん、その記者から話を聞いてみると、まんざら嘘とも思えないようになってきた。所蔵家はいま福井県の田舎にいるが、もと加賀藩の藩儒の子孫だという。名前は宇津原平助といい、もう六十七の老人である。変り者で、二十年前に家族全部をその家から追い出したあと、今では独り暮しである。老妻はほかの土地に住んでいる子供たちの世話をうけ、ほとんど親子の往来もないという。家には先祖から伝わった古文書や古記録がおびただしく積んである。宇津原平助という老人は一種の蔵書狂で、その所有の書物を他人に貸さないばかりか、閲覧も許さない。それこそ守銭奴が土中に埋めた壺の金貨をときどきのぞいては愉しむのに似ているというのである。

これまでも県庁の図書館からその書物の買上げの交渉があったが、平助老人は絶対に応じなかった。もっとも、ときどき訪ねてくる好事家には自慢らしく手製の目録をのぞかせることはあった。だが、それも全書目でなく、秘中の書はそこから省いているのだと平助自身は記者に云った。家は古くて広い。蔵書のある部屋はその離れで、盗賊が入らないように窓には厳重な鉄格子が嵌めてある。土蔵を造らないのは平助老人が毎日その部屋の書籍を眺めに自由に往来するためで、土蔵に収めると愛児と隔離されたように寂しくなるというのだった。

その助教授は加賀藩の「武鑑」を開いて、たしかに藩に宇津原平左衛門という藩儒が存在していたことを知った。

平助老人がどうして新聞記者などに「史疑」を持っていることを打ち明けたかというと、その記者は大そう口がうまく、また話の引出し上手だったので、つい、うっかりと口外したのだった。記者の話によると、平助老人はそれを云ったあと、いかにも後悔したように、このことは絶対に他人にしゃべってくれるな、人に知られるとほうぼうから閲覧を申し込まれて困るからと、くどくどと口止めしたそうである。

秘密にしてくれと云われたが、その新聞記者は助教授にこれを告げたのだった。助教授は可能性があると考えたあとは昂奮して、このことはほかの学者には黙っていてくれと、また記者に頼んだ。助教授は、君もし、それが真物なら大した発見だ、ぜひ読んだ上で、学界を聳動させるような論文を書きたい、と云った。

新聞記者がそれを他の歴史家にしゃべったとしても、あながち、彼の不道徳を責めることはできまい。新聞記者は「史疑」がどのような価値のものかはじめよく分からなかったし、助教授の昂奮を見てびっくりしたほどである。それで、一人だけに教えるのは勿体ないような気がし、ついでに、このことは学界全部に知らせるのが正しいのではないかという理屈をつけ、前記の助教授よりはもっと大物の大家にも教えたのである。

——新井白石はおびただしい著作を遺している。それはほとんど写本として世に伝えられているが、本のなかには名前だけで実物が分からなくなっているものもあった。「史疑」がその一つで、これは二十一巻という大部なものだ。白石は十八世紀のフランスに出現した百科全書派的な才能を発揮したが、特に歴史考証の上に初めて実証主義を導入した人である。その意味では近代史学の始祖でもある。明治になって実証史学が興隆したが、有能な歴史学者たちはほとんど白石の影響を受けている。

白石の歴史物には有名な「藩翰譜」「読史余論」「古史通」「古史通或問」などがあるが、これらは時の六代将軍家宣の求めに応じて執筆したものである。しかし、「史疑」は、白石が八代将軍吉宗に斥けられて、「折焚く柴の記」にも見られるような失意の中にあって筆を起こしたのだ。内容は、白石が友人に出した手紙などから、「古史通」「古史通或問」のように古代史を記紀などをもとにして合理的に考証したものだが、彼は前二著に満足せず、さらに古代を通じて現時にもその政策心得を示す意味で書いたらしい。「本朝古今第一の書、万古の疑を記し候とて謝辞等も候ひき」とその消息にもあって意気ごみを示している。

　ところが、この「史疑」は、当時、それを伝え聞いた加賀の前田侯がぜひにと借覧を申し入れた。白石にとっては加賀侯はまた別な後援者でもあったので断わり切れず、二十一巻全部を貸出した。ところが、前田家では、これを写本にするつもりだったかどうかは分からないが、借りたまま遂に白石に返さなかったのである。白石は「史疑」を脱稿した享保九年十二月二十九日の翌年、享保十年五月には病んで死んでいるので、あるいは借りた加賀侯のほうもつい頬被りにしてしまったのかもしれない。

　だが、現在まで前田家に白石から借りたはずの「史疑」はのこっていないのである。二十一巻もあるから、散逸したなら、その一部でも遺っているはずだが、ことごとく姿を消しているところを見ると、加賀侯が筆写させる目的で藩儒には渡したが、そのまま忘れられたのではないかという推理もある。とにかく、前田家にはその記録も遺っていない。藩儒のほうも二十一巻の書写が完成しないうちに死亡し、また時の藩侯も死んだので、遂に「史疑」は行方知れずになったものとも考えられる。

歴史学者は白石の「史疑」に多大の興味と好奇心を寄せていた。というのは、これが「古史通」「古史通或問」のあとに書かれたものだし、前著の不備を補い、さらに「今日政事の心得」を示すという意気ごみからみて、白石の主観がかなり強く出ていると思われるからだ。すでに「古史通」「古史通或問」だけでも、現代の学者が古代史を書く上に大きな利益をうけているのである。

さて、こういう書籍が越前の片田舎に現存しているというのだから、学界の一部は衝撃を受けた。一部というのは、それぞれの学者が他にこの存在を知られたくなくて、公にするのを欲しなかったためである。それでも、この話を耳にした者はわれこそと、福井県の西部の山村に駆けつけた。そこは美濃境の高い山脈が南の空を塞いでいた。

しかし、これら東京の学者は宇津原平助のためにあえなく追い返された。彼は頑として彼らに「史疑」の閲覧を拒絶したのである。尤も、そのほかの古文書や古記録などは見せた。学者たちはそれらを見ただけで老人が「史疑」を所蔵していることを疑わなかった。老人の持ち出したそれらの古文書も間違いなく享保の頃のものがまじっていて、しかも、学者がまだ名前も聞いたことのないものが多かったのである。それだけでも垂涎ものだが、なんといっても彼らの狙う本命は白石の「史疑」である。学者にはそれぞれ功名心がある。自分ひとりが新しい史料を得たときの歓びは、女が宝石を得たときに数倍する。その史料で新しい説が打ち出せるかも分からない。先学の説を覆せるかもしれないし、また自説の補強に役立つかも分からないのである。

　近代史学の鼻祖白石の歴史ものの中でも白眉と考えられる「史疑」が昭和の現代に存在したのだから、学者たちの関心はたかまるばかりだった。彼らは手を変え品を変え宇津原平助攻略に尽した。だが、平助ははるかに頑固だった。彼は、あれだけは自分の眼の黒いうちは絶対に出さない、と宣言した。自分はすでに六十七だ、あとそう長くはない、死後、あるいは伜がみなさんにお目にかけることになるかもしれないが、それまで宮内庁の命令であろうと、総理大臣がこようと、絶対にご覧に入れるわけにはいかないと、肩をそびやかした。

　宇津原平助が自分の死ぬまで待てと云っても、諦めるどころか、ますます執心するのが人情である。なかには老学者もいたから、生命の点ではどちらが長いか保証はできなかった。それで、老学者たちは、それこそ自分の生きている間にその「史疑」の内容を見たいものだとの熱望を強めた。すでに業績を築き、位置の安定した歴史家で、もう一度問題を巻き起こして若返りたいという野心家もいた。

結局、宇津原平助は譲らず、学者たちは彼の頑固に遂に参った。こうなれば平助の息子に、父親の死後の閲覧を頼むほかはない。父子の間は極めて不仲だったので、現在では息子から平助を説得することはできなかった。それで、早くも息子に接近して、将来の保証を得るため運動する学者もいた。

こうして新井白石の「史疑」は、その存在が判明しながらも誰も手出しができずに遂に二年間が流れた。歴史家の中には、長い間行方の知れなかった「史疑」のあり場所が判っただけでも有意義だ、という人もあった。もっとも宇津原平助老人の「史疑」を疑う学者も無いではなかった。平助が閲覧を許さないのは、それが偽物だからだろうと云うのである。あるいは、実物は何も持ってないで威張っているのかもしれないともいった。理屈だが、しかし、平助から他の所蔵の古文書を見せられた学者たちは、平助の云うことが嘘でないと確信していた。なかには、のぞき見も許されなかったのに、平助の言葉の端々から、大体、「史疑」の内容はこういうものだと類推して小さな論文を書く野心的な若手学者もいた。

若手といえば、比良直樹もその一人で、彼は三十二歳の新進歴史学者だった。どこの国立大学を卒業し、現在どこの大学講師をしているかはここに書く必要はない。最近めきめきと売り出した前途有望な歴史学者であると云えば足りる。彼は文章がうまいので、ときどき高名な総合雑誌にも発表して名前も知られていた。また絶えず独創的な見解を発表し、いずれはその大学の教授におさまって歴史学界の一方の雄になるものと嘱目(しょくもく)されていた。

比良直樹も宇津原平助の「史疑」の話を聞いたときから深い関心を持っていた。だが、彼は他人が互いに競争して平助を攻める間は黙っていた。むらがる競争者の中に入るほど意味の無いことはない。平助は頑固者だというから、おそらく自分も、ほかの魅力のない学者たちと十把(じっぱ)ひとからげにされて見られるに違いなかった。彼は最も有効な方法と機会とを待っていた。

2

比良直樹が福井県に出向いたのは六月一日であった。彼は元来秘密に行動するのが好きなほうで、東京を発(た)つときも妻にさえ行先を別なところにしておいた。彼は「史疑」を見せてもらいに行くことをほかの仲間に知られたくなかった。第一は、今まで学者たちがあれほど熱心に運動したのにいずれも成功していないので自分にも自信がなかったこと、第二は、逆に成功した場合の功名心であった。人を出し抜くという快感が妻にさえも目的地を秘匿(ひとく)させたのだった。彼も数人の学者仲間を持っていて、家庭的なつき合いもあったから、不用意に妻の口から秘密が洩れるのをおそれたのである。

比良は、五月三十一日の晩東京を発ったが、福井には六月一日の朝に着いた。私鉄に乗りかえ、約二時間を要してわびしい田舎の終着駅に着いた。さらに宇津原老人の土地まではバスで一時間あまり、山間部に向かって走らなければならなかった。

比良は、汽車の中でも知った者に出遇わなかった。福井からの私鉄の中は土地の人ばかりである。バスの中もその通りだった。東京駅を発ってからの彼は誰にも知られない旅人であった。

かねて聞いていた宇津原の住む土地は、バスを降りてもさらに三十分ばかり歩かなければならなかった。彼は、その村の入口で宇津原の家を訊いた。それはすぐに分かったが、家を教えてくれた村人も、また途中で擦れ違う人たちも、彼が東京の大学講師だと想像する者はなかった。手提鞄一個を持った彼は村民にとって福井市方面から来た男とも思えたし、金沢から来た人間とも見えたに違いなかった。

比良が宇津原老人の家に辿り着いたのは午後一時ごろだった。その家は藁屋根の大きな構えだったが、外部から見ても古い家全体に荒廃が進んでいた。宇津原老人が裕福な暮しをしているとは思えなかった。

低い腰障子を開けて、暗い土間から彼は声をかけた。それはまるで山寺の庫裡（くり）みたいに寂しくてだだっ広かった。真っ暗い奥から白髪頭（しらがあたま）の背の低い、年寄りが出てきたが、それが宇津原平助だった。老人は土間に頭を下げている比良を突っ立ったまま上から見下ろし、どなたですか、と嗄（しわが）れた声で訊いた。

老人は比良の出した名刺を手に取って、ふところから眼鏡をとり出して眺めた。ほう、東京からですか、と呟（つぶや）いた老人の唇（くちびる）には、すでに尊大で皮肉な微笑が浮かんでいた。

荒れた畳の上に正座した比良は、ぜひ、こちらに伝わっている白石先生の「史疑」を拝見させていただきたい、と老人に頼んだ。彼はここにくる途中、その言葉をいろいろ工夫していたから、いかに彼が「史疑」の閲覧を熱望しているか、いくつもの理由にして述べた。

案の定、宇津原老人は、せっかくだがそれはお断わりすると冷たく云った。これまで東京から高名な学者が同じ依頼で見えたことがたびたびあるが、都合によってどなたにもお目にかけていない、わざわざ遠方からおいでになって気の毒だが、それだけは勘弁してほしいという意味のことを老人は馴（な）れた口調で云った。一時、ほうぼうから同じ用件の来訪者があったので、老人の言葉も板についていた。

比良は、お断わりを受けるのはもとより覚悟で来た、と云った。そして、自分の学問がいかに他の学者のそれと違っているか、つまり、自己の学問の独創的なことを強調した。自分の学説を完成するためにどうしても白石先生の「史疑」の内容を拝見したい、いわば、それが現在の自分の全使命であると言葉を尽して説いた。また、それを筆写させていただくために、物質的なお礼の点ではどのようなご希望にも副いたいとほのめかした。偏屈な老人だから、露骨に金銭的なことを云うと怒りを買うだろうし、といって全然それにふれないでは老人から一蹴されると思ったのである。家の中の様子は老人の生活が決して楽でないことをいよいよはっきりさせていた。

しかし、彼の期待にもかかわらず宇津原老人は断乎として拒絶した。その皺の多い顔は岩石のように比良を撥ね返した。

比良は半ば予想していたことだったが、意外な老人の頑固にあらためて困惑した。だが、拒絶に遇えば遇うほど彼の執心は燃えた。彼とても出発時に不成功裡に東京に引き返す自分を予想していないではなかった。妻にも黙って出かけたのは、その場合の不体裁を他の仲間に知られたくなかったからである。しかし、咽喉から手の出るように欲しい白石の「史疑」が、この小柄な老人の背後の部屋のどこかに積まれていると思うと、老人を蹴倒してでもそれをつかみに行きたかった。

比良は、いったん「史疑」の問題からはなれて、いろいろ世間話をした。なるべく老人の気に入りそうな話題を択び、向うの感情をこちらに親しませるように努めた。そのときは老人も胸襟を開いてくれるように見えたが、話が問題の点に戻ると老人の態度はまた硬化するのであった。

比良はいろいろと戦術を考えて、では「史疑」以外の貴重な古文書を拝見できないか、と申し出た。老人は、それには快諾した。前にもほかの人に見せて喜ばれたと云って、奥の間に入った。

比良は、老人の足音が奥に消えるのに耳を澄ました。家が古いので根太も腐っているらしく、足音のひびきは高かった。比良は、よほど老人のあとを追って「史疑」のある書庫に入りたかった。が、辛うじてその衝動を抑えた。まもなく同じ足音が戻ってきた。老人は手に二、四冊の古書を抱いていた。

それらは江戸時代でもかなり古いものだった。祖先は藩儒だったというが、それを信用させるに十分な記録ではあった。比良もまた他の学者のように、この古文書から推して老人が間違いなく「史疑」二十一巻をどこかに積み上げていることを疑わなかった。

比良は、その古文書を賞讃し、そのついでに再三「史疑」の閲覧を頼んだが、老人の拒絶は前と変りなかった。憎らしくなるほど老人は冷酷だった。比良は次第に絶望を感じてきた。結局、彼は三時間あまりそこに粘った挙句、すごすごと退去しなければならなかった。

彼はバスの停留所のほうに歩いた。心は石を積んだように重かった。ふり返ると、背景の美濃境の山々の下に部落の屋根のかたまりがあった。その中でも老人の家の大屋根はひときわ高く聳えていた。比良にはそれが癪だった。

彼は重い足どりでバス停に戻ったが、未練はまだ宇津原老人の家にある「史疑」の上に残っていた。この機会を逃したら、も早、二度とこの土地にくることは無いような気がした。バスはあと一時間くらい待たなければこなかった。

比良は所在なく近くの橋の上に立った。この川は日本海に出るころには幅が広くなり、大河の様相を呈するのである。彼は橋の上から川の水を見ているうち、あの家には老人しか住んで居ないことに思い当たった。家族はほかの土地に住んでいて往き来がないという。そういえば、老人の頑固のせいか、三時間以上もあの家に居たのに訪ねてくる者は一人も無かった。

老人ひとりだから、その留守の間は無人である。大きな田舎家だから戸締りもルーズに違いなかった。もちろん、村には老人の留守に「史疑」を狙う者がいるはずはなかった。また、その留守を利用して「史疑」を攫って行こうという大胆な学者も無いに違いなかった。

老人だって外に出る用事はあろう。自炊しているのだから、買物もあろうし、村役場に行く用事だってあるに違いない。そう思うと、比良は老人の留守を狙う気になった。べつに錠を施した土蔵も無いようだ。蔵書はことごとく奥の部屋に積んでいるというのである。

比良はさすがにその行動に躊躇を感じた。盗賊にひとしいからである。いや、ひとしいどころではなく、間違いなく空巣ドロだった。

だが、比良には、この機会が天の与えたものに思われた。すると、訳も分からず貴重な史料を仕舞いこんでいる老人に憎悪が湧いた。老人は単なる蔵書狂にすぎないのだ。価値も何も分からないのである。あの年寄りが新井白石の「史疑」を持っていたところで、文字どおり死蔵なのだ。それよりも自分のような学者が持っていたほうが遥かに学問のためになり、世の中に有意義なのである。

たとえ、それが盗賊的な行為であろうと、学問に忠実な点では許されるのではなかろうか。これは金品を盗むのとは違うのである。破廉恥罪とは質が違う。——そのように比良は自分の思いつきに対していろいろと弁護を加えた。

戦前、ある高名な考古学者で神社、寺院に所蔵されている古文書の無断持出しをしたのが発覚したことがある。そのため、その学者は公職を追われたけれど、その人の業績は未だに高く評価されている。あれだって世間的な常識からいえば非難されるかもしれないが、学界の一部に擁護論があったように、べつに金品を盗んだのとは違うのだ。学問に忠実なあまりに持ち出したにすぎない。あの場合だって、古文書が神社寺院の暗い奥に埃を積んで死蔵されていても何の意義もなかったのだ。資料は有能な学者の手に移ってこそ初めて生命を持つ。老人の留守に侵入して「史疑」を見たとしても、べつに咎められることもあるまい。それに、盗んで行くというわけではないのだ、ただ内容をのぞくというだけである。——比良はそう思った。

3

比良は決心したものの、やはり昼間では実行ができなかった。第一、宇津原老人がいつ外出するか分からないし、それを窺って家の外をうろうろしていれば近所の者に見咎められる。都会と違って、よそ者がひとり入りこんだだけでも眼をひくのである。

そこで、比良は外が昏れるのを待った。バスの最終発車時刻は午後八時だったから、それまでに何とか「史疑」の内容をのぞいて見たいと思った。二十一巻もあるのだから全部は読み切れないかもしれない。その場合は重要と思われる巻だけを持ち去ってもいい覚悟までつけた。

比良直樹が忌わしい犯罪を犯したのは、このように純粋な動機からだった。だが、動機は純粋でも行為は思わぬほうにそれて行くことも多い。比良がその家に忍び込んだとき、老人はすでに表の戸を閉めて寝ていた。年寄りの早寝である。だが、思った通り、田舎の家のことで戸締りは厳重でなかった。素人の彼でも裏から容易に忍び込むことができた。

比良は首尾よく老人の書庫に入ることができた。さすがに蔵書家を以て自慢しているだけあって、棚にはいろいろな古文書、古記録類がならべられてあった。もっとも、大学の資料室と違って、八畳ぐらいの部屋の隅に収容されている程度だから数は少なかった。それだけに「史疑」を捜すのは簡単であった。

比良は懐中電燈でその棚を点検した。「史疑」は二十一巻もあるので、その積まれた嵩からみて一目で判るはずである。だが、そこにあるもので、まとまったものは、七、八巻くらいのものだけだった。「史疑」は無かったのだ!

老人は嘘を云ったのである。いかにも新井白石の著作を所蔵しているように見せかけて、事実は文字どおり幻だった。もっとも、老人が大事をとって、その「史疑」だけを別なところに仕舞っているという推測も比良に起きないではなかったが、この部屋の状態からみて、それはあり得ないと思われた。

そのときだった。ふいに比良はうしろから老人に抱きつかれたのである。老人は、泥棒泥棒(どろぼうどろぼう)、と大声で連呼した。比良は狼狽(ろうばい)した。一瞬に学者的生命の終結が脳裏を走った。彼は逃亡に必死となった。しかし、老人はどこまでも彼にまつわりついた。年寄りの貧弱な身体(からだ)に似合わず、泥棒泥棒、という声には案外力が入っていた。

比良は思わず老人をそこに倒した。このとき、遠くから射(さ)してくる電燈の光のため老人は比良の顔を認めた。老人は、おや、おまえは昼間きた男だな、と云った。万事休すとはこのことである。彼は老人の咽喉(のど)に手をかけて全身の力をそれにかけた。老人の声は熄(や)んだが、呼吸も絶えた。

比良が家の中から逃げ出そうとして、ふと気づいたのは老人に渡した名刺のことである。残したあの一枚は彼を死刑台に導くのだ。彼はあわてて引き返し、昼間、老人と会った部屋に入った。幸いなことに、物色するまでもなく、彼の名刺は机の上に置かれたままになっていた。比良は名刺をつかむと、それを自分の名刺入れに戻した。少し落ちついた気持になると、今度は強盗に見せかける知恵が起こり、家の中を荒してから出た。老人はひとり住まいだから、他人には被害額が分からない。何も奪(と)らなくとも、強盗の侵入と思われるに違いなかった。外を見たが、山間の村の夜更けは早く、人影一つなかった。

比良は腕時計を見た。八時半で、最終バスはとっくに出たあとだった。しかし、たとえバスに間に合ったとしても、乗るのは危険だった。老人の死体は明日発見されるに違いない。それもかなり遅れてからであろう。あの家には近所の者もあまり近づかないようだから、特別な用事でもない限り、訪れる人間はないはずだった。しかし、今日の昼間、彼が老人の家を訪問したことは村の人間に分かっているので、最終バスによそ者が乗るのはあとで警察の捜査を早めさせるようなものだった。

比良は、昼間、自分の顔を見た村民のことが気にかかった。おそらく警察にはそのことが報告されるに違いなかった。しかし、村民たちはかなり無愛想で、ろくに彼の顔を見てなかったことも思い出された。老人は不人気者らしく、道を訊いても答えた男はそっぽを向いていたのだった。かりに彼の顔が記憶されていたとしても、その人間はどこの誰だか分からない。老人の死体が発見され、捜査が開始されているころ、彼は東京に近づいているはずだった。

比良は、そのような条件を考えても近くの駅から汽車に乗るのは不利だと思った。また、この近くの町で宿をとることは危険この上なかった。

彼は夜道を歩くことに決めた。それも来たときに乗った私鉄ではなく、反対の美濃側の鉄道を利用し、名古屋に出ようと思った。幸い鞄の中にこの辺の地図を持ってきていたので、暗いところにうずくまり、懐中電燈で調べた。大体の見当がついたが、美濃の鉄道駅に出るまでには長い山道を歩かねばならぬことも分かった。

今の場合、比良にとっては、この大まかな地図が唯一の頼りだった。もちろん、人家を起こして道を訊くことはできなかった。これも捜査のお手伝いをするようなものである。彼は地図によって見当をつけた道を東南の方角に向かって踏み出した。

それは困難な逃亡行だった。行手には黒い山岳が威圧するように上から逼っていた。彼は懐中電燈をときどき照らす程度にし、闇の中の仄白い道だけをたよりに歩いた。この道も果して目的地の美濃境に出るものやらどうやら分からなかった。

道は次第に狭くなった。さすがにトラックもここは通らなかった。彼は、あのような犯罪を犯さなかったら、とてもひとりでは辿れそうにない山道を行軍にはぐれた兵士のように歩いた。

八キロばかり山のふところに入ったと思われたころだった。彼は自分の行手に提灯の灯がゆらいでいるのを見て思わず立ち停まった。その灯は前の方向にかなりゆっくりと進んでいた。後方から距離を保って歩くには向うの脚はあまりに遅すぎた。それに、長い間たったひとりで歩いてきた心細さは、その小さな提灯の灯で救われた。

近づくと、提灯の持主は女だった。この近くの部落に帰る女であろう。比良は、もうここまでくれば大丈夫だという意識と、ここで道をたしかめなければとんだことになるという危惧から、女の背中に声をかけた。女はびっくりしてふり向いたが、提灯に照らされたのは二十三、四くらいの丸顔だった。彼女は野暮ったいワンピースを着ていた。

比良は、なるべく相手を警戒させないように美濃境に出る道をたずねた。女は、自分もその途中まで行くのでいっしょに歩いてもいいと云った。女は、比良がちゃんとした洋服でいるのであまり不安は感じないようだった。この道伴れができてからの比良は、急にひとりでは歩く勇気を失った。

女は、この近くの親戚に不幸があって、その帰りだと云った。どうしても明日の早朝にしなければならない用事があるので、親戚に泊まることができなかったと気やすげに話した。比良は、自分は九州の人間だが、美濃の町に知人を訪ねるためこうして馴れない道を辿っているのだといった。

二人はいろいろな話をして歩いた。比良はつくづく女の伴れができたことを喜んだ。道はときに断崖のふちを通り、はるか下のほうに川の音を聞くのである。女は、ここが四十曲りで、この頂上が越前と美濃との境の峠だと教え、あとは楽な下り道になると云った。

比良は、その女と話しているうちに、彼女を頼りにした。地理に明るいのが何よりだったし、この峻険(しゅんけん)な夜の山越えにはこよなく心丈夫であった。女は彼に全く無警戒だった。のみならず、よそから来た彼に好奇心さえ持ってきた。この偶然の道伴れ同士は次第に親密になっていった。彼女は山道に馴れない彼をいたわるようにした。ある場所までくると、女は、このへんで憩(やす)もうと云い出した。それも比良の脚を気づかってのことだった。事実、それまでの比良は人を殺した昂奮(こうふん)と、逃亡者心理で歩いてきたようなものだったから、女の言葉にすぐ従った。二人は草の上にならんだ。女は提灯の柄(え)の先をそばの岩の裂目(さけめ)にさしこんだ。田舎女は彼のすぐ横に膝小僧(ひざこぞう)を出して坐(すわ)っていた。彼女は結婚前だといった。

奇妙な心理が比良に起こった。人を殺した昂奮が彼の性的な衝動を誘発したのである。しかし、これは別に不自然ではない。西洋の小説には、死亡した夫を葬(ほうむ)ったばかりの墓場で、若い男と姦通(かんつう)する妻の話が出ている。また、暗夜の深山に女と二人きりでいるという現在の異常な環境は、恰(あたか)も嵐(あらし)の夜に男女の抱擁が行なわれるといったたぐいの小説の常套(じょうとう)手段たる背景とも近似していた。

比良は、女の肩に手をかけた。女はそれを予期してでもいたようにさからわなかった。彼は両手の中に倒れかかる女を抱えこみ、ものも云わないで草の上に押し倒した。女は素直に彼の行為に従った。岩の裂目にさしこんだ柄から下がっている提灯の明りは、田舎娘の顔を上から土俗的な美しさで照らし出していた。

へんぴな山村の娘は昔の性的な風習に慣れていると聞いているので、比良は少しもこの娘に悪いという気がしなかった。いや、人殺し以上にどのような罪悪があろう、かれは、いま無人島にこの女と二人きりでいるような気がして生命を奔騰させた。女は彼の名も所も知っていないのである。

4

それから二年経った。比良直樹には、福井県の山奥の出来事が少年時代の記憶のように遠ざかっていた。

その後、宇津原平助老人が強盗に殺されたという噂が彼の耳に伝わってこないではなかった。学者仲間で前に老人のところに出向いたことのある者が、どこで聞いたのか、それをおぼろに知っていたのである。しかし、比良が怖れていた刑事は遂に彼の前にこなかった。捜査は完全に彼の線から切れてしまったのだった。

比良は、老人殺しのことはなるべく思い出さないようにした。もっとも、ときには、暗夜の山中で道伴れになった田舎娘の顔を――提灯の光に照らされたその顔を思い出さないでもなかった。それは老人殺しの忌わしい記憶を転換するに役立つロマンチックな一場面であった。

さらに三年経った。もう比良の脳裏からは宇津原老人殺しのことは磨きあげた硝子のようにきれいに拭い去られていた。たまに、全くたまにそれをちらりと思うことはあっても、犯人は自分でなく、知らぬ他人の犯行のようにさえ考えられるのだった。

また二年経った。つまり、宇津原老人が殺されてから七年目のことであった。

ある歴史家が白石の「史疑」について の論文を雑誌に発表した。それにはその学者が宇津原老人の「史疑」を読んできたように自慢げに書いてあった。老人は「史疑」など初めから持っていなかったのに。――

多くの学者は、あの加賀藩の藩儒の子孫と称する田舎おやじに一杯喰わされていたのだ。学問のある人々が無知な蔵書狂の老人に他愛なく振り回されていたにすぎなかった。

比良は、その頃、大学では講師よりも上の地位にあったが、その雑誌の論文を読んで腹を立てた。彼はありもしない「史疑」を恰も見たように嘘を書く学者に憤りをおぼえた。彼は我慢ができずに、ある雑誌に、その学者を暗に非難して「史疑」がこの世に存在していない理由を書いた。その文章は彼の絶対的な自信からきていたので、なかなか説得力があった。他の学者たちは老人の幻の「史疑」の存在にまだ影響されていたから、疑いながらもはっきりとは云えなかった。そういう意味で比良の「史疑」否定説はなかなかの評判を呼んだ。

尚、老人の息子は、父親の死と同時にその蔵書の古書をことごとく焼いてしまったので、「史疑」も灰になったと思われていた。息子は老人を偏屈にし、家庭を破壊したのがこの虫喰いの古本だと思って腹を立てたのである。学者はがっかりした。

比良は文章もうまいし、講演にも長じ、座談も巧みであったので、世間的な方面に引っ張り出された。つまり、学者ではあるがマスコミの売れっ子にもなったのである。テレビの座談会に出たのが放送局に目をつけられたきっかけで、以後は対談とか、司会者みたいなことに狩り出された。事実、彼の語り口は巧妙だったので、学者タレントとして茶の間の人気をかち得た。

……ところで、事件というものは全く連絡のない場所で、突然に、また無関係に起こるものである。しかし、ときには、それが見えない細い一線で別なものにつながることもあった。

岐阜県の越前境に近い山村の秋に起こった女房殺しも、その好個な例であろう。

地方新聞に載せられた記事によると、その山村の農夫が妻の不貞を怒って草刈鎌で斬り殺したという事件である。その不貞とは、妻が結婚当初すでに妊娠二カ月だったのを夫は知らなかったというのである。つまり、結婚して八カ月ばかり経って妻は男の子を産んだのだ。当初、妻は早産であることを主張してやまなかったので、亭主の農夫は疑いながらも納得していたが、その子が次第に大きくなるにつれ、顔が全く自分と似ていないことを発見した。のみならず、成長するにつれ、ますますその容貌が自分と違ってくるのであった。農夫は醜男だったが、子供は母親にも似ず色白の可愛い顔だった。しかも、父親は四角な顔で、母親は円顔だったが、男の子は細長い顔つきだった。

これが夫婦間の長い間の紛争だった。亭主は、妻が家にきたときすでに情夫の子を宿していたとし、妻は、それを頑固に否定していた。血液検査を思いつく知恵はなかったが、夫婦喧嘩は、絶えず子供の問題から起こった。夫は子供を虐待した。妻はそれに反抗した。その揚句の惨劇であった。

新聞記事は、ざっと、そんな内容だったが、世の中には詮索好きな者がいる。

その男は、殺された妻が結婚時に妊娠二カ月だったということから逆算して、大体の受胎日をおおまかに推定した。そして、その日の前後に美濃境の峠を越した越前側の村で、古文書の所蔵家として名高い宇津原平助老人が殺されたことに思い当たった。

不幸なことに、その詮索好きの男は郷土史家でもあったから、宇津原老人が「史疑」を所蔵していたことも、それを伝え聞いた東京の歴史学者たちが閲覧を乞いに一時期来ていたことも、それが全部失敗に終わったことも知っていた。それに、先般、白石の「史疑」がこの世に存在していない理由を強く主張した比良直樹の評判のいい論文も読んでいた。

その男はテレビの座談会や、雑誌などに写真で出る比良の顔をよく知っていた。飛躍した推理がこの男の頭に働いたのは、東京の比良直樹にとって不運であった。

郷土史家は惨劇のあった農家に、遺された子供を見に行った。顔は写真の比良とそっくりだったし、テレビで見た比良の動作と似た癖を身振りに持っていた。

その男は、殺された妻の実家に行き、彼女が結婚する二カ月前、峠を越した越前側の村に親戚の不幸で出向き、夜通し歩いて帰ったことを聞き出した。それが七年前の六月一日の夜だったことも分かった。六月一日の夜は宇津原老人が殺されたときである。

老人殺しは未解決であった。犯人の逃走路も分からなかった。しかし、当日被害者の家を尋ねていた見知らぬ紳士風の男があったとは村人の話だった。それが真犯人かどうかは警察でも分からず、未だに謎だった。

郷土史家は地図をひろげ、殺された農婦の結婚前の受胎が、犯人の逃走路に当たる途中に行なわれたのではないかと推察した。

郷土史家はいろいろとデータをつき合わせて考えた末、自分の意見を参考にするよう警察に告げに行った。

年下の男

1

大石加津子は、ある新聞社の交換手として十七年間勤めていた。十八の年に初めてレシーバーを両耳につけて以来、いまだに交換台に坐っていた。十人ばかりの交換手の中ではいちばんの古顔であった。

加津子は、べつにそれほど器量が悪いというのでもなかった。難を云えば髪と眉毛がうすいことと、背が少し低い程度で、まず十人並みの容貌だった。これまで彼女に結婚の話が二つや三つぐらいは無いではなかったが、何かのはずみでその全部を断わって以来、ふっつりと彼女から縁談のことが跡切れてしまった。してみると、彼女がいまだに独身でいるのは自業自得ともいえるし、他の男の目を惹くに足りなかったともいえる。もしそうした強い魅力があれば、その後もひきつづき結婚の話があるはずであった。また恋愛の経験もなければならなかった。眉毛がうすい点はいくらでも描き眉で補えるのだから、それは大きな欠点にならなかったが、元来が老成した感じを若いときからもっていた。二十五をすぎると皮膚がかさかさになって小皺も早くから出来た。

加津子は三十近くになって結婚のことを諦めると、金を貯めることに心がけた。交換台に坐っていれば、無駄な金をつかう必要はなかった。昼間お茶を喫みに出かけることもなければ外で友だちと食事をすることもなかった。また普通程度の装をしているぶんにはそれほど金はかからなかった。

交換手には深夜の勤務手当がついた。夜間勤務は、夕方の五時半に出て翌朝の九時半に帰る。次の勤務は十時の日勤で、これは夕方の六時に解放される。つまり、徹夜の就業は月に十日間の義務がある代り、手当もそのぶん確実な収入となっていた。

加津子は、十七年間交換台に坐って、どれだけ同僚が結婚のために職場を辞めてゆくのを見たか分からなかった。若いときは先輩が次々退職して、それだけ自分が古株になれてうれしかったが、年ごろになって同僚が次々と辞めてゆくのはあまり快いことではなかった。まして彼女が最古参者となり、あとから入った若い後輩が結婚するのは決して愉快なことではなかった。

しかし、それもほんの数年間で、やがて彼女が結婚を諦めると、そうした人たちには虚心坦懐に餞別や結婚祝を出す気持になれた。まして辞めた先輩や同僚、後輩がその結婚生活に失敗したと聞くと、今の職場が自分の仕合せを守ってくれる場所のように思えた。

結婚に破れた曾ての同僚は希望してもこの交換室には戻ってこられなかった。ある者はバアに勤めたり、料理屋の女中になったり、派出家政婦になったりした。また行方の知れない者もいた。もちろん、幸福な結婚に成功している者も多かったが、加津子はなるべくそのほうは気にかけないようにした。だが、それでも辞めた同僚がときどき彼女にこっそり金を借りにきた。そのたびに彼女は相手から夫の愚痴や泣き言を聞かされ、結婚しない自分に満足した。

加津子が金を貯めていることは次第に社の人たちにも知れてきた。がっちりしている女だとか、ケチだとか陰で云われた。しかし、新聞社の人間はおよそ浪費家が多く、高給をとっている記者が見栄も外聞もなくこっそり彼女に金を借りにきた。加津子はなるべく応じた。日ごろ電話で交換手に怒鳴っている連中が次から彼女の声を聞くと、人が変わったように丁寧になることも彼女に満足であった。もちろん、彼女は条件無しで融通したのではなかった。ちゃんと応分の利息を取った。また口約束では当てにならないので、そのたびに相手から名刺の裏に書いた証文を取った。

新聞社の人間は見栄坊なので、証文を入れたとなると、どんな無理算段をしてでも期日には一応返済した。しかし、すぐにまた借りにきた。そのたびに利子が入った。金を借りる連中は陰で貸主のことを決してよく云わないものだが、大石加津子にだけはそうした悪口があまり出なかった。彼女は気軽に貸してくれたし、威張る風でもなく、むしろ人のいい笑顔で応対した。しかも相手を傷つけないように人の居ない場所でこっそり金を出してくれるのだった。

三十五歳にもなると、それでなくても干涸(ひから)びた感じの彼女は、いよいよ年齢(とし)よりも老(ふ)けてきた。二、三年前、唐突に結婚話があったが、六十歳の男の後妻だったので、いよいよ独身で通す決心をかためた。

彼女は二年前に念願のアパートを建てた。わずか五世帯しか入れない小さなものだが、結構、それが彼女の老後を保障するものに思えた。家賃が安かったせいか（またそれだけの設備しかなかったが）、いつも部屋は塞(ふさ)がっていた。たとえ借り手がよそに越しても、すでにその前から次の入居者が決まるという具合だった。

アパートを経営しているということから彼女は新聞社の連中の話題となり、羨望(せんぼう)された。そのとき彼女は、アパート経営は決して儲(もう)かるものでないと力説し、税金が大きな負担だと云い、また室内の修繕費などもバカにできないとこぼした。しかし、そういったことを説明する彼女の表情は、それほど憂鬱(ゆううつ)そうではなかった。

加津子は交換台の主(ぬし)のようなものだったから、閑(ひま)なときにはかなり自由な行動ができた。気分転換に編集部に行ったり、営業部に行ったり、また写真部や経理部などに遊びに行った。そこでは彼女より若い同性もいたし、彼女と同じくらいの年ごろと勤務の女性もいた。彼女はそこで二、三十分ばかりおしゃべりをした。古顔の彼女は、新聞社じゅうで知らぬ者がなかったから、そのように油を売ったとしても誰も彼女を咎めはしなかった。どの部でも交換台の世話になっているので、そこの女ボスともいうべき彼女にはむしろ遠慮していたし、お世辞を云う者すらあった。彼女は相当な誇りを持っていた。そして、十七年もいるこの新聞社はわが家のように快適であった。たった一つ、恋愛という愉しみが無かったのを除けば。

しかし、まさかと思っていたその恋愛の機会がふいに彼女に訪れた。

ことの起りはこうである。交換台は機械の故障や不備な点を電話保全係の世話になっている。したがって、男禁制の交換台にもその係の連中はよく機械の調子を直しに入ってきた。その中に星村健治という二十三になる男がいた。彼は色の白い丸顔の、子供子供した顔をもっていた。彼は痩せぎすでのっぽだった。それに、彼は剽軽者で、みなをよく笑わせたが、交換台の女たちからは軽蔑も含めて面白がられた。彼の技術はそれほどでもなく、よく先輩に叱られていた。

加津子は交換台の一番の古株なのですべての責任があった。機械の調子の悪いのを報告するのも、新しい器具を買うように頼むのも、後輩の勤務を決めたり変えたりすることも一切彼女の仕事であった。そんなことから、器具の修理や調子の悪いのを直しにくる星村健治には彼女も遠慮がなく、ずけずけとものを云った。健治のほうも加津子には一目も二目もおいていた。だが、健治の剽軽さが加津子を本気に怒らせなかった。電話保全係で修理にかこつけて交換台に油を売りにくるのも健治がいちばん多かった。

ある日、健治が加津子に云った。

「大石さん。あんたところのアパートに空いている部屋はないですか?」

「空いてる部屋なんかないわよ。どうしたの?」

「ぼくがいま借りているアパートが値上げになるんです。それも二割いっぺんに上げるというのだからひどいですよ。それじゃぼくの給料の半分近くは取られてしまって食えなくなるからな」

「失礼ね。ウチのアパートだって部屋代はそう安くはないわよ」

「一体、いくらですか?」

加津子は、実際よりは一割高く云った。あんまり安いと軽蔑されそうだったからである。

「そんなに高いんですか。それじゃ駄目(だめ)だな。しかし、弱ったな。ぼくひとりなんだから、そう高い部屋代のところは要らないんだけどな」
このとき加津子は、ふと、普通の部屋ではないが、自分の居る部屋の次が三畳の物置部屋になっていることを思い出した。彼女はたったひとりだったから道具といってもそれほど多くはなかった。あのガラクタ道具を片づければ健治ひとりくらい置けると思った。そのぶん家賃の収入がふえるのである。それに、男手を置けば何かにつけて心強いと思った。

2

星村健治が交換台の大石加津子のところに引っ越したといっても、誰も妙に思う者はなかった。たとえ、それがちゃんと独立した一部屋でなく、彼女の居間のつづきの物置の三畳だったとしても、それを二人の特別な仲に結んで考える者はいなかった。加津子は三十五歳だし、年齢より老けて見える。髪はますますうすくなり、眉毛はその描き眉を除ると、まるで江戸時代の女房みたいに剃ったようであった。それに、近ごろは中年肥りで身体も大きくなり、それだけ交換台の女ボスとしての貫禄をつけていた。いつも剽軽な言葉やしぐさで人を笑わせている二十三歳の健治がまさか彼女の愛の対象になると想像する者はなかった。彼女はいつも健治を子供扱いにしていたのだ。

　事実、加津子は、自分のところに住まわせた健治のことを、新聞社の交換台でもほかの部のものにも「ウチの坊やが」という言葉をつかっていた。坊やという呼び名には、健治への軽蔑と、同居者に対する多少の親愛とがこめられていた。

「坊やが来てくれて何かと助かるわ。だって坊やは電気屋さんでしょ。これまでいちいち町の電気屋さんを呼んでいたけれど、彼が来てからはずいぶん助かるわ。何でもやってくれるの。電気だけじゃなく、ちょっとした大工さんの真似事もするのよ。のっぽだから、高いところにも手が届くしね」

　と、背の低い彼女は他人に吹聴した。

「あんな頼りない男でも、わたしがひとりで居るよりはいくらかましね。用心もよくなったし……もっとも、強盗でも入ったら、いちばん先に逃げる人かもしれないけれど」

　こうして半年ばかり過ぎた。も早、誰も加津子のアパートに健治が同居していることにはふれなくなった。彼らはそれを問題にもしていなかった。ただ、加津子のほうから交換台の後輩たちに、ウチの坊やがこうしたとかああしたとかよく云った。格別なことではないのに、加津子はそれをいかにも面白そうに語った。中年肥りした三十五歳の彼女からみると、痩せっぽっちの背のひょろ高い貧弱な年若い健治は、彼女の無聊を紛らわす便利な道具のようでもあり、また彼女に多少は母性愛みたいなところも見受けられた。

交換台の若い女たちは、加津子が語る健治の面白くもない話をいかにも面白そうに聞いていなければならなかった。加津子には男友だちのつき合いがなかったので、健治のことが見聞の狭い彼女の唯一の話題のようだった。若い後輩はもっと面白いことを愉しんでいたので、大先輩を心の中では莫迦にしながらもお世辞笑いをした。健治は相変わらず交換台に器具の修理にかこつけては油を売りにきた。

そのうち健治が交換台に姿を見せなくなった。また加津子の口からもウチの坊やの話があまり洩れなくなった。だが、べつにどうということはない。交換台の女たちは二人の間を問題にもしていなかったし、この変化にも特に気づく者はなかった。

加津子が初めて健治との恋愛を自分のすぐ次の後輩に洩らしたのは、その変化があって三月後だった。彼女は珍しくその後輩を喫茶店に誘い、その干涸びてしなびたような頰に赤味を射して告白したのだった。

「年齢が違いすぎるからわたしもだいぶん考えたのよ。けど、彼はどうしてもわたしと結婚すると云って聞かないの。もし断わると、わたしが彼をなぶりものにしたと云って怒り、どんな仕返しをされるか分からないわ。あれでなかなか真面目な考えを持っているし、堅実家でもあるのよ。わたし、思い切って彼と結婚しようと思うのだけど、どうかしら?」

その相談はすでに彼女の決心がきまってからだった。いわば相談の形式を借りて他人の反応を求めたのであった。たとえ、後輩が年齢の相違を挙げて反対したところで、彼女のその決心が動くはずはなかった。

交換台の後輩たちは加津子と健治の結婚話に仰天したが、正面切って制める者はなかった。おそらく、この滑稽な結婚に揶揄的な興味を持ったに違いない。それに、この女ボスに反対でもしようものなら、あとでどのような意地悪をされるかしれなかった。

後輩たちは口々に云った。そんな若い旦那さまを持ってあなたは仕合せね、健治さんは器用だからきっと家庭的なことで助かるに違いないわ、彼は純情だからほかの変な男と結婚するよりどれだけいいかしれない、万事あなたがリードすれば立派な家庭が出来るに違いないわ、などとさんざんお世辞を云った。

結婚は今年の秋に決めたと彼女はみなに吹聴した。今が六月なので、あと四月くらい経ってからである。それを聞いた連中は、しかし、結婚式は単に形式だけで、実際はすでに両人が夫婦生活をしていることを疑わなかった。加津子は両親も兄弟も無く、たったひとりで暮らしているし、健治はその次の部屋を借りている。だから、誰に気がねする必要もなく、健治は彼女と同じ部屋に起居して夫としての振舞をしていると容易に想像された。

「今年の秋、ほんの形式的だけど結婚式を挙げたいの。だから、あなたにお貸ししたお金、それまでに返してね」

と、彼女は編集部や営業部の債務者に念を押した。

十二歳も年下の男と彼女が結婚することで、みなは彼女をひやかし半分に祝福した。はじめこそ彼女は顔を赧(あか)らめていたが、社の人間全体に知れ渡ると、もう厚かましいくらい彼女は堂々たるものだった。彼女が昼勤のときは健治の退社時刻と一緒なので両人は裏玄関で待ち合わせて連れ立って帰ったし、彼女が宿直明けで家にいるとき雨でも降り出そうものなら、健治のためにいそいそと傘(かさ)を届けに新聞社に行った。そんなとき受付の人や警備員たちにどのようにひやかされても、彼女はその年齢にものをいわせてたじろぐところがなかった。すでに女房気取りであった。

今のうちなら、まあ、何とか恰好(かっこう)がつくが、あれで年を取ったら、一体、女のほうはどうなるのだろうと、人びとは陰で懸念した。それでなくとも加津子は小皺(こじわ)がふえ、子供も三、四人ぐらいありそうな人妻に見えた。一方の健治は日ごろから剽軽な性格だし、年齢よりは二つ三つ若く見える頼りなさだった。これでは現在ですらどうかすると、彼は加津子が早く生んだ子供にもうつった。将来は全く母子としか見えまい。彼女が五十を過ぎたころ、健治はまだ四十の男ざかりである。一体、どうなることかと心配するむきもあれば、いや、あれだけ女が年上なら男はどのように親切にされるか分からない、少々ぐらいのわが儘も通るだろうし、かえって事ごとに反逆する女房よりはどれだけいいか分からないし亭主冥利に尽きるだろうと意見を云う者もあった。

しかし、誰でも懸念するのは、その年齢の相違から、健治のほうで果して彼女ひとりで満足できるかどうかの問題だった。今はいいけれど、将来、亭主が若い女と浮気したらどうなるだろう。健治も十二歳も上の「老妻」と毎日顔を合わしているといやになるだろうし、親切にされればされるほど鬱陶しくなるかもしれない、そのとき加津子は彼に棄てられるかもしれない、今だからこそ健治も女の親切に甘えているし、もともと素寒貧の男だから、小金を持っている彼女のところに入婿にきたつもりでいるだろうが、その満足がいつまでつづくだろうか。みんなはそんなことを云い合った。

それとなく、その心配を加津子に云う者がいた。

「そのときは仕方がないわ。彼には好きなことをさせるつもりよ。わたし、それほど分からない女じゃないわ」

と、加津子は悟ったような顔でほほえんで答えるのだった。

――しかし、その懸念は意外にも早くきた。

加津子が健治の浮気を知るきっかけをつかんだのは、自分の仕事の交換台であった。ある日、女の声で健治に電話がかかってきた。銅貨が落ちる音がしたのでそれは公衆電話からだった。加津子はそれを電話保全係につないで女と健治の会話を聴話した。

それから真蒼になった。それはその日のデイトの約束であった。

加津子は六時に終わるので健治と一緒に帰る約束だった。すると、五時半ごろになって健治から彼女のもとに電話があった。今日は友だちと会があるので少し遅くなるというのである。加津子はべつに質問もしなかった。男の様子を見るためだった。その晩、健治は十二時近くなって彼女のアパートに戻った。彼の脱いだワイシャツをそっと嗅ぐと、かすかに香水が鼻に漂って、女の移り香だと知った。

加津子は健治を詰った。彼は言訳を云ったが、それは彼女の嫉妬だと云って怒った。

しかし、加津子は下心があったので昼間の電話の聴話のことは口にしなかった。もし、それを云えば、相手の女は用心して電話をかけてこないに違いなかった。健治も交換台が盗聴することまでは気づいていなかった。健治に電話の警戒心を起こさせると、これからの行動に手がかりが無くなり、証拠も得られなくなるのである。

3

加津子は、女の電話を何度も自分の手で健治につなぐ機会を得た。彼女は利口だったから、決してこのことを口に出さなかったし、健治に女から電話がかかってくれば自分のほうにキーを回せとも他の交換手に要求しなかった。彼女は自分の惨めさを他人に知られたくなかったし、まだ誇りを持っている女であった。

約一カ月の間、その女の電話から加津子が知り得たのは、相手が場末のバアのホステスであること、年齢は声の調子からして大体二十歳前後らしいこと、両人の仲は彼女が最初に電話を聴いたときより一カ月ぐらい前に始まっていること、また健治がその女のために相当金を使っていることなどを知った。そういえば、そのころから健治は小遣いが足りなくなり、彼女から「借りる」ことが多くなった。

それだけではなかった。たびたびかかってくる電話を聴話していると、どうやら加津子の夜勤のとき女は大胆にも健治のところに泊りにくるようであった。夜勤は夕方の五時半から翌朝の九時半までだったから、彼女はその間交換台に縛りつけられているので健治は安心して相手の女と遇っているようだった。それを実証するように、彼女が夜勤明けに帰って調べてみると、布団から女のピンが出てきたりした。彼女は年下の男との結婚がすでに失敗であることを知った。もちろん、嫉妬心は湧いたが、それでとり乱して大騒動を起こすようなことは彼女になかった。彼女は改めて自分の年齢を考え、不自然な結婚に踏み切ろうとした自分の愚かさを悟った。その限りでは彼女は利口であった。健治とのことを一時の夢と分別するのは割合と早かった。

しかし、そうした彼女にも我慢のできないことが一つあった。それは健治に棄てられるということが新聞社じゅうに知れ渡ることだった。みなは手を拍って、それみたことかと笑うに違いなかった。その嘲笑と罵倒が耳に聞こえるようであった。彼女は夜勤の交換台に坐っていながら、健治とバアの女の狂態を妄想して胸を乱されたが、それよりも、健治に棄てられたことがみんなに知れ渡るほうがもっと辛かった。これまで十七年もここに坐って若い後輩に与えている威厳も、他の部の連中に心の中ではどうであれ一応の会釈を払わせている貫禄も、ことごとく崩れ去るのが怖かった。彼女は健治との結婚の予定をあまりに多くの人に語りすぎていた。

加津子は、何とかして自分の誇りと体面を傷つけられることなく健治と別れたかった。しかし、それは困難なことだった。もし仮に彼女のほうから結婚の約束の取消しを男に宣言したところで、あとで彼の情事が他人に分かってしまえば、やはり男の気持が彼女をはなれたこととして解釈されるに変わりはなかった。受ける屈辱は同じであった。

ここでふいに健治が死んでくれたら——と彼女は思った。男が死ねば彼女は誰からも軽蔑（けいべつ）を受けることなくひとりになれる。むしろ、他人は男の死によって結婚できなかった彼女の不幸に同情してくれるに違いなかった。だが、健治は身体は瘦（や）せていても病気をしたこともなかった。あとは不意の事故による死を願うだけだった。しかし、それははかない希望であった。

そのうち、健治の様子がそろそろおかしくなってきた。明らかに加津子から気持がはなれているのが分かった。このぶんだと秋の結婚までに健治は彼女から去り、バアの女のもとに行くかも分からなかった。加津子はあせった。

——結局、健治の死亡を早めるためには彼を殺す以外になかった。

加津子はいろいろな方法を考えた。しかし、どのような工夫でも人殺しとなれば大きな危険が伴った。自分の手で殺したのでないように見せかけるのは至難であった。

ある日、彼女は新聞で高いマンションの窓から女性が飛び降り自殺をした記事を読んだ。これが彼女に一つのヒントを与えた。高所から男を突き落とし、誤って墜落したように見せかけようと思いついた。

彼女はさんざん思案を凝らした末、場所を東京近郊の高尾山に択ぶことにした。そこはむかし修験道の道場だった。山頂には野鳥が多かった。彼女は以前にそこに行ったことがあるので地形も大体おぼえていた。その裏山は断崖の谷で、およそ二十メートルくらいの高さはあった。小さな道が寺院の横手から裏山をひと回りするように出来ていて、彼女が断崖を見たのも、その道場を通ったときであった。

次は、いかにして男を油断させ、その谷底に突き落とすかであった。彼女の記憶によると、遊歩道は幅一メートルはたっぷりとあった。ならんで歩いているうちに男を断崖の端に押しやるのは無理だと思われた。三十五歳の女の身では若い男の力にはとうていかなうはずもなく、また、たとえ無理をして突き落とすにしても格闘の跡が残るに違いなかった。なんとかして男が崖縁を歩きながら誤って足を踏みはずしたように見せたかった。

彼女はいいことを一つ思いついた。そこで、こっそり小型カメラを買った。なるべく都心の忙しそうな店を択んで入ったのは店員に記憶させないためだった。しかし、彼女はこれまでカメラをいじったことがなかったので、ハンドバッグに入るくらいの小さなカメラを買ったとき、店員からその操作を教わった。カウンターの上で店員は親切丁寧に機械の扱い方について手を取って教えてくれた。そのときフィルムも買い、教わった通りに自分で装塡した。

次の日曜日はちょうど彼女の休みに当たっていたので健治を高尾山のピクニックに誘った。彼は初め渋っていたが、結局、加津子の熱心にいやいやながら従った。彼にしてみれば、早晩別れなければならないこの女に対する最後のサービスと思っていたかも分からなかった。

二人は、日曜日の朝、わりあい早くアパートを出た。高尾山の麓までは電車でたっぷり二時間近くかかった。彼女はハンドバッグの中に買ったばかりの小型カメラを忍ばせていたが、そのことはまだ健治には知らせてなかった。もちろん、ほかの人間にも黙っていた。下からケーブルカーに乗り、降りてから高い石段を登り、山頂の寺院に参った。そこで少し休み、売店で餅や茹で卵を食べたりジュースを飲んだりした。

山は日曜日なのでかなりの人が集まっていた。加津子は懸念したが、寺院の横手から道を歩いて行くと、人影がだんだんに少なくなった。たいていの人が寺院に参っただけで、その近くで休憩したり弁当を開いたりするらしかった。裏山まで一巡する人は案外と少なかった。山は濃い緑でいっぱいだった。熊笹が生え、巨木が鬱蒼と茂っていた。

加津子は健治の手を握り、嬉々として歩いた。途中で出遇った者は、年齢と背の高さは不似合だが愉しげな恋人として二人を見送った。

「ねえ、健ちゃん」

と、彼女はハンドバッグを開いて小型カメラをとり出した。

「わたし、これを買ったのよ。今日の記念にしようと思ってね。あんたを写したいわ」

　健治はちらりとそれを見たが、あまりうれしそうな顔はしなかった。いずれ別れる女と決めているらしく、写真に撮られるのが迷惑げだった。しかし、男は彼女を可哀想と思ってか、あからさまにはそれを云わなかった。

「君、カメラの使い方を知っているのかい？」

と、彼はおとなびた口のききかたをした。

「ええ。カメラ店で教わったから大丈夫よ。案外簡単なのね。どこかいい場所はないかしら？　背景の素敵な所で撮りたいわ」

　男は、それにあまり関心を示さなかったので自分から場所を択ぶことはなかった。歩いているうちに加津子が記憶していた通りの断崖の上にさしかかった。記憶は正確だった。下をのぞくと、岩石の断崖が垂直に深く落ちていた。

　加津子は眼で適当な場所を探した。男を突き落とす場合、そのはずみで自分も一緒に転落してはならなかった。そのため一方の樹に片腕を捲きつけてわが身を防禦しなければならない。彼女はその条件に合う位置を探した。

この辺がいいじゃないの、と彼女はカメラの紐を首にかけた。

「背景に遠い連山が見えて、とても素敵だわ。あんた、そこに立ってて」

男を道の真ん中に立たせたが、彼女はレンズをのぞいて見て位置が悪いと云い出した。

「もう少し道の端のほうがいいわ。そこだとあまり近すぎてあんたの全身が入らないのよ」

「この辺でいいかい？」

と、男は思った通り崖を背にしてその縁に立った。その身体をひと押しすると、たちまち崖下に転落しそうにみえた。

「そうね、その辺でいいわ」

と、彼女はシャッターを切った。そして教わった通りにフィルムを捲いた。

「もう二、三枚撮るわ」

とうとう、思った通りの場所にきた。崖縁に一本の樹が立ち、幹が二つに岐れていた。加津子は、その枝に腕を捲けば男といっしょに転落する危険はないと思った。

「ここがいいわ。前よりもずっと景色がいいわよ」

と云い、健治をその樹から少し離れた所に立たせた。彼は股を開いて立った。そのうしろには、相模や甲斐の山脈が重なって霞んでいた。

「もう少しうしろにさがったほうがいいわ」

健治はふり返って、断崖の端に立っている自分を知った。

「おい、あんまりうしろには退れないよ。あと一歩で断崖だよ」

「でも、その位置がとてもいいのよ。あんた、気をつけてね」

彼女は膝を折り、カメラを構えたが、

「あら、あんたのネクタイ、少し歪んでるわ。ちゃんとしてね」

と注文した。健治は手をやってその通りにしたが、

「まだ歪んでるわ。ちょっと待って。直してあげる」

彼女はカメラを首から下げたまま健治に近づいた。胸がどきどきした。人は来ていなかった。

「ネクタイの締めかたが悪いのね。そのままにしてて」

そう云いながら彼女は一方の樹の枝に素早く片手をまきつけ、健治のネクタイに手を当てるふりをして、思いきり力を込めて背の高い彼に体当りした。思ったより他愛

なく健治ののっぽの身体はうしろに傾き、両手を宙にひろげて姿を消した。彼女はあたりを見回した。さいわいにも人影は無かった。彼女は断崖の下をのぞいた。谷底に小さな黒い姿が寝ていた。それは見下ろしただけで自分の身体が吸い込まれそうなぐらいに遠くて深かった。

彼女は道端に戻ると、しゃがんでカメラの裏蓋を開けた。フィルムには健治の最後の姿が映っている。人目にふれてはならなかった。彼女はフィルムを抜き取って日光に曝した。

彼女は、ふと、転落した健治が下で動いているのではないかという気がした。そこで、カメラを地面に置いたまま急いで断崖の端に行き、もう一度下をのぞいた。健治の小さな姿は前の位置から動かず、手足もそのままだった。完全に死んでいると彼女は思った。

地面に置いたままのカメラを取りに戻って裏蓋を閉めた。そのときカメラについた土を払ったが、一匹の赤い蟻がいっしょに下に落ちた。地面を見ると、ほかにも五、六匹の赤蟻が這っていた。彼女はカメラとフィルムをハンドバッグに仕舞い、留金をかけると、大急ぎで元の道を寺院のほうに戻った。足を踏みはずして墜落した男の助けを人に求めるためだった。

大石加津子は人びとから同情された。秋には結婚するはずの若い恋人が足を踏みはずして谷底に落ちて死んだ不幸に彼女はうち沈んだ。彼女の矜持は保てた。誰もが彼女の言葉を疑わなかった。一応、現場に警察の人が検証にきたが、そこでは格闘の跡もなく、乱れた足跡もなかった。また、たとえ彼女が男を突き落とそうとしたところで、彼女の力ではそう易々と血気ざかりの青年が落ちるとも思えなかった。男は背が高く、女は低かった。彼女は一応の訊問を受けただけで疑いが晴れた。

だが、加津子は小型カメラの始末に困った。抜き取ったフィルムは家に持ち帰って燃したが、カメラはそうはゆかなかった。これに気づかれると、健治を崖縁に立たせたトリックがバレそうだった。彼女は早いとこ忌わしい小型カメラを処分したかったが、いざ、川に投げるとか、淋しい場所に棄てるとかいうことになると、誰かにそれを目撃されるような気がしていつもそのまま持ち帰った。そして結局東京駅に行くと、待合室の椅子にそっと置き、知らぬ顔をして逃げた。こうすれば誰かが拾い、自分のものにするに違いなかった。

彼女にとって不幸だったのは、そのカメラが善意の人に拾われず、常習の置引犯人の手に入ったことである。その男はカメラを入質した。そしてその直後に彼はほかのことから足がつき、警察に捕えられた。

刑事は質屋から引きあげたカメラを持主に返すために、その番号を控えた。裏蓋を開けると、フィルムは入ってなかったが、隅のほうに何やら小さいものがくっ付いていた。指でつまむと、それは潰れた赤い蟻だった。持主はフィルムを入れ換えるとき、裏蓋を開けたままカメラを地面に置いたものと思えた。

だが、その蟻はよく見ると、どこか違っていた。蟻のようでもあるし、そうでないようでもあった。好奇心の旺盛な刑事は、犯罪とは関係なく、そのたった一匹の昆虫の死骸について専門学者の鑑定を求めた。

「ほう。これは珍しいですな。普通地面に這っている蟻とは違いますよ。ヨウザワメクラチビゴミムシといってね、この東京近郊では高尾山にしかいない昆虫です。蟻とは違いますよ」

そのとき、刑事はその言葉を何気なく聞いていた。

刑事は今度はカメラの販売元を手繰って、そのカメラがどこで売られたかを追及した。小売店は見つかった。それを売った店員は客をおぼえていた。

「三十七、八歳くらいの女のひとです。背は低いほうでした。カメラを持つのは初めてだというので、ぼくがその操作を教えましたがね、あれは左利きじゃないですかね。

といって右手も使っていたし、あれほど器用に両手が使える人はそうありませんね」

偶然にもその刑事は、高尾山のアベックの男が墜死したことを新聞で読んでいた。死んだ男の婚約者が二十五歳の女であること、そして男の墜落死のとき、彼女が一緒に現場の道を歩いていたことも記事にあったのを思い出した。彼はカメラの裏蓋についていた蟻に似た虫が、長たらしい片カナの名前をもつ昆虫で、それは高尾山にしかいないという学者の話も思い出した。

刑事は一応所轄署からその事故死の記録を取り寄せた。死んだ男の愛人の大石加津子の供述には全くカメラのことは出ていなかった。この小型カメラを買った女の客がまるで左利きのように左の手が器用だったということも交換手の職業としてあり得そうだった。交換手は絶えず両手をあやつって交換台のキーを操作する。

ここで刑事は、カメラの裏蓋に潰れていた昆虫が高尾山だけのものだという専門家の説を重視した。女はこのカメラを持って転落死を遂げた男と歩いていたのだ。それなのに、なぜ、彼女はカメラのことを一言も警察に云わなかったのであろうか？

刑事は、女が当日持参したカメラの被写体はその愛人の男に違いないと思った。男は墜落した場所の崖縁に立って女のカメラに写されていたのではあるまいか。もし女に殺意があれば、男を断崖上に立たせることはありそうな策略であった。現場に格闘の跡が無かったのも、写真を撮っている最中なら当然である。恋人に無警戒な男は二十メートルの絶壁を背にしてカメラに向かっている。そこに女が服装を正すとか上衣(うわぎ)のハンカチを直すとかいった口実で近づき、ふいに突き落とせば犯行は容易になし遂げられるではないか。——

刑事はこの意見を上司に申告した。

警視庁の捜査一課の連中が高尾山に登り、現場を検分した。星村健治が足を滑らせて谷底に落ちた場所の横にはナラの太い枝が伸びていた。その枝には微(かす)かだが皮の擦れた痕(あと)があった。人間が片腕を捲いたら、こういう痕ができそうだった。その位置はあまり高くなかった。大体、一四七、八センチくらいの背の高さの人間の腕がこの枝を捉(とら)えるとこの位置になる。大石加津子の身長がぴたりとそれに合った。落ちた男は一七五センチもあるのっぽだった。

古本

1

東京からずっと西に離れた土地に隠棲のような生活を送っている長府敦治のもとに、週刊誌のR誌が連載小説を頼みに来たのは、半分は偶然のようなものだった。

長府敦治は、五十の半ばを越している作家である。若かった全盛時代には、婦人雑誌に家庭小説や恋愛小説を書いて読者を泣かせたものであった。まだテレビの無いころだったから、彼の小説はすぐに映画化され、それが彼の小説の評判をさらに煽った。長府敦治の名前は、映画会社にとっても雑誌社以上に偶像的であった。

しかし、時代は変わった。新しい作家が次々と出て、長府敦治はいつの間にか取り残されてしまった。もはや、彼の感覚では婦人雑誌の読者の興味をつなぐことは出来なくなった。長府敦治の時代は二十年前に終わったといってもいい。ときどき短い読物や随筆を書くことで、その名前が読者の記憶をつないでいる程度になった。

彼は最盛期に建てた三田の家を整理し、所蔵の美術品を売り払い、現在では東京都下の山地に近い里に引っ込んでいた。交通の便が悪いので、ここまでは物好きな編集者も足を運んでこなかった。雑誌社が彼に何か原稿を頼む際は電話で済ませ、それも出来上がった原稿を使いが取りに行くというのではなく、彼に速達で送らせた。

長府敦治は、画家だった妻を十年前に喪（うしな）った。娘が二人いたが、これはむろん他家（よそ）に片づいて、今は傭（やと）いの老夫婦と三人きりだった。幸い、三田の家を整理するずっと以前、知人に勧められ、現在の地所を気まぐれに約四百坪買っていたので、家を建てるのには不自由しなかった。また、その家もまだ預金の減らないころだったので、この辺では珍しく洒落（しやれ）た数寄屋（すきや）風の家が出来た。また、庭には自然の木立や竹林を取り入れ、渓流（けいりゅう）から水を引き、たくさんの鯉（こい）を飼ったから、曾（かつ）ての彼の名声を損じることはなかった。事実、ここを訪れる者は財閥の別荘かと錯覚するくらいであった。

それは早春の寒い日だったが、めずらしく自動車がその家の前に停（と）まった。中から、その週刊誌の編集部次長の名刺を持った男が銀座の洋菓子の手土産を持って降りた。

そのとき、次長は長府敦治に連載小説を頼んだ。その雑誌は女性の読者を主体においたもので、それに向くような時代小説を半年間書いてほしいというのだった。

長府敦治は二つ返事で引き受けた。原稿料のこともあったが、久しぶりに連載小説を書く歓（よろこ）びが先に立った。Ｒ誌なら女性週刊誌でもよく売れているほうである。ただ、彼が不審に思ったのは、この週刊誌の連載がすべて現役作家で占められているのに、なぜ、はやらなくなった自分に頼みに来たのかというにあった。彼は、それを半ば冗談に、半ば真剣に訊いてみた。

「先生の才能をフルに出していただきたいんです。まだお若いのだから、今から大家としておさまるのは早すぎますよ」

次長は笑いながら云った。

「ぼくなんか大家でも何でもないよ」

彼の文名は早くから出ていたので、その意味ではたしかに「大家」の列に入ってもおかしくはなかった。しかし、次長の言葉の意味には、次第に読者から忘れられてゆく初老の作家に、もう一度何か書かせてみようという憐愍にも似た賭のようなものがあったことはたしかである。いや、それだけではない。これはあとで分かったのだが、たまたま、R誌が予定していた時代小説のベテランが急に発病し、しばらく執筆不能になったからである。

それもまことに急場であった。雑誌は、現在連載中の時代小説が三週間後に終わるようになっている。次回の作者をすっかり当てにしていたので狼狽を極め、心当りの作家を頼んだが、誰も引受け手はなかった。それぞれがみんな忙しかったのである。

編集会議が持たれた。しばらく小説の一つを休むことはやさしかったが、その穴埋めは結局編集者が記事面で負担しなければならない。それでなくとも手いっぱいの編集部はその余裕がなく、やはり小説の穴は小説で埋めざるを得なくなった。このとき、女性編集者の一人が、ふと長府敦治の名を出したのである。緊急の事態だから、編集長も気乗りしないままその案を呑んだ。

長府敦治の小説がはじまった最初は、そうした偶然性からだった。

だが、どのような動機であれ、久しぶりに連載小説の依頼を受けたということは長府敦治に嬉しかった。彼はこれまで現代小説と時代小説を半々に書いてきたので、時代小説を頼まれても狼狽することはなかった。長い間空虚だった彼の胸は急にふくらみ、活気が出てきた。

しかし、そのうち、彼の苦悶がはじまった。実は二つ返事で引き受けたものの、書くものが思いつかないのである。

長い間長篇を書かなかったせいか、構想が浮かばないのである。どうやら頭脳も訓練をしないと麻痺するようだった。

彼は焦った。それでも苦労してようやく二つぐらいは筋をつくってみたが、われながら情けないほど貧弱なものだった。約束の日は遠慮なく逼ってきた。結局、何かネタ本はないかと神田あたりの古本屋を二、三日がかりで歩き回ったが、これはと思うものは無かった。改めて分かったのだが、少し面白いものはほとんど他の小説家が書き尽していた。古書店の棚は彼の前に荒涼としていた。

一週間はまたたく間に過ぎた。約束の締切日まで、あと二十日もなかった。運の悪いときは悪いものである。長府敦治は、一カ月ぐらい前に、広島県府中市の教育委員会から講演の招きを受けていた。それが明後日に逼っている。彼は、よほど急病の口実をつくり、電報を打って欠席しようかと思ったが、あるいは向うに行けば気分も変わって、ふいと妙案が起こるかもしれないと気を取り直した。どうせ一晩だけ向うに泊まり、翌日はまた飛行機で帰ってくることである。

府中というのは広島から三時間くらい後戻りし、福山から支線に乗りかえて山奥へ入る不便な所であった。いつもの長府敦治だったら、その不便さがかえって愉しいのだが、今は気が苛立つだけだった。こうしている間も約束の締切は迫ってくる。もし間に合わなかったら、それこそこれが最後かもしれないチャンスを逸するのであった。

それで、彼は講演もお座なりに済ませた。講演のあとの座談会も、教育委員会有志の招宴も全部断わって宿に帰った。気分転換で何かいい知恵が出るかもしれないと思ったが、どうやらそれも無駄のようであった。彼は藁をもつかむような思いで町の散歩に出た。

府中はいかにも田舎町だった。往昔、備後府中の置かれた所だというが、その後は僅かに備後絣で名前を知られていた。それも今は廃れ、みるからに侘しかった。長府敦治は、短い表通りから裏町に回った。このとき、暗い道路沿いに古本屋が店を開けているのが眼についた。店の半分は古道具がならんでいた。

長府敦治は期待もせずに中に入った。もう九時を過ぎているので客は彼ひとりであった。古本もろくな物はなく、歴史関係といえば僅かに郷土史くらいだった。その中から彼はふと一冊の和綴じの本を抜き出した。見るからに古臭い本で、表紙は金襴まがいの布で巻いてある。「室町夜噺」という題で、中をぱらぱらとめくると古めかしい旧活字が緩く組んであった。裏を返すと明治二十五年四月発行となっている。著者名は「文学士林田秋甫」となっていて、上中下の三冊だった。

彼は上巻の各章を拾い読みした。題名の示す通り、それは足利義満、義持の二代に亙る将軍の史話らしかった。

奥に坐っていた頭の禿げたおやじが、睡そうな顔で起ち上がってきた。長府敦治は別に期待もせず、いわば、おやじが表戸を閉めに起ち上がった拍子に追い出されるような気持でその「室町夜噺」を買ったのだった。先方は三冊で千円だと云った。

「この林田秋甫さんというのは府中で生れんさった人での、偉い人じゃった。あんた、いいものを買いんさったの」

と、おやじはそれを古新聞に包みながら云った。しかし、林田秋甫などという名は敦治も聞いたことがなかったので、田舎の古本屋のおやじが郷土自慢と追従で云ったとしか思えなかった。

実は、これが彼の文字どおり掘出しものだったのである。

2

「室町夜噺」を長府敦治は帰りの飛行機の中で読み、有頂天になった。実に内容が面白い。それは一口に云うと、将軍義満、義持をめぐっての側妾の寵愛争いであった。それには、女のあさましさ、虚栄、嫉妬、陰謀、没落、敗北といったものが、十数人の女たちによって繰り返されている。時代はまさに絢爛たる足利幕府の爛熟期だ。その女たちに取り入ろうとする側近たち、また彼女らをうしろから操る権臣、さては義満の栄華ぶり、厳島詣で、熊野詣で、越前気比神宮詣でなどに見られる武家風の威勢と公卿ふうの風流さ、詩あり、連歌あり、紀行文あり、書きようによっては壮大なロマンになるかと思われた。

もっとも、原文にはそれほどの魅力はなかった。第一、文語体だし、形容も古臭い。文章は地味である。それをこの通り書いても、すでにそれ自体が物語であった。構想に苦労することはない。あとは適当にこの叙述の中に描写を入れればよかった。これこそ天の恵みであろうと思った。府中の講演を断わらなくてよかった。行けば気分転換で素晴らしい着想が得られそうな気がしたが、その予感はまさに当たったと思った。

しかし、長府敦治には二つの不安があった。

一つは、これほど面白い本だからすでに先人が書いているのではないかということである。読書にはそれほど熱心でない彼は、その点が心配だった。もし誰かが書いていれば二番煎じの非難を受ける。

もう一つ心配なのは、文学士林田秋甫なる人が実は高名な学者ではないか、それを自分が知らないだけではないか、というおそれである。むろん、明治二十五年発行のこの本の著者はすでに死んでいるに違いないが、高名な学者だと、当然、この「室町夜噺」も多くの人の眼にふれているはずだった。彼がこれをもとに小説を書けば、たちまちネタ本のことが分かる。それでは困るのである。長い間の沈黙のあとなので彼の創造力の貧困を他から指摘されそうだった。

しかし、その二つの懸念は、東京に帰ってから杞憂に終わった。

彼は神田の一ばん老舗の古書店に行き、わざとこういう本はないかと、その書名と著者を云った。年取った店主は、まったく知らないと首を振った。この店主は学者でも一日おくほどあらゆる古書に通じていたから、敦治もひとまず安心したが、それでも心配は消えず、ほかの古書店にも当たってみたが、結果は同じだった。

だが、まだ彼は慎重だった。国会図書館に行き、その書名を司書に示したが、そこでも所蔵していないと云われた。こうなると、もはや、この本について現在日本じゅう誰も知っていないのである。

R誌の次長が電話で原稿の進捗状態を訊いてきた。敦治は元気に、締切までには完全に一回分は間に合うと請け合った。どんな筋かときくので、彼はあらましを話した。室町時代ですかと、相手の声は少し不満そうだったが、なに、時代はそのころでも読者にうける自信は十分にありますよ、彼は力のある声で答えた。

長府敦治の新連載がR誌に始まったが、四回目ごろから読者の反響があった。彼のもとにも読者の手紙が来たが、編集部にも続々と投書があるというのである。次長が今度はウイスキーを持って激励に来た。

「先生、さすがですね。あんな面白いお原稿を戴けるとは思いませんでした。いや、まったく結構なものを頂戴できて編集部も大喜びです。評判もたいへんいいですよ」

長府敦治はにこにこして聞いていた。彼は次長がまんざらお世辞ばかりを云っているとは思わなかった。書いているうちにも、これは当たるという気が十分にしていたのである。

べつにこちらから筋をつくらなくとも、「室町夜噺」をそのまま現代文に書き直して行けばよかった。むろん、心理描写は必要だが、その点、彼は昔の技術を駆使した。すでに原本の構成がしっかりしているので、まるで設計図の上を彼のペンが走っているような調子だった。彼はその小説に「栄華女人図（えいがにょにんず）」と題をつけたのだが、十回ぶんくらい進むと編集長がやって来て、あと一年くらいつづけてもらえないだろうかと懇請した。最初の依頼には次長を寄こしたのだが、今度は編集長がその社の担当重役を伴（つ）れて現われ、彼を拝み倒すようにした。

連載を始めてから八カ月ぐらい経つと、彼の小説は完全に読書界の人気を得た。大体、近ごろの週刊誌小説は飛び抜けて世評を得るものがない。その中で「栄華女人図」は絢爛たる背景に権勢欲と愛欲とに狂う炎のような女たちを描いた。女の本性をむき出しにしたものもあれば、偽善と権謀にあけ暮れる女たちもあり、また将軍の寵を失って世の儚（はかな）さを知り、仏門に入る哀れな女たちもいた。地方の守護職（しゅごしき）たちを威圧する目的で義満はほうぼうの神社仏閣に遠出しているので、その遊山（ゆさん）見物の様子は、まさに金泥（きんでい）をちりばめた一巻の極彩色絵巻であった。これほど典雅できらびやかな変化に富む時代小説も珍しかった。

第一、出てくる女たちの名前が、未だ曾てどの史家も筆にしなかったものばかりである。敦治は、原本を読めば読むほど文学士林田秋甫なる人の学識におどろかされた。よくも調べ上げたものだと思った。いちいちの出典はないが、古書や古文書を読んでいないとこれだけのものは書けないと思われた。しかし林田文学士の名は現在残っていないのである。明治の篤学の士は無名のうちに葬られたのであろう。敦治は、もしこの本をネタに小説を書かなかったら、文学士林田秋甫のことをもう少し調べて世間に発表したいくらいであった。

週刊誌の読者欄には毎号投書が掲載された。称賛の言葉は一致していた。これこそ源氏物語に比すべき大作だというのである。ずいぶん調べも行き届いている。作者の精進と造詣のほどが偲ばれると称えてあった。

そのことは一般の読者ばかりではなかった。各新聞の文化欄にも彼の小説の批評が出るようになった。これも一般読者と同じで、批評家は長府敦治の力作に眼を瞠り、殊にその史実や風俗の調査が行き届いていることに驚嘆した。近年沈黙していた作者だけに評価が高かった。

長府敦治は見事に現役にカムバックした。彼はこの一作で往年の絶頂時代を完全に取り戻したかにみえた。事実、そういった批評が見え、早くも文学賞の話も聞こえてきた。また、R誌も彼の評判作で部数が急激に伸び、わざわざやってきた社長から大いに感謝された。

長府敦治が幸福感の絶頂にいたときだった。ある日、彼は郵便物の中から一通の封書に眼を止めた。近ごろ読者からの手紙が多かったが、長府敦治の眼を惹(ひ)いたのは、その封書の字がひどく枯れた字体であったこと、そして、裏書が広島県府中市の林田庄平(しょうへい)となっていたことだった。府中と林田の字が真先に彼の手にその封書を破らせたのである。

「あなたのお書きになっている『栄華女人図』はたいへんな評判のようです。小生もそれにつられて友人から掲載誌の綴(つづ)りを借り、最初から読んでみました。そして実におどろきました。あなたが書いているのは私の祖父林田秋甫の『室町夜噺』の丸写しではありませんか。単に文語体を現代文に直し、それに多少の描写という味つけをしたにすぎません。祖父は本名を林田長良(ながよし)といい、この府中の出身ですが、五十歳で東京で没した篤学の士です。

私は、あなたのこれまで書いた四十回分と、祖父の原本を読みくらべてみました。こう云えば、あなたももうお分かりでしょう。いちいち類似の箇所を、というよりも剽窃(ひょうせつ)の箇所を指摘することもないと思います。ただ私が云いたいのは、祖父が『室町夜噺』を書く際、多くの古書に当たって苦労していることです。単に史書だけでなく、祖父は足利義満、義持関係の神社仏閣を回り、あるいは旧家をたずねたりしてあらゆる古文書を渉猟しました。祖父が書き遺したその資料目録だけでもたいへんなものです。

ありふれた資料の一部をアトランダムに列記しただけでも次の通りです。『壒囊抄』『花営三代記』『武政軌範』『樵談治要』『満済准后日記』『翰林胡蘆集』『覧富士記』『実隆公日記』『碧山日録』『室町殿行幸記』『御湯殿上日記』『臥雲日件録』『喫茶往来』『蔭涼軒日録』『三国伝記』『宗長日記』『大神宮参詣記』……もうやめましょう。キリがありませんから。これらは著名なものばかりをあなたに云っただけです。今でこそ『史籍集覧』や『大日本史料』や『日本随筆大成』などという便利なものが出版されて、これらの多くは収録されていますが、明治二十年代にこういったものをコツコツと漁った祖父の苦労があなたには分かりますまい。

そのほか、連歌、狂言、謡曲などの文学ものや、厳島神社文書、熊野神社文書、大内文書、細川文書、大乗院寺社文書、革島文書、仁和寺文書など数知れません。これは一般の記録ですが、そのほか、まだ世に知られていない古文書などから、祖父は室町将軍の権勢と栄華と陰にうごめいていた女たちの生活を書いたのです。祖父はもちろん文士ではありません。そのため叙述だけに終わっていますが、史実は確実なのです。現在の学者にこれほどの学識をもつ者があるでしょうか。要するに私が云いたいのは、祖父がこれほど苦心して書いた著書をあなたが何の出典も挙げずに盗んだことです。

あなたはあるいは云うかもしれない。それは明治二十五年に出されたものであるから、すでに著作権は無効になっていると。しかし、ここでは著作権の問題ではなく、道義上の問題でしょう。あなたは祖父の著書のおかげで現在多くの称賛の的になっています。無知な批評家は、もちろん祖父の著書がネタになっているとは知りません。あなたがみんな自分で調べたように思いこみ、驚嘆しています。私はかねがね、批評家というのは不勉強で、ただ他人の書いたものを寝転がって読み、頼まれれば即座にいい加減な感想を書きとばす輩（やから）と思っていましたが、今度、あなたに対する批評家の文章を読んで、その度しがたきことは、想像以上だと分かりました」

3

林田庄平が長府敦治の家に現われたのは、その手紙が来て間もない秋の終りであった。

長府敦治は、台風がやって来たように胸を騒がせながら十畳の部屋に入った。ガラス障子に川の見える景色をうしろにして坐っていた林田庄平は、三十五、六ぐらいの、見るからにうす汚ない恰好であった。このときの問答を長府敦治はいつまでも記憶に残しておきたくない。実に不愉快な話合いだった。林田は、前に出した手紙の内容をもう一度舌の先で敷衍し、ああいうことをされては祖父が浮かばれない、大家の先生にも似合わしからぬことだと攻撃した。

敦治は黙って聞いていたが、結局、相手は金が欲しいのだと推察した。身装からして生活にも困っているようである。林田の話によると、彼は故郷の広島県府中市から出てきたのだが、これから職探しに東京を歩いてみるということだった。女房とは早くから別れてひとり者だとも話した。その赤ら顔は、明らかに酒焼けだった。

林田庄平は、それが証拠であるかのように一冊の「室町夜噺」を出した。敦治が府中の古本屋で買ったのとまさに同じだが、林田庄平の持っているのは、それよりもボロボロになって手垢に汚れていた。

林田は、そこでも目下評判のいい敦治の小説を皮肉り、ネタ本の存在を知らないでほめている批評家の無知をあざ笑った。その言葉を聞いていると、いつでもこのネタ本のことを世間に暴露すつもりのようだった。むろん恐喝だとは分かっている。たとえ林田がそれを投書のかたちで新聞社や雑誌社に出したところで、彼には一文の収入にもならないのである。

敦治は、結局、一冊の古本を十万円で買い求めることになった。ただし、条件があった。この本のことについてはいっさい林田が世間に沈黙を守ることであった。

「いいお住居ですね」

と、談判が片づいてからの林田庄平は、人が変わったようににこにこした。彼はガラス戸に映る景色を見ていたが、

「おや、鉄橋を人が渡っていますね？」

と云った。それはかなり長い鉄橋だった。

駅はT川の向うにあった。だが、この界隈から駅に行くにはずっと川下の橋を通らねばならなかった。ところが、鉄橋を渡ると直線コースで、時間にして十五分ぐらい節約ができるのである。ここを通っている鉄道は単線で、しかも列車の利用者が少なかった。多くは別な私鉄に乗る。それで列車の通過の間隔が相当あった。近所の人はその時間をおぼえ、列車のこないときに近道として鉄橋を択んでいた。

「鉄橋を渡ると近いんです」

敦治は、村の主婦が三人、一列にならんでその鉄橋を渡るのを見ながら云った。

「そうですね。ぼくもこれからあの鉄橋を渡って来ましょう」

敦治は、林田の言葉を聞いてどきりとした。彼はここにまたやってくるつもりなのである。ということは、この十万円だけでは満足せず、あとからも金銭の催促にくるつもりらしかった。

林田庄平が鉄橋を見て呟いたのは、それとなくあとからも金を取りにくることを敦治に予告したようであった。

しかし敦治は、この「室町夜噺」が林田庄平にも一冊しか持合せのないことを知っていた。十万円は、その本の買上げ代である。この次に来ても林田は金を請求する口実を失う。少なくとも表面上は理由が無いのである。ただし、金に困っているから、少し貸してくれという程度は切り出すかもしれない。だが、それはほんの一万円か五千円ぐらい渡せばいいだろう。三、四回ぐらいはたかられるかも分からないが、ある程度はやむを得ないと敦治は覚悟した。なんといっても、いま、この本のことを世間に暴露されるのは辛かった。

敦治の書く小説は回を重ねるごとに好評を増した。林田庄平も十万円を握って帰ってからはしばらくこなかった。多分、東京で然るべき職に就いたかもしれない。人手不足の折から、職業さえ択ばなければ独り者が食うだけのことはできるはずだった。

長府敦治は、林田の祖父という秋甫文学士の記述どおりを原稿用紙の上になぞって行った。原本自体が緊密な構成なので、少し文章を考える程度で少しの苦労もなかった。それも女性週刊誌に合わせるように甘く書いた。もともと彼の筆は、それでなくてもひどく甘かった。

世評がいいとなれば彼の筆も自ずからはずんできた。また原文がところどころ引用の原典を収録していることも助かった。たとえば、次のようなことである。

「将軍義満公の藤枝辺を通過遊ばされるとき、折しも晴天なれば富士の高嶺は銀色燦然と蒼穹に映えて見ゆ。従ふ輿の女房ども口々に賞でてやみぬ。されば、その時の状況を一書にはかく記せしなり。

十八日、藤枝の御とまり（みつけの府より十一里）を立て、宇津の山こえ侍れば、雨の名残いとつゆけかりしに、うつの山しぐれも露もほしやらで袂にかかるつたの下道ゆきゆきて、けふぞ駿河府（藤枝より五里）にも至り侍りぬる。千里足下より始まり、高山微塵より起るのためし思ひしられ侍り。この国の守護今川上総介（範政）御旅のおまし、かざり、ゐたち、けいめいし侍るうちにも、雪のつもれらむ姿を上覧にそなへ侍らばやとねんじわたりけるに、昨日の雨、彼山の雪なりけり。今日しも白妙につもれるけしき、富士権現もきみの御光をまちおはしましけるとみえて、あやしくたふとくぞおぼえ侍る。……」

こういう古文を長府敦治は現代文に直し、適当に描写をつけ、勿体ぶった心理や台詞を書き添えた。

そのうち、あまり評判がいいので、別の雑誌から「栄華女人図」についての随筆を書いてくれと頼まれた。彼の頭にはちらりと林田庄平のことが走ったが、もうあれきり文句を云ってくることはなかろうと思い、ネタ本の「室町夜噺」には一字もふれないで適当な雑文を書いた。それには、自分が若いときから室町時代にあこがれていたこと、謡曲や能狂言を通してこの時代の雰囲気は早くから身につけていたこと、ならびに「洛中洛外図屛風」などで一度はこの風俗を小説の中に使ってみたいと思っていたこと、また連載中ほうぼうから読者の手紙をもらい、資料の提供も受けたことなどを書いた。

その月刊誌が出たときだから、一カ月近く経ってからだった。林田庄平がその酒焼けした顔を長府敦治の家に現わした。彼は敦治の顔を見るとニヤニヤして、

「一昨日、先生の書かれた随筆を拝見しましたよ」

と云った。敦治は、あれを見て早速やってきた庄平を悪んだが、すでに十万円渡してあることだし、他言しない約束をしていることだし、ただ彼の皮肉に苦笑した。すると、庄平が風呂敷包みを解いて差し出したのが、なんと「室町夜噺」の上巻だった。

「これを本郷(ほんごう)の古本屋で見つけましてね。こんなものがあっては先生のおためにならないと思い、買って来ましたよ」

と云った。上巻だけでも敦治の小説のネタが知れるというのである。

「こんなものがまだ何処(どこ)かにあったのかね？」

と、敦治はおどろいた。

「もう、この世から姿を消したかと思ったら、やはり残っていたんですね」

と、庄平は素知らぬ顔で煙草(たばこ)をふかした。結局、敦治は、その本代二千円と、いま少し困っているのでという口実で八万円を奪われた。

それきりかと思うと、そうではなかった。その後一週間して、彼はまたどこかの古本屋で見つけたと云って「室町夜噺」の中巻一冊を持参に及んだのである。敦治は相手の計略が分かっていながら抵抗することができなかった。彼はまた五万円を取られた。このぶんだと、またあとの下巻を持ってくるに違いなかった。

この不吉な予想は当たった。のみならず、林田庄平はどこから見つけてくるのか、「室町夜噺」を次々と運んできた。それも三冊いっしょではなく、上中下一冊ずつ見つけて売りつけにくるのである。長府敦治は、その半端な一冊でも、それだけ読めば彼の評判小説のトリックが知れるので、いやでも買い取らざるを得なかった。

相手の戦術はまことに巧妙であった。古本屋に三冊揃いであったとは云わない。端本で見つけたと云ってくるのである。そのつど、長府敦治は五万円、七万円と庄平に奪取された。

ここまでくると、長府敦治も林田庄平の手品が分かってきた。彼はおそらく祖父の遺していた著書をまだ何冊も広島県府中市の家に持っていたに違いなかった。祖父の林田秋甫は、自分の著書の何十部かを保存していたのであろう。庄平は、それが金ヅルになると分かって郷里から全部を取り寄せ、一冊ずつ敦治に売りつけているのである。それも、いかにも古本屋で見つけたようにわざと汚したり、ぼろぼろにしたりして小細工をしている。はじめは気がつかなかったが、よく見ると、その細工の跡がどの本にも歴然と残っていた。

4

長府敦治は林田庄平を悪んだ。その憎悪と恐怖とは、彼の作品の「栄華女人図」の好評に比例した。小説の評判がよくなればなるほど、彼は林田庄平の云いなりにそれを買い取らなければならなかった。古本代という名目の恐喝であった。しかも、その本をことごとく買い上げた後の安全に保証はなかった。林田庄平は、いつ、「栄華女人図」のネタ本のことを世間に暴露するかしれなかった。庄平はそういう人間に見えた。

悪いことに、長府敦治は、自作のネタ本のことを公表する時期を失っていた。彼は自作について他の雑誌に書いた随筆の中でも、「室町夜噺」のことは一行も語らなかった。またテレビ対談にも引っ張り出されたが、一言半句もそれにふれなかった。彼は「実によく調べてある」という世評をその沈黙において肯定していた。

だから、今ごろになってネタ本のことが分かれば、世間からは、なんだということになる。彼の小説は「室町夜噺」にあまりにも密着しすぎていた。そこには作者自体の想像は何も無かった。創作的な部分は皆無で、原本の書き直しと云ったほうが当っていた。

一方、林田庄平はいい金ヅルができたといえる。彼はもう駅からここに歩いてくるのに近道の要領を覚え、単線の鉄橋を歩いてくるのだった。

そのうち、庄平は昼間だけでなく、夜も酒気をおびてくるようになった。長府敦治の家では「室町夜噺」が上中下揃いで十一部も溜まっていた。このうえ庄平は何十部と持ち込んでくるか分からなかった。そのたびに金を取られるかと思うと、敦治は首根を悪魔の手につかまれているような気がした。この世の中に林田庄平ひとりが居なかったら、どんなに明るく平和であろうか。少なくとも、長府敦治は何の懸念もなく、おのれの文名を空翔けさせることができるのだった。

しかし、このような危機感がときには人間の気持を緊張させて、かえって仕事にいい影響を与えることがある。長府敦治の場合がそうだった。彼の小説は、だんだん、そのネタ本の文章からはなれて行きはじめた。ここまで書きすすんでくれば、その蓄積で自然と彼なりのイマジネーションも湧いてくる。また、室町時代がすっかり腹に入りこんで、不安を感じなくなったためかもしれない。はじめは何といっても知識がないので、ひたすら「室町夜噺」をペンが追うだけであった。

大体の筋は原文を辿っているとはいえ、彼は仮構の部分を次第にひろげて行った。原本にない登場人物もいくつかつくり、それぞれに性格を与えた。筆に脂が乗ってくると、われながら出来がよくなってきた。世間の好評が彼を激励し、勇気づけ、実力以上のものを出させた。

とはいえ、林田庄平の来訪は相変わらず彼にとっては憂鬱だった。いくらフィクション部分をひろげたとはいえ、その基本が庄平の祖父の本に置かれていることに変わりはない。それに自己の空想を挿入しはじめたのも最近のことであった。

その林田庄平は相変わらず金をせびりに来た。このころになると、さすがの庄平もその祖父の遺した著書がタネ切れになったのか、本も持たないで金を求めた。どうやら女もできたらしかった。敦治は、ぶらぶらしている庄平を食わせ、ついでに彼の遊興費まで出しているかと思うと、ますます庄平が憎くなった。

それは或る夕方だった。林田庄平は、卑屈で横着ないつもの態度で敦治の前に現われた。

「先生、いつも申しわけありませんが、五万円ほど拝借願えませんか」

拝借といっても返したことはないではないか、と怒鳴りたくなるのを敦治は怺えた。彼は、そういう話を庄平と玄関先で交すのは、いっしょに居る雇人の老夫婦に聞こえそうなので、いつも部屋に通していた。その晩も敦治は結局庄平に金を出すことは出したが、少し強硬に忠告した。

庄平はうすら笑いを浮かべてうなずいていたが、それが上辺にすぎないことは意見する敦治にもよく分かっていた。彼は、もし、小説がこんな大受けを取らなかったら、恐喝罪として林田庄平を警察に訴えたかった。それができないところに敦治の苦痛があった。

林田庄平は金を受け取ると、さて、と掛け声をかけるようにいって応接机に両手を置いて立ち上がった。そのついでに伸びをして、

「先生、今から近道して帰りますが、鉄橋を通る汽車は無いでしょうね？」

ときいた。

「いま、何時だね？」

「時計を持ってないのです」

林田庄平は腕時計も無かった。質入れしているのかもしれない。これだけ金を絞り取っているのに、みんな女に運んでいると思うと敦治は腹が煮え返った。

敦治はそこを出ると茶の間に行った。置時計の針は八時二十五分を示していた。廊下から彼のそぶりを見た爺（じい）やが、

「旦那（だんな）さま。置時計は二十分ほど遅れています。どうもこの前から調子が悪いようで、時計屋に修繕に出そうと思ってます」

と云（い）った。不機嫌（ふきげん）な敦治は返事もせずにもとの座敷に戻った。

「君、いまならいいよ。時計を見たら八時二十五分だったから。次に鉄橋を渡る貨物列車は八時五十五分ごろのはずだからね……」

敦治は云った。

「そうですか。それじゃ大丈夫ですね。三十分もあとから来るんじゃ」

林田庄平はそういうと、

「先生。どうもありがとう。どうかお身体を大事にして、あの小説を書きつづけてください」

と、皮肉な笑いを投げて出て行った。それはいつもの態度だが、敦治がその小説を書きつづけている限りいくらでも絞れるといいたげだった。

敦治は、林田庄平の靴音が遠ざかるのを聞いて息を詰めた。庄平は、あと五分もすると鉄橋にさしかかるだろう。鉄橋の長さは三百メートルくらいあった。高さ十五メートルもあって、下はT川独特の石の多い渓流だった。単線で、しかも長い鉄橋の途中には線路工夫の待避する設備もない。それに夜のことだった。

林田庄平が鉄橋にさしかかるのは五分後として、それを渡り切るまで二十分はたっぷりとかかるだろう。その途中、八時五十五分にくる貨物列車が鉄橋を驀進するはずだった。

庄平に対する憎悪はいつものことだが、殊に今夜の彼の態度が気に喰わなかった。敦治が意見をしても鼻で笑っていたし、腕時計も持っていないのは、取った金をみんな情婦に運んでいるからだ。わざと茶の間の置時計の遅れを云わずに針の指したままを告げたのは、この男への憎しみが無意識に出た結果であった。爺やの云うことに知らぬ顔をしていたのも聞こえなかったのではなく、敦治の機嫌が悪かったためだ。しかし、爺やはあとになって、敦治には自分の言葉が聞こえなかったと人に云うに違いない。

十分経過した。敦治は鉄橋の見える窓をのぞくことができなかった。

やがて遠くから魔の汽車の音がした。その後の三分間はまさに呼吸(いき)もできなかった。鉄橋の半ばまで列車の音が渡ったと思われるころ、あたりが裂けるような汽笛が三度聞こえた。

林田庄平が轢死(れきし)を遂げたあと、長府敦治の身辺には何の変化も起こらなかった。警察は鉄橋上の死体の検視だけに終わり、彼のもとには事情を聴きにくる刑事一人なかった。それは当然だった。殺人事件ではなかったから。警察では禁止場所を不注意に歩いていた通行人の不幸な死として処理し、鉄道では付近の住民に警告を与える結果になったと考えたようである。

長府敦治は、これで後顧の憂(うれ)いが全く解消し、自由に筆を伸ばしてゆけるはずであった。しかし、林田庄平の轢死のあとは気分が絶えず何かに妨げられて、想像力が進展しなかった。

林田庄平は轢死である。敦治が直接手を下して殺したのではなかった。茶の間の置時計の狂いは庄平に云わなかったが、それが決定的な彼の死につながるとはいえなかった。庄平が長い鉄橋を歩いているのと、貨物列車がくるのとが計算的に一致するとは限らないからである。可能性はあっても決定的ではなかった。

仮に庄平が五分遅れて鉄橋にさしかかれば、彼は後方からくる上り貨物に気がつき、足を停めるはずである。また十分か十五分早く鉄橋を渡れば、その事故に遭わなくても済む。置時計が二十分遅れていたといっても、それは庄平の死を決定的なものにしていなかった。

また、あの貨物列車の運転士が鉄橋を渡る人影にもう少し早く気がついていれば、急ブレーキをかけて停めることも可能であった。敦治は汽笛を三度聞いた。貨物はあのあとで停まったが庄平を轢いてしまったのである。あれがもう少し、たとえば百メートル手前でブレーキをかけていれば、庄平は一メートルか二メートル、いや、場合によっては三十センチくらいのところで助かったかもしれないのだ。庄平が轢き殺される確率は、助かる確率と半々であった。

しかし、敦治にはその列車の汽笛がいつまでも耳に残っていた。あれこそ庄平の魂の叫びのような気がする。あの瞬間に一人の人間の生命が奪われたのだ。

置時計の狂いを庄平に告げなかったのは彼の轢死とは直接には結びつかない。だが、やはり彼は事故の発生を期待し、それが結果に一致した。蓋然性（がいぜんせい）の期待が殺意につながるかどうか。

　敦治は、それからの原稿をなるべく原本からはなれようとした。ふしぎなものだ。これまで原本からやっとはなれてきた文章が、今度は再び逆戻りして原本に密着しはじめた。それは、「室町夜噺」がもはやこの世に無くなったという安心でもなく、また、そのことを知っている唯一（ゆいいつ）の人間が居なくなったという安堵（あんど）からでもなかった。それは敦治のふくらみかかった空想が、あの事故によって凋（しぼ）みはじめたのである。一つの懸念(ある人は、それを良心の呵責（かしゃく）と云うかもしれない)が、彼の思索を妨げてきたのだった。

　しかし、そのことを知る者は、もはや誰（だれ）も居なかった。

「栄華女人図」はますます好評をつづけた。R誌では、ぜひともあとをつづけて欲しい、二年でも三年でもできるだけ長いほうがいいと申しこんできた。

　半年ばかり過ぎた。だが、長府敦治の気持は容易に元に戻らなかった。ふくれかかって途中で凋んだ思索は、老人の肉体のように弾力性がなかった。彼はあわてた。こんなはずはないと思った。しかし、構想に没頭していると、三つの汽笛がけたたましく耳にひびいてくるのだった。彼は諦（あきら）め、あとはまた元の原文の現代訳にやむなくたち戻った。

それから二カ月経ったころだった。長府敦治は、ある日の朝刊の書籍欄を見て眼をむいた。そこにある出版社の「室町夜噺」の広告が載っているではないか。

彼は、そのウタイ文句を食い入るように見た。

《不遇のうちに死んだ明治の篤学者林田秋甫の埋もれた力作。長い間絶対入手不可能と云われてきた名著を江湖の要望に応え、ここに写真版によって復刻し、二千部を限定として発売することにした》

敦治は呆然としてその活字を眺めた。

近ごろは、絶版となって古書界にも姿を見せない古本が、写真版で復刻されるのが一種の流行となっている。しかし、「室町夜噺」がその一つになろうとは思いもよらなかった。

この復刻版の原本は、林田庄平が出版社に持ちこんだのかもしれない。あれだけ部数を持っていたのだから、それも十分に考えられた。敦治は、林田庄平の持っていたものは全部買い上げたつもりだが、まだ、その一部はこの復刻版を出す出版社に売り渡していたに違いなかった。あるいは、そうではなく、別系統にあった原本かもしれないが、敦治にはやはり庄平のしわざのように思えた。

敦治は怖れた。この復刻版が二千部も出たら、必ず世間の誰かの眼にふれる。そして彼の評判作「栄華女人図」が、この本からそっくり盗んでいることが発見される。——敦治は、林田庄平がその本の一部を出版社に渡して自分に復讐したような気がしてきた。

長府敦治は急に筆が進まなくなった。復刻版が発売された後の、世間のきびしい非難に恐怖したのである。彼はノイローゼとなり、原稿も書けなくなった。

二カ月ぐらい経って、ある批評家が新聞で彼の作品にふれた。

「今回復刻になった林田秋甫の『室町夜噺』を読んで非常に面白かった。長府敦治の『栄華女人図』がこの著書に拠って書かれているのを私は早くから知っていたが、はじめは長府の小説もこの『室町夜噺』に沿っていたので、もう少しフィクションの部分があってもいいのではないかと首をかしげていた。ところが、後半に近くなって小説らしくなり、出来もよくなったと思っていたが、最近また調子が逆戻りし、しかも出来が甚だ悪くなった。偶然にもこの復刻版が出るころになって、長府はその評判作を中絶してしまった。長府が健康を取り戻し、再び執筆することを望みたい。なお、『栄華女人図』の愛読者は、その資料となったこの名著『室町夜噺』をも愛読されることをすすめる」

「室町夜噺」の存在を早くから知っていたというのは、批評家一流のハッタリである。一批評家の虚栄はどうでもよいが、長府敦治にとって不幸だったことは、小説好きの刑事がこの文章を読み、評判作の中絶に不審を持ったことだった。

刑事は「室町夜噺」の著者の孫が林田庄平とは知らなかったが、長府敦治の住む近くの単線の鉄橋上で林田という男が轢死を遂げたのは、所轄署（しょかつしょ）からの事故報告書で知り、記憶していた。

――

その刑事は長府敦治の家を訪問した。彼は外出していた。爺（じい）やが刑事に遇（あ）った。

ペルシアの測天儀

1

ある金属製品会社の課長をしている沢田武雄（さわだたけお）の家に泥棒（どろぼう）が入ったのは、二週間くらい前であった。

泥棒は留守をたしかめて入った形跡がある。沢田の妻は夕方きまって近くの市場に買物に行くし、学校から帰った子供は遊びに出かけていない。午後五時から六時くらいの間は、いわばそうした家庭の魔の時刻であった。

盗（と）られたものは現金だけだった。これは妻がタンスの引出しの着物の間に挿（はさ）んでいたもので、五万円ほどの被害額だった。

タンスの引出しは下から上に向かって順次に開けられていた。刑事の説明によると、これは常習の窃盗犯だそうである。また、妻の帯がタンスの上の引出しからだらりと陳列品のように畳に垂れ下がっていた。刑事の話によれば、これは泥棒仲間の呪（まじない）で、帯は身体（からだ）を縛るものだから、それをだらりと垂れ下げておくのは逮捕されないという意味だそうである。馴（な）れた泥棒だとは、妻の着物や彼の洋服などにはいっさい手をふれていないことでも分かった。質屋に入れたり古着屋に持って行ったりするものは、どうしても足がつく。

ただ、妻の小粒なダイヤ入りの白金指輪と、まったく小さなものだが翡翠の帯留と、沢田が大事にしてしまっていたスイス製金側の腕時計の三点は盗まれていた。こうした品物は専門泥棒と結託している盗品買いのところに持って行くものらしい。ダイヤの指輪は、沢田が二年前に社用でヨーロッパに出張したときアムステルダムで、腕時計はジュネーブで、翡翠は香港で、それぞれ無理して買ったものだった。

沢田は泥棒に入られた経験が初めてだった。新聞では空巣狙いの記事をよく読むが、こんなに口惜しい気持になるものとは思わなかった。指紋一つ残さず、土足で傍若無人に荒し回ったと思うと、当座は拳が震えるほど無念だった。

だが、その一方、気味悪くもあった。慰めてくれる者は、泥棒が入ったときに誰もいなかったのがかえって幸いである、もし家人がいたら泥棒は強盗に早替りをし、どんな危害を加えるか分からない、留守だったのはよかった、と云ってくれた。まったくその通りで、新聞記事を見ても、家人に発見されてから強盗に早替りし、殺したり傷つけたりしている。沢田も当座よりは、あとになってその恐怖がしばらくつづいた。

刑法はかたちに現われた被害のみを対象にし、被害者の精神的な打撃を無視している。泥棒は窃盗行為にのみ刑を適用される。これは不合理だと沢田は思った。

調べに来た刑事の話によると、侵入の模様からみて泥棒は身軽な小男であろうということだった。だが、どんなにひ弱そうな男でも、それが泥棒である以上気味の悪さには変わりはない。相手はそのとき刃物も持っていたに違いなかった。妻は四、五日、頭が変になるくらいに動転していた。

ところが、その被害があって二週間後に所轄の〇署から沢田に呼び出しがあった。妻から電話でその通知を受けた彼は、会社から警察署に直行した。泥棒は捕まったというのである。

「二十一になる男で、窃盗の前科三犯でした。やはり小男でしたよ。それとなくご覧になるなら、ここに留置場から引っ張り出してもいいです」

と、刑事は刑事部屋で云ったが、沢田は断わった。やはり泥棒の顔を見るのはいい気持ではなかった。

「金はもう使っていましたよ。これは仕方がありませんね。ただ、品物はまだ処分してなくて、そっくり自分の家の中に隠していました」

刑事は、盗られた指輪、腕時計、帯留などを持ち出して、沢田に受領書を書かせた。

「どうもありがとう。品物だけでも返ったのが何よりです」

これらの品は日本で買うと高いが、ヨーロッパではわりと安かった。しかし、三点とも自分の海外出張の記念だから盗られたときは口惜しかった。それだけにいま無事に眼の前に戻ったのを見てうれしかった。

「その泥棒は、こういうものもお宅から盗んだといっていますがね」

と、刑事は円いメダルのようなものを彼に見せた。

「あ、それもわたしのものです」

沢田はひとめ見てすぐ云った。円形の金属製品だが、上に紐を通して吊るような小さな環がついている。銅色だが、コインでもメダルでもなかった。真ん中に円形の線が二重に回っていて、それぞれに目盛りのような刻みがあった。

「何ですか、これは?」

と、刑事は訊いた。

「それはペルシアの測天儀で、アストロラーベというんだそうです。この目盛りが星の高低と角度とを測定するらしいです。『アラビアンナイト』にもバグダッドの理髪師がこれを持っていたという話が出ています」

沢田は人から聞いたことを刑事に講釈した。

「ほう、そんなに珍しいもんですか」

「いや、それはもちろん真物じゃありません。測天儀に擬した模造品です。玩具みたいなものですよ。ぼくがギリシアのアテネの空港に降りたとき、そこの土産物屋で買って来たんです」

「しかし、あなたが出された被害品届には、これが記載されてありませんでしたね」

「それは今いったように玩具ですから、わざわざ書くほどのことはないと思ったんです。ダイヤの指輪、翡翠の帯留、金側腕時計などと一緒にはできませんからね。値段だって、たしか邦貨にして千円くらいのものだったと思います」

「そうですか。しかし、盗られたものは何でも一応警察に書き出してもらいたいですね」

「はあ、済みません」

「まあ、いいでしょう。では、これもその受領品の中に書いておいて下さい。……おや、この渾天儀ですが、このまるい縁にちょっと小刀でつけたような疵がありますね。これはあなたがつけられたんですか？」

「いや、ぼくではありません。そんなものはぼくの引出しの中にほうり込んだままにしておいたんですから……もしかすると、泥棒が珍しがっていじっているうちにつけた疵かも分かりませんね」

「そうですか。しかし、これは女の子の頸に下げるペンダントにしたらいいですな」

刑事はそう云って、玩具の測天儀を自分の色の黒い胸に当ててみた。

「なるほど。そこまでは気がつきませんでした。ぼくは子供の土産にと思って持って帰ったんですが、子供もこんなものは要らないといったので、放(ほう)ってあったんです。女の子でもいたら、やると喜ぶでしょうね」

この場合の女の子とは、むろん娘のことではなかった。しかし、この冗談がのちに現実となったのである。

沢田の妻は、盗難品が無事に戻ったので喜んだ。現金の五万円が返らなかったのは残念だったが、欲をいえば際限(きり)がなかった。

「刑事は、これが被害届に書いてなかったので、だいぶんしつこく訊いたようだ」

沢田は、妻にアテネの土産を見せた。

「そんなつまらないものを、どうして泥棒は持って行ったんでしょうね？」

妻は玩具の土産(スーブニール)にははじめから興味を持ってなかった。

「泥棒にも小さい妹か弟がいたのかもしれないな。ここを見てみろ。縁に小刀の先でつけたような疵があるだろう。子供がいたずらしたのかもしれないな。べつに刑事には訊いてみなかったけれど」

「だったら、きっとそれは小さな女の子かもしれないわ。ペンダントにしたら恰度(ちょうど)いいから」

「それもそうだな」

「いっそのこと、これはその泥棒さんに上げますと云って、警察に置いてきたらよかったかもしれないわ」

「泥棒に追銭という言葉があるが、五万円も盗られた上に土産まで進呈することはないよ」

「それもそうだけど」

沢田は、妻がてんでペルシアの測天儀を相手にしないので、もとのまま机の引出しに抛り込んでおいた。それだけでも盗られた品が完全に戻ったような気がしたのである。

2

それから二年経った。沢田に愛人ができた。

沢田の会社は、ある大手の金属工業会社の下請もしていたから、課長の彼はその大手会社の連中と始終接触があった。彼は向うの幹部社員を伴れて接待をした。座敷のこともあればキャバレーのこともあった。

　そのうち、銀座のキャバレーのホステス高林路子と親しくなった。その経過をいちいち書くほどのことはない。客とホステスの間の極めてありふれたケースだし、その愛のセリフは男と女とが古来何千年と云いかわしてきた同じことであり、また未来永劫につづくたぐいのものであった。

　高林路子は二十六歳になる。短い結婚の経験が一度ある。恋愛の経験については語らなかったが、決して少なくないことは沢田にも交際しているうちに察しがついた。彼女は色白で体格がよく、男好きのする顔だった。沢田は彼女に熱を上げた。そのぶん、彼女の勤めるキャバレーには足が遠くなった。遇うのは二人きりの別の場所になっていたのである。

　高林路子はマンションにひとりで住んでいた。近ごろのマンションは設計がよくできていて、外からの訪問客と他の部屋の者とが顔が合わないようになっている。従って、沢田武雄が路子の部屋に半年くらい通っていても、一度も同じマンションの人間に姿を見られることはなかった。

　沢田はかなり高給を取っていた。しかし、路子に与える金の資源としては限度がある。そのうち、これは沢田自身が前から深く戒めていたことだが、接待の名に隠れて架空の招待の伝票を切るようになった。また、行きつけの料理屋にしてもバーにしても、沢田の依頼にはこころよく応じて水増し請求書を出してくれた。その差額を彼はあとで店から現金で受け取るというしくみであった。さらに、出張のときも極めて倹約し、請求は実際以上の経費を請求した。

こういうことをすると、自分でも抑制が利かなくなる。路子は、その店では相当な売れっ子だったが、それでも自分の収入だけではやってゆけないといった。衣裳にも金がかかるし、特にマンションの払いは大きな負担であった。沢田がそれを補塡した。彼は、それほど苦労して捻出した金も彼女には与えるだけの価値があると思っていた。

ある日、沢田は自分の引出しを開けたとき、ふと、アテネ土産が眼についた。彼は、これを女の子のペンダントにしたらいいと云った刑事の話を思い出し、とにかく路子に見せようと思った。玩具みたいなチャチなものだが、かたちが変わっているし、日本では売ってない品である。近ごろはデパートでもパリあたりからとり寄せたヴィナスの彫刻入りペンダントを売っているが、沢田の買ってきた測天儀はどこにもなかった。

沢田が路子のマンションに行ってポケットからこれをとり出すと、彼女の眼は輝いた。

「ずいぶん変わったデザインね。これ、何というの?」

「ペルシアの測天儀といって、昔はこれで星の高低や角度を測ったものだ。本来は銀でできているんだそうだが、これはその模型さ。ほら、ここに目盛りがあるだろう。これで星の動きを測ったらしいな」

「これ、戴いとくわ」

と、路子は、それをさっそく白い豊かな胸の上につけて立派な三面鏡の前に行った。

「とても似合うわ。それに変わったデザインだから、すごく目に立つわね」

「目立ちはするが、それ、模造品だからね、安物だよ」

「それでもかまわないわ。高いオパールだって、もうありふれているし、このほうがかえって斬新でいいわ。さっそくお店に付けて行くわ」

「少し大きいようだが、まあ、変わってていいだろう」

沢田は路子がよろこぶのを見て、彼女にはやはりお洒落のセンスがあると思っていた。妻などは子供の玩具だと思って見向きもしなかった。高価なものなら何でもいいと思っている。ほんとうのお洒落は、安物でも上手に生かすことである。

「じゃ、わたしの別なペンダントと取り替えるわ」

と云って、彼女は細い金鎖から今までのペンダントをはずし、ペルシアの測天儀をつけた。

彼女は新しいペンダントの測天儀を手に取って見ていたが、

「あら、ここに小さな疵があるわ」

と云った。

沢田は、まさか、それが一度盗難に遭(あ)って、盗んだ泥棒がその疵をつけたとは云えなかったので、

「あまりうまくできているので、いじっているうちにちょいと爪(つめ)の先で欠いだのさ。しかし、それくらいの疵は目立たないよ」

「もちろん、分かりはしないわ。あなたにもこんなものが珍しいのね」

と、彼女は彼の説明を聞いて微笑した。

「しかし、人から訊かれても、ぼくからもらったと云っては駄目(だめ)だよ。別な人から外国みやげにもらったというんだよ」

「ええ、もちろんよ。あなたの名前など出すもんですか」

路子は賢い女だった。

しかし、一週間ぐらいして沢田が彼女の部屋で遇うと、路子はペンダントのことにふれた。

「あれ、やっぱり少し大きいわ。とても目立つらしいのよ」

「それならいいじゃないか」

「でも、あんまり変わっているのでお客さんがじろじろ見るの。少し照れ臭くなったわ。だから、しばらく付けないでほかのものと替えるわ。そのうちにまたあれをつけてみるわ」

やはり路子のような派手な恰好(かっこう)のホステスにも、ペルシアの測天儀はペンダントとして不似合いのようであった。まったく意匠が変わっている。いや、変わりすぎている。それに、頸(くび)に吊るには少々型が大きすぎるのである。

「それもそうだ。まあ、好きなときにつけてみるんだね」

ペルシアの測天儀は、こうして金鎖からはずされて彼女の三面鏡の台の上でごろごろした。


キャバレーのホステスが店に出勤するため家を出かけるのは五時から六時の間である。高林路子の出かける姿を見て、マンションの彼女の部屋に泥棒が忍び込んだ。泥棒も他の部屋の住人に見られることなく侵入が出来たのである。

二十三になる青年だった。彼は経験者らしく、指紋を残すことに用心して手袋をはめていた。それを別とすれば、身装(みなり)は仕立のいい背広だし、髪はきちんと櫛目(くしめ)を入れているし、ワイシャツは雪のように白いし、他人（ひと）の家に無断で入り込まなかったら、まるで招待されてきた客のようであった。これは逃走の際に他人の眼からいかにも泥棒らしく見られないためである。その泥棒は華奢（きゃしゃ）な身体（からだ）つきだった。

彼は現金の在所（ありか）を探し求めて部屋中を荒した。部屋の主がキャバレーの女だということは、二回ほどこのマンションの下見をしているので分かっていた。事実、調度は贅沢（ぜいたく）で、殊（こと）に洋服ダンスやベッドは豪華であった。だが、タンスはわりと貧弱である。

泥棒は、結局、三面鏡の一ばん下の引出しの中に千円札三枚を発見したにすぎなかった。銀行の預金通帳はあった。六百六十万円ばかりの預金高になっている。キャバレーのホステスの中には金を持っている女が多いと聞いていたが、この女もその一人と思えた。多分、客から金をねだって銀行に入れているに違いなかった。

ところで、泥棒は、何千万円あろうと、それが預金通帳の数字である限り何の魅力もなかった。通帳と判とを持って、朝九時の開店すれすれに銀行に駆けつけるのは危険この上ない賭（かけ）だった。この部屋の主は、今夜店から帰って部屋中が荒されていることに肝を潰（つぶ）し、すぐに交番に届けるに違いない。預金している銀行にもさっそく連絡されるであろう。銀行に金を出しに行くのは、みすみす手錠を求めに行くようなものであった。

泥棒は三千円の現金だけで辛抱したが、彼が三面鏡の前から起(た)ち上がったとき、偶然に眼が台の隅(すみ)に向かった。そこには化粧品の瓶(びん)が林立していたが、その間に小さな環のついた円いメダルのようなものがあったのである。

泥棒はペルシアの測天儀をとり上げた。彼の眼におどろきがひろがっていた。珍しい品を見たからではない。それは自分のよく知っているものが意外な場所に置かれてあるのを発見したときの驚愕(きょうがく)だった。

泥棒は、曾(かつ)てこの品を別な家で盗んだ覚えがあった。彼は眼をその測天儀の縁に近づけて、そこに小さな疵を確認すると、自分の考えが間違いでないことを知った。測天儀の縁には、ほんの微(かす)かだが、毛筋のように細く光る疵があったのだ。

泥棒には、その疵に記憶があった。というのは、疵をつけたのは彼自身だったからである。それは山の手の住宅街に入ってダイヤの指輪と、翡翠(ひすい)の帯留と、スイス製の金側腕時計を盗んだときだった。この奇妙なメダルのようなかたちの品もポケットに入れて帰ったのだが、あまり珍しいので小刀の先でつついているうちに疵つけたものだった。

泥棒は、当然のことに、どうしてこの品がこの部屋にあるのだろうかと思った。山の手の家での盗みから運悪く二週間くらいで捕まったが、あの時のダイヤの指輪も、翡翠の帯留も、金側の腕時計もみんな処分しないうちに警察にとり上げられてしまった。この奇妙なメダルのような品も一緒に警察が持ち去ったものだった。あの家はどこかの会社の課長だと、刑事にあとで知らされたが、その課長の家の品がどうしてここにあるのか。まさに盗んだ品だということは、何よりも縁についた小さな切り疵が実証している。

　だが、その疑問は彼の頭脳がすぐに解いた。この部屋の住人はバーのホステスだ。山の手に住む会社課長がホステスと親しくなるのは極めてありふれた事柄（ことがら）である。多分、あの課長はこの品を女の勤めているキャバレーで与えたのかもしれない。女は客からもらった品をこんな所に転がしているのであろう。

　いや、もう少し突っ込んで考えれば、この部屋の女は課長と特別な間柄かもしれぬ。つまりあの課長の愛人かも分からないのだ。そうすると、この部屋に課長はしばしばやって来ているのだろう。課長は女を歓（よろこ）ばせるためにこの品を持って来たのかもしれぬ。

　泥棒は手に取ったペルシアの測天儀を三面鏡の台の上に戻した。これをポケットに入れると、また捕まりそうな気がした。およそ泥棒というものは極めて保守的な性格を持ち、呪（まじない）やジンクスを尊重するのである。彼も二年前に他愛（たわい）もなく逮捕された経験からして、この奇妙な円い品を盗むことでまた同じ運命に遭いそうな気がしてきたのである。

泥棒は忌わしいものでも見るような目つきで元に戻した測天儀を一瞥すると、侵入口に向かって歩いて行った。

3

沢田武雄が熱愛していた高林路子に殺意を生じた経緯は詳しく書くまでもなかろう。新聞記事に見える殺傷事件は金銭的な利益以外に、愛情の縺れといった関係から起っていることが多い。昔の新聞記事では「痴情」という用語を使った。

沢田武雄が路子を殺したのも極めてありふれた痴情の沙汰であった。その設定は、女が金の無くなった彼に冷淡になったことにしてもいいし、女に別な男がいたのを沢田が発見し、憤激した結果にしてもいい。あるいは両者を兼ねたことにすれば、もっと動機は強くなる。沢田はきまりきった給料の中から女のもとに金を運んでいたことだし、その金の捻出にしても露顕すれば馘首は間違いなしの違法行為であった。それだけの冒険を敢てしてまで女に入れあげたのだから、彼女に裏切られたと知ると、分別ざかりといわれる中年男でも殺意が生じるだろう。

とにかく、ある日の夕方、沢田武雄は出勤前の女をそのマンションの部屋で絞め殺した。幸いにも、彼は女の部屋の出入りに誰からも姿を見られなかった。それは日ごろから路子にたしかめていたことでもある。その点は路子も日ごろから云っていた。このマンションは便利よ、あんたがわたしのところに来ているなんて、まだ誰ひとりとして知らないわ、と笑っていた。

沢田に勇気を与えたのはこの条件であった。いくら逆上したところで人を殺すとなれば、その後の身の安全を考える。もし沢田が路子のマンションに来ていることを誰かに知られていれば、彼だって刑務所などには行きたくないから自制したであろう。訪問客が他人に見られないという巧妙なこのマンションの設計が、ここで犯行に役立ったのである。

沢田は、女が絶息したのをたしかめた上で部屋の中を見渡した。警察が来て彼の犯行と推定するような品を遺してはならなかった。これまで彼は身元の分かるような品を女には与えてないつもりだった。彼女の勤めている店に客を連れて行ったのは大ぶん前のことだし、今はそこには足を遠ざけている。キャバレーのホステスが殺されたとなると、警察は一ばんに彼女をいつも呼んでいる客を洗うに違いなかった。それは最も新しい客から内偵されるであろう。その点、捜査の線が彼のもとにくるのはずっと先だし、また今日のこの時間のアリバイも工夫していた。ただ、のっぴきならない証拠がここにあっては云い逃れができないのである。

沢田は、彼女に渡したもので物的証拠になるようなものは置いてなかったかと考えた。たった今死体となった女の傍に立ってである。女は横たわったまま胸をひろげている。その胸がいやに広いように彼の眼には映った。

沢田は、そうだ、あのペンダントだと思った。アテネの空港で買ったペルシアの測天儀だ。豪華な絨毯や玩具の彎刀などのさまざまな土産品の中に見つけた品だった。日本には売ってないものだ。しかも、あれが自分のものであることは前の盗難事件で犯人を挙げた所轄署が知っている。その上、絶対に弁解が利かないのは、その縁についた小さな疵で、たとえ同じ物が日本にあったとしても、あの特徴のある疵は世界中でただの一つであった。

警察が殺人の起こったこの家を調べるとき、あの測天儀が刑事の眼に止まったら大変なことになる。所轄署は違うが、珍しい品なので、捜査陣はその品の経路を懸命に捜すに違いない。すると、沢田の管内のＯ署の刑事たちの耳にも入るわけである。これに気づいて沢田の眼は殺気立った。

いつも三面鏡の台の上に置いてあった測天儀がそこに無いのだ。どこにしまったのだろうか。路子はあれをこの辺にうっちゃっていた。それがないのは誰か友だちにでも与えたのだろうか。沢田は頭に血が上り、耳鳴りがしてきた。あの品一つが自分の首を絞める。

彼は三面鏡の引出しを畳の上に覆した。いろいろな化粧品がその辺に散ったが、その中にペルシアの測天儀を見たときは、全く天にも昇る心地であった。彼は全身の力が一どきに抜けるほど安堵した。思うに、路子は鏡台の上にごろごろしていたこの品が邪魔になったので引出しに投げ入れていたものとみえる。彼女はこの品が沢田の贈物だとはだれにもしゃべってないはずだ。その点口のかたい女だった。

沢田は、その測天儀の模造品をまるで自分の心臓でもあるかのように、大切に服のポケットにしまった。

不運な泥棒はまたしても捕まった。やはり空巣に入っていたところを近所の者に発見され、多勢に取り巻かれて窮地に陥ったのである。

今度は品川のほうで盗みを働いたから、そっちの所轄署に捕まった。彼は馴れてもいたし、気のいい泥棒だったので、自分の行動は素直に警察で白状した。しかし、なにしろ侵入した家が多いので刑事の取調べは手間どった。彼は毎日毎日留置場から引き出されては刑事部屋に坐った。

そうした或る日、調べ中の刑事は下痢をしていたとみえ、腹を押えて席を起って行った。泥棒は、所在がないので、その辺に転がっている新聞を手に取って見た。

泥棒が開いたのはやはり社会面であった。トップは交通事故だ。えらく派手な事故が起こって乗用車は真二つとなり、トラックは前部が潰れていた。死者三名、重傷者二名だ。やれやれと思って、その下に眼を向けると、「ホステス殺しの捜査難航」という見出しがあった。

何気なくその記事を読むと、一週間前にその殺人事件が起こったらしく、被害者はキャバレーのホステスとある。目下男女関係や店の客を洗っているが、きめ手がなく、捜査本部は躍起となっているとあった。ところで、泥棒が、おや、と思ったのは、そのホステスの殺されたマンションの場所である。新聞に出ている住所に彼は首をかしげた。

おや、この住所なら、あすこではないか――。

あれもキャバレーのホステスだった。記事は続報なので被害者の顔写真は出ていなかったが、まさしくあの女に違いなかった。三面鏡の引出しから僅か三千円の収穫があったきりの部屋である。

ところで、捜査は難航していて、被害者の男女関係と店の客とが洗われているらしい。しかし、決定的な線はまだ出ないらしかった。すると、いつかペルシアの測天儀を盗んだ家の課長も警察に調べられたのだろうか。もちろん、真先に調べられたには違いなかろうが、アリバイでも成立したのだろうか。

そこに取調べの刑事が片腹を押えてしかめ面で戻ってきた。

「やい、新聞なんか読んで何だ」

刑事は泥棒を叱った。

「はあ。いや、刑事さん、この記事にあるホステスのことを読んでおどろきました。この女の家とはわたしも因縁がないではありません。まだそこまでは申し上げませんでしたが」

「なに、おまえ、その女と懇ろにしていたのか？」

「とんでもありません。そうじゃありませんよ。実は、女の部屋に空巣に入って、三千円ほど黙ってもらって帰ったことがあります」

「それはいつのことだ？」

「そうですねえ、もう三月ぐらいになりますかね」

「三月前か。すると、女が殺されるにはまだ間があったわけだな。惜しいことをしたな。おまえがもう少し忍び込むのが遅かったら、犯人の手がかりくらいはおまえの口から聞けたかもしれないな」

「まだホシは捕まらないんですか？」

「新聞に書いてある通りだ」

「つかぬことを聞きますが、被害者の女の部屋に、こんなふうに円い変なものが置いてなかったですか？」

と、泥棒は指をまるめて、その大きさと恰好を示した。

「何だ、それは？」

「実は女の部屋に入ったとき、三面鏡の上にそんなものがあったんです。名前は分かりませんが、物差しみたいに目盛りがついていましたよ」

「それがどうした？」

「実は、それは前にわたしが山の手のある会社の課長の家で盗んだ品でしてね。いいえ、刑事さん、そっちのほうの年貢は、もう、前のムショ入りで納めていますよ」

「おい」と刑事ははじめて真顔になった。「それがどうしたんだ？　おまえの盗んだ品が、どうしてその女の所にあったんだ？」

「なに、前のときはすぐにＯ署に捕まったので、ほかの品と一緒にそいつも召し上げられたんです。そして持主のところに返されたんですがね。わたしもその同じ品がホステスの部屋にあったんでびっくりしましたよ。しかし、考えてみると、その品を持っていた課長がその女にくれてやったのかもしれませんね。わたしが空巣に入ったとき、その品がたしかに三面鏡の台の上にあったのを見たんですが、殺しの現場にもその品はあったでしょうねえ？」

「おい、ちょっと待て。その品というのをおまえのおぼえている通りにこの紙に書いてみろ」

刑事は鉛筆と紙を泥棒に渡した。彼が苦労してやっと書き上げた絵を刑事はしばらく見ていたが、部屋の部長刑事のところへそれを見せに行った。

部長刑事は係長に相談した。ホステス殺しの捜査本部には係長が電話をした。

「え、そういう変てこなメダルのような品だというんですがね。被害者の部屋に無かったんですか。おかしいですね。いま捕まえている野郎は、たしかに間違いないというんですがね。そうすると、野郎が入ったあと、犯人がその品物を持ち去ったのかも分かりませんね。……そうだ、あるいは殺しのときに犯人が証拠として残ると思い、持ち帰ったのかも分かりませんよ。……え、その品の名ですか。名前なんか分かりません。どうも風変りな、時計みたいな恰好ですがね。……ええ、こっちにいる泥棒野郎は、その品に自分が小刀の先で疵をつけているから、もう、あの品に絶対に間違いはないといってるんです。O署のほうの調書にも、その品のことと所持者の名は載っているはずだと野郎はいうんですがね。……そうですか。じゃ、こちらにおいでになるのをお待ちしています」

不法建築

1

東京R区役所の建築課監察係は、係長以下五人しかいなかった。

監察係というのは、違反建築物を取り締まるところである。最近、地価の暴騰と人口の稠密で都内は違反建築物が増加している。殊に、面積に対して四割の建蔽率しか認めない地域では、それがひどく目立つ。緑地帯の環境保持も何もあったものではなかった。人家の多い下町では、キャバレー、料理屋、工場、百貨店などの違反建築が見られるが、R区は以前から閑静な住宅地が多く、その大半が四割の建蔽率区域になっている。

建築基準法は、用地地域の設定による地域の環境保持と併せて、建築物の防災上、衛生上の基準を定めている。

ところが、最近は建売住宅なるものが増加してきた。わずかな土地に建築規制などまるで無視した建坪の家を建てる。ほとんどが総二階だ。そして隣との距離は一メートルもなく、人間ひとりがやっと通れる程度である。ひどいのになると、棺桶が運び出せないという悲劇が起こっている。

建売りは専門の建売業者がやっている。彼らは区の建築課に適当な図面を提出して、まず建築許可をもらう。図面はもちろん規制に従っているが、出来上がった建物はまるきり違った違反ものである。その建築許可も、すでに建前（上棟式）が終わり、壁を塗っている段階が多い。したがって、工事はすごく速いのである。おそらく普通の建築の三分の一くらいの時間で済んでしまうのではないか。

こうした建売業者は豊富な資金を持たないのが普通で、したがって資金の回転が忙しい。早いとこ売って人を住まわせ、その金をまた別な建築に回さなければならない。だから、昨日基礎工事をしていたと思うと、あっという間に総二階の建物が幾棟もならんで出来上がるという寸法である。見かけだけはひどく立派なだけに買手は誘惑される。

ところが、こうした不法建築を監察する係はわずか五人しかいないので眼が届かない。彼らは常時区内をパトロールして違反建築の摘発に当たるのを任務としているが、広い区内を五人で回るというのがどだい無理な話である。

したがって、不法建築は主として通報者によって監察係に報らされる。通報者はほとんど近所の者が多い。それは郵便だったり電話だったりする。特に無名の電話が多いのは、あとで建築主から恨みを買わない要心からだ。

この通報を受けて監察係員はさっそく現場に行ってみる。たいていは棟上げが済み、屋根の瓦を置き、壁を塗っている場合が多い。そこで係員は用意の「工事中止」の赤紙を柱に貼って帰る。現場で働いている大工、左官は建売業者に雇われているから、彼らに中止を命じてもきく道理はなく、叱言をいってもはじまらない。

監察係は、さっそく届書を見て建築主を呼び出すが、まだ届書すら提出していないところだと、そのつかみようがない。たとえ建築主が分かっていても、一度や二度の呼出しに応じて出頭するものは少なく、たいていは四、五回ぐらい電話の催促をしたあげくでないと姿を見せない。

これが純真な建築主だとまだ話が通じるが、スレカラシの建売業者となると煮ても焼いても食えない。

監察係が規制に合うように建築の変更を命じると、その場では素直に聞くが、その通りに従うことはまず少なかった。警告を受けると、かえって工事を速く進め、早いとこ他人に買わせたり、賃貸したりして人を入れる。こうなると監察係も手も足も出ないのである。家を買って入った人はいわば善意の第三者で罪はないのだ。やっと金をつくって高い頭金を払い、月々の支払いをしてゆく人に人情として家を出て行けとは云えないのである。そこがまた建売業者のつけ目でもあった。

上田喜一（うえだきいち）はR区役所の建築課監察係だが、彼も始終不法建築のことでその近所の苦情を受け付けている。通報者には主婦もいて、電話だとヒステリックな怒り声が耳にガンガン鳴ってくる。

「あんたのところにこれで何回同じことを云ったらいいの？　それでもあの建築ちっとも中止にならないじゃないの。あんたのほうは建売業者からお金をもらっているんじゃない？　裏側でご馳走（ちそう）してもらったりして結託しているから、建築屋のほうで構わずにやってるのと違いますか？」

こういう電話通報でも役所用語で「陳情」といっている。区役所の建築課と建築業者とが裏で結託しているのではないかという陳情者の疑いはよく持たれる。

しかし、監察係のほうにも言い分がある。近所の人が性急に考えるほど事は早急に運べないのである。

たとえば、実例を出すと、ここにAという男が違反建築を建てているとする。これについて監察係が報らされたのは、無名人の電話による陳情で、ある年の九月三十日だった。さっそく現場に行くと、一階の部分のコンクリートを打込み中なので、職人に対して明朝建築主に出頭するよう依頼した。しかし、翌日建築主は出頭しなかったので、現場調査により口頭で工事中止を職人に言い渡した。

十月二日、この違反建築是正のために協力依頼方を関係官公署長に郵送した。四日、さらに建築主に対し、七日午前九時半に出頭することを電話で通告した。

七日にAがやっと出頭したので、このとき、該建築物は建蔽率が適合しないので、敷地を拡張するか、建物を縮小するか、どちらかにするよう指示した。

八日、現場に赴き、工事停止票の赤紙を貼った。

二十五日、無名人による電話があって、工事はかまわず続行中なることが告げられた。そこで現場を建築課長が訪問し、さらに建築主宅を訪れると留守なので、その老父に明朝出頭方を依頼した。

二十六日、本人、出頭せず。二十八日、建築基準法第九条第十項に基づいて工事施行停止命令を出した。十一月一日、現場調査をすると、工事はなおも続行していた。二日、Aが出頭したので、重ねて工事の停止方を指示した。

十一月二十九日、無名人より電話があり、工事をまたはじめていることを告げた。現場調査に行くと、すでに二階を造っていた。そこで再び工事停止票の赤紙を貼った。三十日、本人が出頭したので、工事を中止して是正することを強く指示した。

十二月一日、近所より陳情があった。二日、本人宛(あて)の出頭通知書が差戻(さしもど)しとなった。三日、違反建築の協力依頼の打合せの席上、警察署、消防署、水道局、電力会社営業所、瓦斯(ガス)会社等に本件の取締り協力を依頼した。

十二月六日、現場を建築課長が調査したところ、すでに建築の大体はほぼ出来上がっていた。七日、本人に呼出し電話をして出頭を命じた。八日、Aがきたので、十二月十一日までに是正案をつくって持ってくるように強く指示した。十一日、Aよりの電話で、十四日まで猶予(ゆうよ)してほしいとの依頼があった。十五日、Aより電話があって十八日に出頭することを約束した。現場に行くと、工事は中止していた。

約束の十八日になってもAはやってこなかった。現場に行くと、工事をまたはじめていた。すぐ停止を指示した。二十日、Aより明日出頭する旨(むね)の電話があった。しかし、二十一日になってもAは出頭しなかった。現場に行ってみると、工事は続行中であった。

二十二日、Aに対し明日午前中の出頭を電話で通告した。二十三日、ようやくAが来たので課長が面談し、工事の停止是正を強く指示した。二十七日、現場に注意の立札を立てた。すなわち、この建築物は建築基準法違反であるから、この建築物を買収もしくは賃借のうえ入居することは違反の是正義務を負うことになるから注意せよという旨である。

二十八日、地元出身の衆議院議員(元内務官僚)の秘書が電話を寄こし、善処方を要望してきた。これを断わった。Aは代議士に泣きついたらしい。

二十九日、工事中なので職人に停止を命じる。三十日、現場を調査すると、まだ工事を続行し、内部を造作中である。午後職人帰る。

一月五日、現場を調査すると、工事を停止していた。七日、現場に行ってみると、また立札注意の立札が抜かれていた。再び立てる。十日、現場に行ってみると、またまた立札が抜かれ工事をしていた。停止を命じた。一月十一日、Aが来たので、課長より強く是正を指示した。十二日、Aに呼出しを出した。

十四日、事前通知を郵送した日から八日間を経過したので、建築基準法第九条第一項に基づき是正命令を郵送した。是正期限は一月三十一日まで。十五日、Aが出頭したので、これに是正を強く命じると、Aは自発的に除却することを約束した。そして最低の線として二階の一部を手直しすると云った。二十五日、現場を調査すると除却中であった。三十一日、是正命令書が住所不明で戻ってきた。二月三日、Aが病気のために出頭できないとの旨を代人から伝えてきて、Aの診断書を提出してきた。二月八日、Aに電話をしたが、二回とも不通。二月十二日、Aは出頭せず、代人より三月十日にAが出頭する旨の電話があった。三月十四日、無名人よりの電話でまたまた是正中の工事を直し増築中であるとの通知があった。……

——こんなことを書いていては際限がないが、要するに、九月三十日に無名人よりの電話通報で現場に行き、工事停止を指示してから半年経っても埒があかないのである。

したがって、家屋の除却までには相当な期間を要することが分かる。

こんなふうに狡猾な建築業者になると、あの手この手で役所の処分の引延しを策するから、通報者が考えるほど短時日で家屋の撤去には至らないのである。

2

上田喜一が区内の杉原町二四七番地の違反建築物について電話による陳情を受けたのは三月二日の昼ごろだった。その声は男で、中年の感じだった。

「明らかに違反建築ですよ。建前もとっくに済んでいますが、建築課では認可しているのですか?」

男は、その場所を詳しく教えた。

「さあ、それは書類を調べてみなければなりませんが、とりあえず現場に行ってみることにします。失礼ですが、あなたはご近所の方ですか?」

「はあ、そうです。しかし、ぼくの名前は勘弁してください」

「分かりました。どうもご協力ありがとうございました」

上田喜一は馴れているので電話で礼を云った。

彼は昼食を食うと、すぐにスクーターに乗った。番地を聞いて大体の見当はついている。それは以前田圃だった所を埋め立て、そのあとに建売住宅が物凄く建っている。聞いた番地は大体そのあたりだった。

上田は該当の番地の地域を二、三度スクーターで回った。そして眼についたのが、わりと大きな住宅のならんでいる裏側だった。その近くにも違反建築の建売住宅があってゴタゴタが起こったものだ。だが、ここは結局、建築課の負けで、陳情のあったときはすでに完成に近く、入居者も金を払って入るばかりになっていた。このときは入居者が一体となって建築課に陳情に来たので、課長は人情負けがして見のがしてしまった。

さて、問題の建築は表通りからは見えない。小さな路を入って右側の引っ込んだ所にある。だから、上田もその路にスクーターを乗り入れて初めて大工たちが板を打っているのを知ったくらいだった。

その地所の面積は大体五十坪くらいと思われた。建築面積は三十坪くらいの総二階だ。この地区の規定の建蔽率による建築面積の限度は二十坪になるから十坪くらい超過していた。しかし、これはひどい安普請だ。

地形をいうと、その路地を隔てて塀で囲われた家が五、六軒つづいている。横手は厚いブロック塀の家で、これも三軒ぐらいならんでいる。うしろ側にも似たような家がある。つまり、三方を塀付きの住宅で囲まれているのだが、その北側に三メートル幅の川が流れていた。川向うももちろん住宅地である。

「もしもし」

と、上田喜一はそこにいる大工に訊いた。

「この建築主は誰ですか?」

職人たちは返事をしなかった。工事はほぼ骨格が出来上がり、今は内部の造作にかかっていた。上田もこうした場合の大工たちの非協力には馴れている。彼は用意して持ってきた赤紙(違反建築による工事中止)を柱に貼った。職人たちは仕事をしながら横目でせせら笑っていた。

上田がその赤紙を貼って引き返そうとすると、向うから四十四、五の印半纏を着た男がくるのと出遇った。お互いに、おや、と顔を見合わせたものである。杉原といって鳶の親方だった。杉原は希望建設株式会社という建売屋の仕事をよくしているのを上田は知っていた。

「上田さんにあっちゃかなわない」

と、杉原は陽焼けした顔をニヤニヤさせた。

「あんたが居るからには建築主は希望建設だな？」

上田も笑いながら訊いた。

「そうだよ。だけど、わしの口から聞いたとは云わないでおくれよ。それに、わしのこの仕事はもう済んでいるんでね」

杉原はバツが悪そうに云った。

上田は役所に戻ると、さっそく、監察係長の浜島に報告した。

「また希望建設か。しようがないな」

と、浜島も舌打ちをした。

希望建設というのは隣の区に居る高鍋友三郎というのが社長だが、高鍋は煮ても焼いても食えない建売屋だった。建売業者の中でも狡さでは名うてである。これまで高鍋の希望建設の仕事でどれだけ監察係がてこずらされたか分からなかった。

「早速、希望建設に電話したまえ。どうせ高鍋はすぐにはやってこないだろうがね」

浜島係長も初めから諦めていた。

上田が電話すると、女事務員が応対に出た。これが男のような声と態度である。とところが、案に相違して、その電話はすぐに高鍋の声に変わった。

「見つけられましたか」

　と、高鍋は電話で笑った。

「今日明日にでも建築願の届書を出すところでした」

「しかし、高鍋さん。ぼくはいま現場を見てきたが、ありゃひどいですな。どういう建築願を出すか知らないが、あれは必ず是正してもらわなければなりません」

「とにかく明日伺いますから」

　高鍋は笑いながら電話を切った。

　上田が今の電話のことを浜島係長に報告すると、浜島は、

「高鍋がすぐに電話に出たのはよっぽど虫の居どころがよかったんだな。だが、あいつのことだ、そんなことを云っても一週間はぐずぐずするに違いない」

　係長は、そう判断して、

「とにかく高鍋は悪質なほうだから、今度は、君、徹底的にやったほうがいいな」

　と、上田に意見を述べた。

　ところが、高鍋は意外にも翌日設計図の青写真を添えて出願届を持ってやってきた。

　高鍋は三十三、四で、頑健(がんけん)な身体(からだ)をしている。もとは暴力団員だったという噂(うわさ)があ

る。

「設計図はこの通りです」

と見せたのが、図々しくも二十坪足らずの平屋だった。横からのぞいていた上田も呆れて、

「こりゃどこか他所の家じゃないかね？」

と云った。高鍋はへらへらして、

「よく見てごらんなさい。出願届主はあっしではありませんからね。あっしはただ建築のほうを請負っただけで」

と云った。届には区内の長門町二丁目六一七番地雲井槻太郎となっている。高鍋によると、自分は雲井の代人として来たというのだった。

「それじゃ、建築主に出頭するように云って下さい。とりあえずこっちからもこの住所に通知を出しますがね」

と、浜島係長は云った上、工事の中止を強く高鍋に命じた。

しかし、高鍋は本人も連れてこないし、長門町二丁目の雲井槻太郎宛の通知状も三日後には宛先不明で返ってきた。

「これは明らかに幽霊名前ですよ、係長。こんな姓名がありますか。雲井槻太郎なん

て雲と月ですよ」

と、上田は憤慨して云った。

それからの経過は、大体、前に実例として挙げたAのケースと似ている。いや、それ以上かもしれない。希望建設の高鍋に何度電話をかけても、いつも外出中とか出張中とかだった。もちろん、雲井槻太郎なる人物は現われず、その後の出頭通知も三回とも返されてきた。該当番地に居住者なしだった。

また現場に行っても工事は平気でつづけられていた。上田が貼った赤紙などはどこに行ったか切れ端も見えない。家の工事の外周りはほとんど完成に近づいていた。

職人に違反建築だからと言い渡しても、わしらは賃金をもらって働いているので、と云って相手にならない。それでも五度に一度ぐらいは高鍋と電話で連絡がつく。そのときは工事停止に対し分かりましたと云い、事実、現場に行ってみると工事は停止されていた。

「もしもし。あの違反建築はまだ工事をつづけていますよ。一体、あんたのほうは何をやっているのですか?」

という電話が上田を名指しでくる。例の無名の陳情者だ。声からして中年男である。最初の通報からずっと同じ声だった。

上田喜一は、また事務所の裏からスクーターを引っ張り出して現場に駆けつけた。二日前に工事を中止していた家が、今はほとんど八分通り出来上がっていた。相変わらずの安普請である。外にはすでに雨戸が入り、チョコレート色のペンキが塗りたくってあった。外まわりを大工や左官が手直ししていた。

「困るな」

と、上田はそこにいる職人の誰にともなく云ったが、むろん、ひとりも返事をしなかった。戸が閉まっているので上田も中に入るわけにはゆかない。監察係員は外観の大きさから判断して、その建蔽率が適合かどうかを見ればいいのである。内部のことは問題でない。

そこにいる職人に云ってもはじまらないので、彼はスクーターを押して横の小路から広い道へ出た。

すると、向うから大きなセパードを引っ張ってくる男と出遇った。英国製と思われる立派なセーターを着て、これも英国生地らしいズボンをはいている。白髪まじりの赭ら顔の男で、黒縁の眼鏡をかけ、パイプを吹かしていた。みるからに社長か重役のタイプだった。

上田はスクーターに乗ってチラリとその人を眺めて走り過ぎたが、ふとうしろをふり返ると、向うでも犬の鎖を握ったまま立ち停まってこちらを見ていた。

上田は、この人が電話であの違反建築の通報をしてくれる男ではないかという気がした。声が中年のものであるのと、その落ちついた口ぶりから、金持らしいタイプに結びつけたのである。もちろん、これは単なる空想で、根拠はなかった。

3

新聞に女のバラバラ事件が派手に報道されはじめた。

最初、女の足が片方ずつ発見されたのは、東京から横浜に出る、いわゆる第三京浜国道沿いの林の中であった。腿のつけ根から見事に切断されていた。それは靴も何もつけていなかった。監察医の鑑定では年齢二十五歳から三十歳の間ということだった。

二日後に両手が片方ずつ発見されたが、これは多摩川べりの草むらだった。やはり裸の手である。むろん、前の足と同じ人間であった。指などの点から被害者は日ごろあまり労働に従事しない、また、忙しい家事に追われている女性ではないという鑑定だった。指が柔らかく、水仕事に荒れていない。のみならず、手の爪には真赤なマニキュアがしてあった。

このことから被害者は家庭の主婦ではなく、キャバレー、バアなどに勤めている職業の女ではないかと推定された。新聞は近来にない残酷な犯罪だとして書き立てた。昔ならさしずめ猟奇事件という見出しをつけるところである。

次は首と胴である。胴体は三日後に同じ多摩川のずっと上流のほうで捜索隊によって発見された。この辺は昼だと土堤の路に小型車が通ったり人が歩いたりするが、夜になればほとんど車も人も通らなくなる。胴体は雑草の深い茂みの中にまるで肉屋の店頭に吊ってある肉塊のように置かれてあった。一物も衣類をまとっていないのである。すでに足が発見されたときが死後三日を経ていると思われたが、胴体の切り口には蛆が湧きかけていた。

あとは首である。バラバラ事件は身元を隠すための手口だ。衣類を剝いでいるのもそのためだし、首を切り取ったのも顔を判らなくするためである。これまでのバラバラ事件の加害者は、ほとんどが家族や身内の者だった。今度も同じケースとみて、警察はその方針で捜査を進めた。しかし、何といっても首を発見するのが先決問題である。新聞は連日のように刑事の動きを追った。バアや料理店なども探したが、行方不明になっている女は案外に多かった。その行方の捜査に警察は力を入れた。

凶行現場が問題であった。多分、犯人は屋内で犯行を遂げたと思われるが、それも自宅という線が強かった。玉の井のおはぐろ溝に死体の一部を棄てたバラバラ事件は被害者が犯人の妹婿で、凶行も自宅であった。また名古屋のバラバラ事件もやはり身内が加害者で、大阪の自宅で凶行を遂げている。今度の事件も第一犯行現場は犯人の自宅という見方が強かった。

鑑定医によって被害者は絞殺されたのち各部分を切りはなされたことが判った。それは傷口に生活反応が見られないからである。しかし、いくら心臓が止まったのちに切ったとはいえ、四肢の切断によって血液は相当量流出する。その血の始末や、また各肢体を切りはなす時間などからみて他所の家で簡単に犯行が出来るとは考えられない。もしそうだとすれば、よほど犯人と協力する共犯者がいなければならなかった。

さらに、足、手、胴の発見場所からいって犯人は機動力をもっている。つまり、自動車で死体を各所に棄てているのである。多摩川の場合は、多分、土堤上の道路に車を停めて、両手と胴とを一晩のうちに棄てたのであろう。第三京浜国道沿いの林で発見された両足は、その前にやはり車によって運搬されたものと思えた。

新聞は連日のように事件を書き立てたので、被害者の心当りの者が警察に届け出るはずだったが、それはなかった。犯人が身内の者だと届出は無いから、この線はいよいよ強くなった。犯行原因は家庭内の複雑な事情と考えられた。

するとある若い女が捜査本部にこんなことを届けて出た。

《今度の事件に関係があるかどうか分からないが、今から二週間前、わたしは新宿裏の街頭で見知らぬ中年男に誘われて、その男の車に乗った。車は中型の自家用車だが、車体番号はおぼえていない。男は年齢四十五、六歳くらいだが、髪の毛が真黒で、眼鏡はかけてなく、口髭を生やしていた。それは夜の十一時ごろだったが、男は青梅街道の淋しい所で車を停め、わたしに持参のビールを飲ませた。そして再び車は走り出して、そのうちわたしは睡くなってわけが分からなくなった。

眼が醒めたのは病院らしい一室で、わたしはベッドに寝かされていた。病室は狭く、バラの絵の壁掛があった。ほかにはほとんど調度らしいものはなく、枕もとに病室で見かけるような引出しのついた小さな台があり、その上に膿盆と薬瓶などが置いてあった。電気はついていた。わたしはいつこんな所にきたのかとおどろいた。そして中年男の車に乗っていたのを思い出し、多分、交通事故で怪我をし、病院に担ぎ込まれたのであろうと思った。しかし、どこも傷はなく、骨折したような痛みもなかった。

そこに顔の半分ぐらいかくれるような大きなマスクをつけた医者らしい白衣の男が入ってきた。その頭の恰好を見て、わたしを車に乗せた男だと分かった。彼はこれからおまえを手術すると云った。そして手に大きなメスを一つ持っていた。ほかには付添いの助手も看護婦も居なかった。わたしは直感的にこれは殺されると思い、叫ぼうとすると、男は、声を立てると殺すと云った。その目つきの凄かったことは今でも忘れられない。

わたしはどうか助けてほしいと懇願した。彼はしばらくわたしの顔を見ていたが、台の上にあった膿盆を持ってきて、わたしの手首を捉え、腕にメスを突き立てようとした。わたしは生きた心地もなく、言葉を尽して助けてくれと云った。マスクの男はわたしが可哀想になったのか、それでは今夜は無事に帰してやるが、このことは絶対に口外してはならない、もし他人にしゃべると、いつまたおまえはおれに殺されるか分からない、この次この病院にくるときは命はないものと思えと云ったので、わたしはその通りにすると云った。

マスクの医者らしい男はメスを傍に置くと、今度はいきなり腕に皮下注射をした。わたしが恐怖におののいていると、男は、心配することはない、これは睡眠薬だ、おまえを元の所に車で届けるが、道順が分かっては困るから睡ってもらうのだと云った。わたしは五分も経たないうちに意識を失った》

奇怪な話である。この女は新宿裏の暗い所を徘徊している街頭の売春婦だった。いい客と思って車に乗ったのが不覚だったのである。捜査本部では彼女の申立てによって裏づけを取った。すると、彼女の云う日の早朝、彼女が軒下に凭りかかって睡っているところを人に発見されて交番に届けられたことが分かった。それは交番の記録にあった。女は昨夜マスクの男におどかされているので、昨夜酔っ払って寝てしまったのだと交番で述べている。

捜査本部では彼女の申立てを重視した。今度のバラバラ事件と関連があるものとみて、彼女の云う「病院」を重点的に洗いはじめた。彼女は、その部屋が病室に間違いないと強く主張するのである。

彼女の申立てから推定すると、その男は多分変態性欲、つまりサディズムの持主と思われた。それだったら傷害も殺人も特別な動機はなく、また被害者は加害者の好みによる女というだけで、特別な因縁はない。いわば、街頭で見かけて気に入った女なら誰でもいいわけである。

しかし、彼女の申立てにも不審な点はあった。連れ込まれたのは病院だと云っているが、病院でそのようなことができるであろうか。睡っている女を車から抱えて病院に入るとすれば、たとえ深夜であっても病院の中の誰かに見咎められるはずである。帰るときも同様で、女は睡眠薬注射で寝たままだ。やはり横抱きにして病室を出て廊下を歩き、玄関から車に乗せなければならない。そのような動作が誰にも目撃されずにできるものだろうか。深夜だったとしても、病院なら宿直も居ようし、警備員も居よう。――

だが、捜査本部はこの女の申立てを全面的に信用しないというのではなかった。そして、この女の経験は当局の発表ダネとして新聞に出た。

上田喜一は、この新聞記事を読んだ。彼は区内杉原町二四七番地の違法建築のことをふと思い浮かべた。

あの違法建築はつい五、六日前に希望建設の手で自発的に撤去された。もっと高鍋が粘っててこずらせるかと思ったが、案外早く取りこわしを行なった。上田は、高鍋が不在戦術を使って一年くらい延ばし、第三者を入居させて建築課にお手あげさせると思っていたのだ。今までの高鍋のやり方からみて、その公算は強かった。だから、その撤去の早さが案外だったのである。あれを違法建築として赤紙を貼って以来わずか二カ月くらいだ。

いくら安普請でも取りこわしとなれば相当な損害である。それとも高鍋は、今度は区が強硬に出て強制的な除却をすると思って早いとこ打ちこわしたのだろうか。高鍋も建売業者だから今後のこともあって、あんまり建築課の心証を害してはならぬと思ったのかもしれぬ。

上田は一度はそう考えたが、どうも高鍋の撤去の仕方があまりに鮮やかなのに不審を感じた。それほど早くあっさりと云うことを聞くのだったら、それまでの不在戦術や幽霊建築主をつくったりすることはなかったはずである。あの家はまさに九分通り出来上がっていた。

上田は、あの家の内部を見ていない。建前直後には見たが、しかし、それは骨組だけで、内部の構成は完全にできていなかった。もちろん、青写真はまるきりの見せかけで当てにはならない。

もし、あの建売りの建築の中で病室に似せた一つの部屋を造ったら——彼は新聞記事を見て、そう空想した。

夜更けに睡らせた女を車で運び、あの九分通りできた家の中に連れこむ。なかには病室に見せかけた部屋がある。なにも大工の手を煩わすことはない。高鍋ひとりでも細工はできるのだ。ベッドを持ち込み、壁に花の絵を掛ける。病室にある引出しつきの台が唯一の道具で、あとはがらんとしておいていいのだ。たしか電気工事はできていた。

あとで、女は絞め殺し、死体をバラバラにする。空家同然の中でやるのだから誰に遠慮することもない。血液の始末も十分にできる。

　そして、バラバラになった死体を車に積み、ほうぼうに撒き棄て、いっさい犯行が終わったら、その証跡を消すためにあの家を打ちこわす。それも区から違法建築として取りこわしを命じられているので、その破却は誰の眼にも奇妙には映らない。極めて自然なのである。破却の際は大工なり、人夫なりを使うのだろうが、そのときはすでに高鍋の手で証拠の抹消は行なわれていたであろう。

　ところで、ふしぎなのは、なぜに犯人は、バラバラ犯行の前に、一人の女を助けたかである。彼女もまさにバラバラにされるところだったのだ。彼女にだけ犯人の仏心が動いたのだろうか。

　上田喜一はそれを否定した。そうではない、あれはわざと女を助けたのだ。それは次の犯行に備えて、その第一現場が「病院の中の病室」のように捜査当局に思い込ませるためだったに違いない。助けられた女が、おどされていても警察にその奇態な経験を必ず届け出るであろうことを犯人は予想していた。むしろ、〝病室〟の装置は、そのためだけのもので、実際の犯行のときには、もう取りはらってあったかもしれない。

　しかし、と上田は考え直した。あの希望建設の高鍋にそんな残忍性があったのだろうか。あいつは殺人までするような変態性欲だったのか。

人は見かけによらないというから、何とも断定はできないが、上田には高鍋がそんな人物には思えなかった。なるほど、悪質な建売業者ではある、狡猾だし、悪知恵が働いてもいる。だが、そんな小悪党にはかえって残酷な犯罪はできないのではなかろうか。それはもっと善良そうに見える紳士風の男ではなかろうか。

ここにおいて上田喜一は、あの違反建築の現場からの帰りに出遇った英国製のセーターとズボンをはき、パイプをくわえ、セパードを連れて悠々と散歩していた五十すぎの、社長か重役タイプの男を思い出した。思い出したのはそれだけではない。あのときも直感したことだが、あの家が違反建築だと度々電話で通報してきたのがあの初老の男ではなかったかということである。

いくら犯罪の証跡を消すために家を壊そうとしても、それが区の建築課から「違反建築」として摘発を受けなければならない。九分通りまで建てた家を、また勝手に取りこわしたのでは不自然である。人に怪しまれる。だが、建築課の監察係が、早く是正しろ、それができなかったら撤去しろときびしく命令しているのだから、破壊は合理化されている。――そのためには、あの建築中の家が違反建築である旨の電話による「陳情」がなければならなかった。

その電話通知もよほど早くからやらないといけない。なぜなら、今までの例で、通報を受けた監察係が二度や四度足を運んでも建売屋は素直に云うことを聞かないからである。もし、その家が完成間際になっての通告だったらすぐに取壊しとなるので、これも不自然だ。やはり或る程度監察係をてこずらせる必要がある。そのために通報は早くからなされ、しかも、それはたびたびつづけられた。

上田は、犯人のほかに、その通報をする共犯者がいると思った。もっとも、これは同一人であっても一向に差支えはない。電話だと顔は見られないし、つくり声もできるからである。

しかし、ここに難問がある。それは助かった女の話によると、自分を車に乗せて病室に連れこんだのは、頭の黒い、眼鏡をかけない、口髭の生えた五十がらみの男だったということである。いくら変装しても高鍋はまだ三十三、四の瘦形で、頭は五分刈だ。高鍋ではないと思われる。

では、あの犬を連れた金持の男だったらどうか。彼は頭が半白で、黒縁の眼鏡をかけていた。年齢は五十すぎだから、もし彼がそのとき頭の毛を黒く染めていたら、そして眼鏡を取っていたら、女のいう男の人相になるのではなかろうか。頭を黒くすれば年齢だって少しは若く見える。

しかし、と上田はまた思った。もしそうだとすれば、あの紳士と建売屋の高鍋とは共犯である。紳士が変態性欲の持主だとしても、高鍋の協力はどう解釈したらいいか。

上田喜一は、さっそく、希望建設の内容を調べはじめた。すると、希望建設は少し前まで倒産寸前にあったことが分かった。建売屋は資金繰りが苦しいので、何か一つ躓(つまず)けば忽(たちま)ち経営内容が悪化するのだ。

あの紳士が金持で、建売屋がその援助を受けるための協力だったとしたらどうなるだろう。——上田喜一は、さんざん考えた末に捜査本部に向かった。

入江の記憶

1

秋の陽が入江の上に筋になって光っている。入江といっても深く入りこんでいるので、こちら側から対岸を見ると広い川のようだった。狭い海峡のようにも見える。対岸に特徴のない山が同じ高さで横にのびていた。森もあれば、段々畠もあった。段々畠はこちら側の丘のほうが多い。瀬戸内海の風景として格別珍しいことではなかった。

だが、段々畠も近ごろは観光の対象となる。対岸の右手、入江の奥には不似合いなくらい大きなホテルも建っている。旅館が七軒、まだ建築中のが二軒も見える。こちら側にも小さい旅館が三軒あった。

もともと古い湊であった。潮待ちの湊として奈良朝のころから知られた。室町時代には遊女の湊であり、羇旅の歌にも詠みこまれている。早くから港としての機能を失い、町も廃れたのも同然になったが、五、六年前からは観光ブームの余波をうけるようになった。歴史のある湊、古歌に詠まれた湊というので瀬戸内海めぐりの立寄り先となった。山陽本線から支線で少し入りこむのが難だが、遊びの旅なら苦にもならない。沖に大小の島々を浮かべ、風光にはすぐれている。二十キロはなれた県庁のある街からは巡航船も出ている。町には、江戸時代の面影（おもかげ）を残す遊女屋の建物も残っていた。

入江のこちら側、私がいま佇（たたず）んでいるほうの汀（なぎさ）は松林であった。その先端は少し小高くなり、石地蔵があった。昔、船で帰る一夜の客を忘れかねた遊女がここまできて袖（そで）を振り見送ったという。そのようなことまで観光の題目になっている。

私は、明子（あきこ）と此処（ここ）に三十分も前から立っている。入江の対岸、海峡を隔てたような正面には家が一軒もない。山の下に白い道が糸を張ったように一筋見えるだけである。道の上にはときどき車やトラックが走っている。

左手にひとむれの家がかたまっているが、そこは阿弥陀（あみだ）寺という集落である。その寺の屋根も見える。右手、つまり入江の奥の古い湊町の方向にも十二、三軒の小さな家がある。麻田（あさだ）という部落である。その麻田から三キロ行ったところが湊町であった。ここからは町の端しか分からない。

阿弥陀寺と麻田の間は家が切れている。それが私と明子とならんで立っている正面だった。家がない代り、山の段々畠と林とがよく見える。

そこは田野浦（たのうら）というところである。地名があるのは、以前そこに小さな部落があったからだ。

私は地図を見て云っているのではない。詳しい地図にもそんな小さな部落の名前などは付いていない。私の地図は四十三、四年も前の、頭の中にひろげている記憶だ。——すなわち、この正面に見える家の無い場所、田野浦部落が私の生まれたところである。

此処にくるのは十年ぶりであった。そのときは旅の途中にちょっと立ち寄ったにすぎず、二時間も居たであろうか。今度は明子といっしょに一晩、この土地に泊まろうとしている。

私の生まれたあとを見たいというのが明子の希望であった。私には故郷がない。生家はおろか近所の家全部が消滅している。あるのは廃墟だけである。廃墟も、その後拡張された道路の下に埋まっている。

妻の春子は一度も此処に連れてきてくれとはいわなかった。そこに行っても何もないのだという私の説明に興味を失っていた。結婚して二十年経つが、まるきり此処には関心がない。しかし、妻の妹の明子はそうではなかった。私との関係が生じてからは、ぜひ、私の廃墟の故郷を一目見たいと熱心に云い出した。姉妹でも性格がまるきり違っていた。春子はまるきり情緒がない。明子はロマンチックな性質だった。

「お義兄さまは、こんなところでお生まれになったのね」

と、明子は私の傍で対岸を飽かずに眺めながら云っていた。

「ずいぶん、つまらない所だと思うだろう？」

と、私は云った。

「いいえ。素敵だわ。連れてきていただいてよかったわ」

明子は前方を見詰めたままでいる。山の影がそのまま入江に映り、護岸の白い石垣の筋が真ん中を区切っていた。赤い車が一台、ゆっくりと走っている。

「お義兄さまがここでお生まれになって、六つのときまでいらしたと思うと、この景色をずっと眼に灼きつけておきますわ」

「ぼくはあんまりここが恋しくはない。こんなところで生まれたかと思うと、いやになる」

「でも、わたしにはどんな所よりも印象的ですわ」

「春子には全然興味がないらしい」

「お義兄さまがつまらない所だとおっしゃるからですわ……姉にはそういうところがあるんです」

春子のことをいうと明子は小さな声になった。姉と自分とは違うと云いたそうだった。姉は現実的な性質である。子供のときから姉妹は異なった性格で育ち、人からもそう云われてきた。姉はその夫の生地に興味がなくても、自分は恋人の生まれた土地だからどんなところでも魅力があると明子の口は云っている。が、姉に背いた自分のいまの立場を考えてその眼を伏せていた。

眼は春子に似ていた。ただ、目蓋（まぶた）のあたりが春子よりも若かった。春子も八年前はこのように艶（つや）があったのかと思う。あとは姉の容貌（ようぼう）とは離れていた。

「あら、あすこに小さな祠（ほこら）みたいなものがあるわ」

と、明子は気持を変えるように勢いよく正面の右のほうに指をつき出した。山の中腹よりは少し下、林の中に小さな屋根と鳥居がのぞいていた。石段も見えた。

「あれは、お稲荷（いなり）さんだ。あの石段が高くてね。五十段ぐらいはあったよ。母に手をひいてもらい、よちよち上った記憶がある」

そのころと少しも変わってはいなかった。狭い石段の両側からせまっている木や藪（やぶ）の様子もあの通りであった。古い石段には苔（こけ）が生え、ところどころ石が割れ、角度がずり下がっているので降りるとき危険であった。母が一段ずつをかばって降ろしてくれた。母だけではなく、叔母もそうであった。

「お母さまにお会いしたかったわ」

明子は溜息をつくように云った。その唇に陽が当たっている。三十六にしては若い皮膚を持っていた。

母は、私が二十二のときに死んだ。父は母より五年生きのびて死んだ。田野浦を立ち退いてからほうぼうを歩き、最後は東京であった。それで、春子も明子も私の両親を知っていなかった。

私の母に会いたかった——明子が切実そうにそう云うのも、私とこうなってからであった。明子は、私に関することなら、何もかも全部知りたいと云い出していた。

「あすこに松が三本立ってますわね。ほら、お稲荷さまの少しこっちのほうの道ばたに。あれもお義兄さまが子供のときからありましたの？」

明子はまた指をあげた。入江の陽が輝き、眼を眩しそうに細めていた。

「うん、あったね。おぼえがある。たしか母が三本松といっていたように思う」

「道理で古い松だと思いましたわ」

「そのころから古い松だったよ。松も大きくなっていると、四十年くらいではあんまり見た眼には変わらないものだね」

その三本の松にはおぼろな記憶があった。光線の無い、夢の中のようにうす暗い記憶である。父の帰りを迎えに、母には無断でその三本松の近くまで歩いて行った。だから、それは父が湊町に行ったときであろう。そして夕方だったに違いない。

三本の松は根もとから分かれたようにひとつところにかたまって、枝が道のほうにさし出ていたが、ちょうどその下に父と叔母とがいっしょにこっちに歩いてくるところを見た。父は五歳の私を見てびっくりし、おまえ、何しにこんなところまで来たんなら、と叱るようにいった。叔母は、母の妹だったが、すぐに小走りにきて私を抱くようにした。一人息子の私は母からも大事にされたが、叔母はもっと可愛がってくれた。しかし、この叔母は、わずかな間しか私の家には居なかった。

「お義兄さまの生まれた家だけでなく、ほかのお家まであと建たなかったのはどういうわけでしょう？」

と、明子はきいた。

「わずか、七、八戸しかなかったからね。それに小さな家ばかりで。今から考えるのだが、そのころ、あすこに新しい道路ができる計画があったんじゃないかな。そこで火事で焼けたのをちょうど幸いに立退きということになったのだろう」

私は前を見て答えた。正面の山の中腹にちょっと禿げて赤い崖が出たところがある。それが田野浦の目印で、ちょうど私の家の前であった。

「その火はお隣から出たんですって？」

「うん、片山（かたやま）という家でね。小さな家がくっついていたからすぐにみんな焼けてしまった。風のある晩だったと母が云ってたが」

「まあ、怕（こわ）かったでしょうね。お義兄さま、おぼえていて？」

「うん、母の背に負われて逃げて行く記憶はある。うしろのほうが真赤でね」

「こわいわ」

明子は実際に恐ろしそうに対岸のその一点を見つめていた。小さく人が歩いていた。

2

四十二、三年前のその火事は秋の終りごろであった。

火元の片山というのは前の道を通る人を相手の小さな飲食店というよりもウドン屋である。原因は火の不始末だろうといわれた。真夜中の火事であった。

焼け出された両親は私を連れて湊町の知合いの家に移った。そのとき叔母は居なかった。

叔母はどうしたのかと、私は母に訊（き）いたように思っている。叔母は朝鮮に行ったということだったが、それが火事のずっと前だったか直前だったかはよく分かっていない。五つか六つごろの私の記憶は甚（はなは）だ漠然（ばくぜん）としていて断片的である。

断片的といえば、叔母は田野浦の私の家にはしばらくの間居たようである。あとで聞いたことだが、叔母の夫というのは巡査で、そのころ朝鮮に転勤になっていた。当分単身赴任のため妻を姉である私の母のもとに預けていたのだった。その叔母は夫のあとを追って朝鮮に渡り、間もなく死んだということである。これは母の話であった。叔母がどのような顔つきだったかは全くおぼえていない。だが、私の母よりは姿がきれいで、少し背が高かったということだった。そういえば、やはりぼんやりとそんな姿の叔母が眼に残っているようでもある。あるいは、その話を聞いたあとに出来上がった私の影像かもしれない。

叔母は私を大切にしてくれた。それは姉の家にしばらく厄介になっているという義理からでもあろうが、その叔母がよく私の遊び相手になってくれたことをおぼえている。背中に負われて入江のほうを眺めた記憶もあるし、手を引いて近所を歩かせてもらったこともあったようである。ふしぎなことに、母にそうしてもらった記憶と、叔母のそれとは、今でもはっきりと区別できる。

叔母の夫という人にも微かだが記憶がある。何でも、その人は大きな体格で、口髭を生やしていた。あとで聞いたところによると朝鮮で署長にまでなったというが、私が見たのは彼が妻を預かってもらうために私の家に現われたときのように思う。父はどちらかというと動作の緩慢な男だったが、叔母の夫というのはきびきびと活発な、いかにも警察官らしい様子の人のようにおぼえている。これもあとで両親から聞いた話が大ぶんその影像づくりを手伝ってはいるが、まったく記憶がないわけではなかった。

だが、父や母からの話には全く拠（よ）らないで、私だけの記憶で叔母の印象が鮮明なのがある。それは叔母についての印象というよりも或（あ）る場面と云ったほうが当たっている。

入江に面した裏の部屋、それは六畳ぐらいの広さだったが、そこに父と叔母とが坐（すわ）っていた。私から見て父は向うむきで、叔母は父のほうに横向きになって坐っていた。そんな恰好（かっこう）で二人は話をしていた。私はその辺にひとりで遊んでいたように思う。だから母はその場には居なかったのである。

まったく突然のことだが、父がいきなり叔母を殴りはじめた。最初はそれが殴っているというふうには思えなかった。その動作の意味が、まだ分からないときだった。が、とにかく父はうしろ向きのまま片膝（かたひざ）を起（た）てて叔母を引き据（す）えていた。叔母は畳に俯伏（うつぶ）せ、髪をふり乱していた。その長い髪だけが私の眼に鮮やかに残っている。——

そのころの女たちはみんな髪を結（ゆ）っていた。結わないまでも櫛巻（くしまき）ぐらいにはしていた。私の母もそうだが、叔母は丸髷だったと思う。顔は分からなくても髪と姿とは一つの記憶になっている。

今から思うと、叔母が父に打擲されてすぐに長い髪を振り乱したのは、どうやら丸髷でなかったときだったと考える。私のうすぼんやりとした記憶にあるのは、父の拳を受けて俯伏せになっている叔母の豊かな髪が肩から畳に流れていたことだけである。そうすると、あるいは叔母は髪を結いかけているときだったかも知れない。その辺がぼんやりしている。その前に二人は話をしていたようでもあったし、叔母がうしろ向きで父と話をしながら鏡台に向かっていたようでもある。

そのとき叔母が何を云ったのか、むろん私の記憶にはない。父がすっくと起ち上がって畳に伏せている叔母を上から見下ろしたようでもある。あるいは、あわてて介抱したようでもある。介抱というのは叔母の頭から血が出たからである。

血の印象があるのは、子供の私が前の山に登ってすべり落ち、足に怪我をしたとき血を出したので、その恐怖が忘れられなかったからだと思う。現在、私が明子といっしょに立って見ている正面の中腹に見える禿げた所、その下が私の怪我をした場所だ。今でも私の膝にはそのときの傷痕が残っている。その部分だけはすべすべした皮膚なのだ。

そんなことから私は髪を振り乱した叔母が血を出したのをはっきりとおぼえていたのだ。それからのちどういういきさつになったのかは分からない。ただ、母が居なかったことだけはたしかである。妙に森閑とした静かな中の出来事だった。

それからしばらくしてのことだろう。叔母は二階に寝ていた。

叔母は、ただ寝ているだけではなく、母が狭い梯子段を上ったり降りたりしている様子が記憶にあるので、通常の状態ではなかったと思う。その叔母の枕もとには真鍮の金盥が置いてあった。この金盥がピカピカに光っているので子供心に珍しく思っていたものだ。それが二階の叔母の枕もとの新聞の上に置かれ、水の中には手拭が重く沈んでいた。

私は叔母が病気になったと思っていた。きっと、そのことを母にたずねたと思う。母の答がどうだったかは分からない。しかし、こんなことを云ったようにおぼえている。

——叔母さんが病気になったのを誰にも云うんじゃないぞな。もし云うと、巡査さんがおとっつぁんを縛りにくるけんの。

私は二階の窓から往来を眺めていた。それは前を通っている人間に巡査が居るかどうかを見るためだったと思う。はっきりしたことは分からない。すべては光線も色彩もない、うすぼんやりとした夕靄の中の記憶である。

叔母についての断片的な記憶はほかにもある。

田野浦から一里ばかり離れた湊町には桜の名所があった。神社の境内である。早くから開けたこの湊町の古い社だが、春の桜どきにお祭りがある。

私は父親に連れられてその祭りに行った。鉄道馬車に乗せられたから、やはり五つか六つのころである。そのとき母は同行しなかった。お宮の祭りには賑やかな市が開かれる。祭神の姿を入れた煎餅がそこの名物だった。そのとき、どういうわけか父親が私を途中から帰した。恰度近所から来ている人があって、それに私を託したのである。

――おとっつぁんは用事があるけんの、おとなしゅう先に帰っとれや。

多分、父はこんな云い方をして、半分泣き顔の私を説得したのであろう。

私は近所の人に連れられて鉄道馬車に乗り、家に戻った。家では母が戸口から入ってきた私を見つけ、

――まあ、この子はどうしたんなら？　なしてひとりで帰ったんの？

と訊き、すぐに父親はどうしているのかと質問した。

――おとっつぁんは用事があるけん、先に帰れと云うた。

多分、こんな答を私は寂しい顔で云ったと思う。そのとき母がどんな様子をしたか、もちろん私には分からない。しかし、今から考えると母の眼は光っていたのではなかろうか。叔母は家に居なかった。

父が私を先に帰し、あとでその町のどこかで叔母と遇(あ)ったかどうかは分からない。私がひとりで帰ったときに叔母はたしかに居なかった。というのは、私を大事にしていた叔母は必ず外から帰った私を見つけると傍に来てくれていたからである。

これが先ほどの叔母の病気の前だったか後だったかは分からない。父が急に怒り出して叔母を打擲した日のずっと以前のような気もするし、そのずっと後だったようにも思える。そうした時間的なつながりは全くない。思い出の断片はあくまでも切れぎれであった。

それから、こういうこともある。

家が焼けて、湊町の知合いの家に移ったときだが、そこは子供心にもゴタゴタした、狭い家であった。その中で、いろいろな人が出入りして父や母に遇っていた。罹災(りさい)の見舞に来ていたのであろう。そして、それはその後のことだったと思うが、父と母とがまる二日間いっしょに居なくなった。

それは、母がその家の子供に私といっしょに遊んでくれるよう頼み、馴染(なじ)まないその家の子供と辛い二日を送った記憶があるからである。ひとり子の私は、両親無しには一日も単独で残されたことはなかったから、その淋しい印象は強かったのだ。

あれは、あとあとまでふしぎである。二日間、両親は何処に、何の用事で行っていたのであろう。しかし、私はついぞそのことを両親に訊いたことはなかった。それだけではなく、叔母が父に殴打されていたのが秘密めいた場面に映って、叔母に関連した記憶は後で何一つ確かめることはできなかった。

大きくなってから幼時のぼんやりした記憶について私は両親にいろいろと聞いたものだが、これだけは気が引けて質問ができなかった。

3

入江を船が入ってくる。単調な機関の音が水の上にひろがる。向うの山と、こっちの丘とに微かなこだまが起こっていた。船では女房がかじを取り、亭主は忙しく舷を行き来していた。

「ああいう生活もあるのね」

明子は船の行方を眼で追いながら呟いた。船がたてた波に赤ばんだ光が当たっている。いつか陽が落ちかけていた。

明子は船の夫婦を羨ましがっていた。それは自分のことにひきくらべてである。私は黙っている。よけいなことを云わないほうがいい。云うと面倒なことになりそうだった。明子は感情が多すぎる。ここで泣き出されたら困る。私は、よそ目には静かな夫婦に見えるかたちで立っていたかった。

「そろそろ、宿に帰ろうかね」

「ええ」

明子は素直についてきた。長い間、立っていたので疲れていたのかもしれなかった。私のほうは、佇んでいる間、さまざまなことを考えていたのでそれほどでもなかった。だが、そのことでは明子に何一つ語らなかった。

宿は松林の中にあった。四囲を高い柴垣で囲ってある。垣は人目を遮っていると同時に防風の役目でもあった。しかし、どこからでも出入りできそうであった。夜になると、この辺に人の影がなくなる。

「お帰りなさい」

と、女中が玄関の前で迎えた。

「ただ今」

挨拶にこたえたのは明子である。私は顔をそむけている。女中はそのまま横手の離れに導いた。小さな離れが二つあったが、一つはあいていた。女中は私たちの留守の間に閉めていた格子戸を鍵であけている。下は砂地であった。靴がめりこむ。靴痕がつくのが気になった。

女中は風呂の支度ができていると云った。そういうやりとりも明子が主に相手になっていた。あかるい声だった。私は出るときに読んだ新聞をまたとりあげて顔の前にひろげていた。

女中が出ると、明子が寄ってきた。

「お義兄さまったら相変わらず無口なのね？」

「うむ」

「女中さん、お義兄さまが憤ってると思って気をつかっていたわ」

それはまずいと思った。そういう印象を女中に与えてはいけない。平凡で、格別な特徴のなかった男にしておかなければならなかった。

私は明子の顔をひき寄せた。外に立っていたあとなので髪が乱れていた。髪に汐の匂いがしていた。

机の上に茶色の貴重品入れの封筒といっしょに宿泊人名簿の用紙が載っていた。

「これ、何といって名前を書くの？」

明子が惑うような眼で用紙を見た。

「そうだな」

私は二人の偽名を考えていないでもなかったが気を変えた。

「べつに書かなくてもいいだろう」

私が書けば筆跡が残る。明子にも書かせたくなかった。

「あら、どうして。これ書くのが規則でしょう。書かないと警察がうるさいんでしょう?」

明子が大きな眼をして訊いた。

「そりゃ、そうだが、それは形式的なものだからね。警察もきびしく取り締まっているわけではない……」

警察という言葉を私はなるべく使いたくなかったので急いで言葉をつづけた。

「忘れておいたことにすればいいよ。宿だって、宿泊人の無かったことのほうが、税金のがれにはいいからね。書くように催促はしないだろうよ」

「そう。それなら、いいけど」

明子はほっとした顔をした。

私の云い方が当たっているかどうか分からないが、たとえ宿がその記入を請求しても明日の朝ということにして延ばせばいいと思った。ただ、事故が起こった場合、客に宿帳を書かせなかったことで旅館は警察に叱られるだろう。

二人で湯から上がったとき、座敷には夕食がならべられてあった。外は夜に入っていた。女中は酒を持ってきたときにちょっと顔を出しただけですぐに引っ込んだ。

その女中のあとを追うつもりで私は膝を立てかけたが思い直した。宿泊料を払っておきたかったが、前払いだとかえって不自然になる。宿の者に警戒されるかも分からなかった。

「どうなすったの？」

「いや……」

私は銚子を明子にさしむけた。明子は何とも思ってないようだった。

女中が食事を片づけ、夜具を敷いた。その間、私と明子とは廊下の椅子に坐っていた。おやすみなさい、と女中は手をついて退った。宿帳のことは請求しなかった。

疲れて睡った。気が張っていたが、やはり深い眠りに落ちた。はっとして眼を開けた。目蓋に真赤なものが映ったように思ったからだ。

部屋はうす暗かった。枕もとのスタンドがかぼそい光を投げている。横の明子は睡っていた。少し口を開けているのは疲れ切っているからだった。

腕時計をスタンドの下で見ると午前一時すぎであった。まだ早かった。

煙草(たばこ)を吸おうとしたが思いとどまった。マッチを擦る音で明子を目ざめさせてはならなかった。

仰向いたまま、暗い天井を見つめていた。さっき、目蓋に赤い光がひろがったのを考えた。あれは何かの錯覚であろう。夢とも思えなかった。

私は明子とならんでいっしょに見た田野浦の風景を眼に泛(うか)べている。今は跡かたもなくなった生家である。母に背負われて逃げたときの炎が思い出される。さっき赤い色が睡っている眼にさしこんできたのも、明子にその話をしたのが疲れた脳髄に遺(のこ)っていたからではあるまいか。

傍(かたわら)の明子は寝息を立てていた。正確な寝息である。私は、そろそろ行動を起こさねばならなかった。

そのとき、私の記憶にふいに秩序が成立した。うすぼんやりした、夕景の中のような幼時の記憶に光が当たった。

母の留守に父が叔母を殴っていたのは、口喧嘩(くちげんか)の果てであろう。その喧嘩がどのような意味を持っていたか今にして解することができる。叔母は父との関係を清算して、朝鮮にいる夫のところに行くと云い出したのではなかろうか。あるいは、夫から早く朝鮮にくるようにとの催促があったのかもしれない。いずれにしても、父はそのことで怒り、叔母を撲ったのだと思う。それは叔母の頭から血が流れたくらいの激怒であった。

三本松のあたりで私の見た父と叔母の姿はその以前だった。湊町の桜の祭礼に父が私ひとりを帰らせたのも、叔母を打擲する前のことだったのである。

叔母がどのくらい二階で寝ていたかは分からない。いまから考えて、それは相当長い期間ではなかったろうか。私の夢のような思い出にあるのは、枕に流れている女の長い髪と、その枕もとの真鍮の金だらいの中に沈んだ手拭だけであった。

――叔母さんが病気になったのを誰にも云うんじゃないぞな。もし云うと、巡査さんがおとっつぁんを縛りにくるけんの。

母は私にそう云った。頭を割られた妹を見て、母は父との関係を知ったに違いない。むろん、その前から母は勘づいていたのであろう。しかし、妹の負傷によって母は父に味方した。警察に知られるのをおそれただけでなく、父が愛人だった妹を殴打したことが母には勝利に思えたのかもしれない。たしかに、その前から母は妹を憎んでいた。

それは、ちょうど朝鮮から妹の亭主が妹に早く来るようにと催促してきたときであった。妹はまだ負傷が癒ってなく、床から起きられなかった。このまま朝鮮に無理に行かせると一切のことが亭主に分かってしまう。亭主は警察官であった。父は妹婿にどんな復讐をうけるかも分からなかった。妹婿は妻を離別し、父を姦通罪で監獄に入れるかも分からなかった。

父は小心な人であった。それは私が大きくなってからよく知っている。権力には弱い人であった。

隣の片山という飲食店から出た火は、その店の不始末からではなかったかもしれぬ。あれは誰かの放火だったに違いない。

あれきり、私は叔母がそばにいたのを見た記憶はない。朝鮮にいつ渡って行ったのか、全然覚えがなかった。そして、叔母がいつ朝鮮で死んだのかさっぱり分からない。

叔母は田野浦の私の家の二階に横たわったまま、あの火事で焼死したのではあるまいか。どうもそんな気がする。しかし、床から動けない身体でもなかったのに、なぜ焼死したのか。逃げられない何かの原因が施されていたのではあるまいか。病気で床に就いていたということで、世間では逃げ遅れたことを納得するであろう。

すると、火事のあと、湊町の知合いの家に移ってから両親が私を残して二日間も居なかったのはどういうことだろうか。——二つのことが想像される。一つは父母が警察で調べられたことだ。一つは、叔母の葬式をどこかの寺で、多分、近くの阿弥陀寺で営んで戻れなかったことである。そして、この両方とも無事に済んだのだ。

私は、傍に睡っている明子に行動を起こした、おとっつぁん、と私は心の中で父に云っていた。あなたのした通りのことを息子もしているのだ、と。

私の妻も、私のアリバイを工作してくれているはずである。激情的な明子から私の身を護るために。そして、母が父に協力したように。――

不在宴会

1

魚住一郎は中央官庁の或る課長だった。彼の省は民間企業の監督官庁であった。農林省でも、通産省でも、厚生省でも、どこでもいい。要するに企業に対して権力を持つと同時に特定業者の利益をも図れるという利権省であった。

課長の魚住はしばしば地方に出張する。行政指導のためには遠路を厭わず回った。この出張は中央の役人にとってこたえられない醍醐味をもっていた。まず、彼はどこに行っても土地の工場や支店、出張所の幹部連によって下にもおかない取扱いをうける。工場視察は東京出発前からスケジュールが決まっているので、それに従って視て回ればよろしい。あまり細かいことを云うと、業者から好感を持たれないだけでなく、意外な方面からクレイムがつく。あの課長は好ましくないという指示が雲の間から洩れてくるのである。

まあ、そうした必要以上の職務熱心の視察をしない限り、中央の役人はどこに行っても大切にされる。宿泊料や食事代はちゃんと出張旅費に入っているが、それを使う必要は毫もない。それ以上の費用を監督を受ける業者が現地でサービスしてくれる。

魚住一郎の、そのときの出張は九州一円の視察だったが、南九州からはじめて六日目に北九州の或る都市に入った。ここでは二つの工場を視察し、行政指導の資にすることになっている。

魚住課長は午前中にその都市のA工場をざっと視て、午後は××会社の北九州工場を回った。

工場長は五十三、四の肥った男であった。次長は三十四、五の、いかにも機敏そうな痩せた人物である。工場長は熊田といった。次長は鶴原といった。

熊田工場長は穏やかな人物で、絶えず柔和な笑みを泛べて丁寧に魚住課長に話しかけた。鶴原次長は気の利いた女房役といったところで、熊田工場長の云い足りない説明を素早く補足する。

「工場のご視察は、大体五時には終わっていただく予定になっております」

と、熊田工場長は魚住課長を工場長室に迎えて云った。一段と高い工場長室の窓からは波のうねりのように工場の棟が起伏してひろがっていた。

「お疲れでございましょうから、そのあと、当市の魚のおいしい家にご案内したいと思います。海岸に突き出た所で、そりゃ見晴らしがよろしゅうございますよ」

「田舎ですが、魚が新鮮なことは飛切りでございます。工場長も云ったように、夜の海の眺めなど皆さまが口を揃えてお賞めになります」

鶴原次長が明瞭な発音であとをつづけた。

「はあ、はあ……」

と聞いていた魚住課長は、やや困惑の表情を見せた。

「申し訳ないんですが、今夜は失礼させていただきたいのですが」

「は？」

と、熊田工場長と鶴原次長とが一斉にけげんそうな眼をあげた。

「いや、実は大学時代の友だちがこの地方に居ましてね、久しぶりだから、ぼくが近くに来るので遇おうということになってるんです。親友でしてね、ずいぶん長いこと遇わないので、恰度いい機会なのでぼくも約束をしてしまったんです」

「そのご友人はどちらにお住まいでいらっしゃいますか。もしお近かったら、今夜の席にお呼びになったらいかがでしょうか。そこにお越し願うようにわたくしどものほうで車の手配その他はいたしますが……」

鶴原次長が云った。

「いや、ご好意はありがたいんですが、そいつも折角ぼくが行くというので用意をしてくれてると思うんです」

「ははあ、その方はどちらでしょうか、課長さん？」

と、工場長がパイプを口から離して訊いた。

「S市です」

S市は、この土地から汽車で一時間半ばかり西に行った所であった。が、そんなところに友だちは一人も居なかった。

「S市ですか……」

工場長は諦め切れぬように、

「わたくしどものほうでその方にお電話をして、向うさまの予定を変更していただくわけには参りませんでしょうか。まだ時間が早いようですが……」

と、工場長は腕時計を見た。

「どうも、それは向うも困ると思うんです。大体、そいつは人見知りするやつで、はじめての方の席に出たがらないんです。それに、ぼくも南九州を歩いてきて毎晩懇談会のような席に出ているので、九州視察の最後の夜ぐらいは気楽に友だちとビールでも飲みたいんですよ。泊まるのもその男の家に決めてるんです」

魚住課長は低く笑った。

彼には今夜別な計画があった。どのように工場側にすすめられても絶対にそれには応じられなかった。

「工場長もああ申しておりますし……」

と、鶴原次長がつつましげだが強引な口調で云った。

「われわれも課長さんが見えるというので、すっかりその気持になっております。準備もできておりまして、課長さんのお話を伺うのを愉しみにしておりました。課長さん、お友だちのほうはわたくしどものほうで何とか連絡してご了解をいただきますから、今夜だけはぜひわたくしどものためにご都合をいただけないでしょうか？」

課長の眼には、夜の海が見渡せるという料亭の大広間にならんでいる会食膳が泛んだ。それは三十とは下らなかった。これまでの宴会がどのように小さくとも二十人ぐらいの数であった。今夜のその準備が全部無駄になると鶴原次長は云いたそうであった。

だが、魚住課長は会社側がどのように損失を蒙ろうと、今夜だけは彼らの義理を立てるわけにはいかなかった。

「甚だ勝手ですが」

と、課長はいくらか不機嫌そうに云った。この手が一ばんいいのである。不機嫌なほうが中央の役人らしかった。

「いや、それでは、あまりお誘いしても失礼に当たる」

と、工場長が次長をたしなめた。

「まことに残念ですが、では、次の機会にぜひお願いいたします」

と、工場長はおだやかであった。鶴原次長の眼がそれに順応（じゅんのう）する前、チラリと課長を眺めたが、その瞬間光った眼には、何をこの生意気な小役人が、本省の役人だと思って威張っている、という反発があった。

工場長はそっと太い溜息（ためいき）のようなものをついた。次長も重大な生産計画に齟齬（そご）を来たしたような顔つきになった。

二人の表情を見て魚住課長は心でうなずいた。彼はこうした視察には馴（な）れていた。地方の工場や支店では、何かといえば飲み食いの機会を望んでいる。そんなとき中央から役人がくるのは絶好のチャンスであった。彼をもてなすことにおいて自分たちも同時に豪華な宴席を享楽するのである。それだったら遊興費の請求書を会計に回しても本社の経理部から文句を云われることはない。いわば魚住のような客は彼らのサカナであった。客がくるのは彼らの日ごろの欲望を果すいい機会である。そんなことぐらい、魚住課長は十分に承知していた。

それで、いま工場長が溜息を洩らし、次長が当てのはずれた顔つきになったのを見て、魚住は彼らの落胆に同情した。同時に、自分が勝手な行動をすることに多少忸怩たるものを感じた。——このとき魚住にはふいといい考えが起こった。

「せっかくご準備していただいて申し訳ありませんね」

と、魚住課長は二人に云った。

「宴席の準備も出来ていることだし、どうでしょう、わたしがそこで皆さんとごいっしょしたことにしては?」

次長は眼鏡の顔を向けた。鶴原次長の表情に瞬間うれしげなものが走ったが、たちまちそれは利口そうに消え、もとの怪訝な顔つきに戻った。

「はあ。と申しますと、どういうことで?」

わざと分からない顔をしているのはもちろんとぼけているからである。向うとしては課長を宴席に招んだことにすれば宴会の費用に大義名分が立つ。本社からも文句を云われない。むしろ堅苦しい役人の客など居ないほうがいいのである。だが、そんなことは工場長も次長も気ぶりにも出しはしなかった。

「ぼくの勝手でご迷惑をかけるようですから、わずかの時間でもごいっしょしたことにしたいと思うのです」

次長が迷うような眼を工場長に向けた。

「いや、それだったら、課長さん。ちょっと乾杯程度でもお席に着いていていただけませんか」

工場長がまた熱心に云い足した。ちょっとでも客に席に坐れと云うのは裏の意図の馬脚を現わしている。

「ほんとに申し訳ないんですが、S市に行くには時間がかかるし、視察が終わればすぐに失礼したいと思うんです」

「そうですか」

どうする、というように工場長は次長を見た。視線で相談していた。

「それでは、あまりお引止め申し上げてもなんでございますから、では、そういうことにしていただいては」

と、次長が工場長に低い声で云った。

そういうことにしてもらっては、というのは曖昧にして含みの多い言葉である。魚住課長を初めから抜きにして宴会を開き、伝票の上では視察役人の歓迎会ということにしようというのか、それとも彼がこないのでは宴会の名目が立たないので良心的に中止しようというのか、聞いている魚住にはよく分からなかった。しかし、もちろん、これは彼が突っ込んで訊く筋合いではなかった。魚住としても、今夜は工場側の懇談会の席に出ていたことになったほうが有難いのである。

2

その都市から一時間ぐらいの所に温泉地があった。魚住課長はそこで降りた。駅前からタクシーで温泉地までは四十分くらいかかる。その間の両側は広い田圃であった。野面の涯に夕焼がはじまっている。山裾はすでに暗く、人家には灯が入っていた。

魚住は恵子が四時間ぐらい前に到着して自分を待っていると思うと、タクシーの中でも心が弾んだ。もし工場長や次長の勧誘を受けて宴会にでも出席しようものなら、少なくともそこで三時間ぐらいは空費しなければならない。一同のサカナになっておつき合いをさせられるのである。これで何も予定のないときだったら、それも案外愉しいことである。上座に据えられ、工場長以下幹部が次々と自分の前にかしこまって、お流れ頂戴に両手を差し出す。両脇には土地の芸者が侍る。座が乱れると、まず連中がいい気になってくるのである。

しかし、そのような愉しさは、魚住は南九州からここにくるまで四晩ほど味わってきたのだ。もう、それには飽いていた。

恵子は新宿のバアの女である。二十四だが、魚住がようやく口説き落として九州で遇うのを承知させたのである。今夜と明日を二人で過ごせる。芋虫のように肥った田舎芸者を抱くのとは違う。

恵子は九州は初めてであった。誘いに乗ったのも未知の土地を見たいという好奇心がある。その温泉地の旅館も東京から彼女に予約させたもので、間違いなく彼女はその旅館の奥で待っている。魚住は今夜の愉快を想像し、平凡な田園の黄昏がこのときほど甘美に見えたことはなかった。

やがて、その田園が尽きると、急に賑やかな灯の輝く街に入った。街の入口にはアーチ型の門があり、上に「歓迎」と書いて温泉旅館組合の名が出ていた。車は坂道を登って渓流の小橋を渡った。それまでが両側に旅館と土産物の店の風景だった。

旅館は新泉館という名であった。坂道を登って右に折れた所に欅の大きな門があった。タクシーから降りた魚住を迎えに女中が玄関先から走り寄った。

「東京の河合ですが」

と魚住は云った。恵子が予約した名だった。

「ありがとうございます。お連れさまはもうお着きでいらっしゃいます」

魚住は安心した。背の低い肥った女中が魚住のスーツケースを提げて玄関に歩いた。

番頭や女中たちに迎えられて玄関から長い廊下を歩いた。かなり奥のようである。低い階段を降りると、また絨毯を敷いた廊下に出た。女中の説明によると、ここから新館になっているということだった。

その廊下をも一つ曲がったところで、女中は部屋の入口の格子戸を開けた。

「ご免下さい。……お見えになりました」

女中は奥に声をかけて先に座敷に上がった。次の襖の前で膝を折り、魚住のために襖を開けた。

しかし、部屋には誰も居なかった。だが、床の間には女持ちのスーツケースが載せてあった。

「おや、どこかにお出かけになったのかしら？」

女中は魚住のスーツケースを彼女のそれとならべて置き、あたりを見回した。

「あら、お風呂でいらっしゃいますわ」

女中は気がついたように云った。

押入れの開き扉をあけると恵子の洋服が下がっていた。魚住の耳にも湯のこぼれる音が聞こえた。

「では、旦那さまもすぐにお風呂をお召しになりますか？」

女中は彼を見上げて訊いた。

「そうだな……」

そうするとは、すぐに答えかねた。

「では、ただ今お召更えのものを持って参ります」

女中は気を利かせて去った。

魚住は女中のくるまで落ち着かなく坐ったが、離れている本館まで着物を取りに行ったので女中はすぐには帰ってきそうになかった。湯のこぼれる音が耳に次第に高くなった。彼の神経はそのほうに向かった。

魚住は応接卓の前から立つと湯の聞こえるほうに近づいた。廊下を突き当たったドアの向うが浴室らしく、彼はその扉を軽く叩いた。恵子の返事はなかった。浴室はたいてい湯上り場の向うのもう一つのドアで遮られているので、こっちのノックの音が聞こえないのだと思った。それとも裸身でいる恵子が羞かしがってすぐ返事ができないのかと思った。

魚住は興味を起こし、ドアを開けた。思った通りそこは湯上り場で、鏡の前に化粧道具がならび、その下の乱れ箱に宿の浴衣がまるめられてあった。その浴衣の下に恵子の下着がのぞいていた。浴室との間の仕切ドアは曇りガラスだった。ガラスに溜まった水滴が透けて見えた。湯の音はさらに高くなった。魚住はそこでまたガラス戸のドアを軽くノックした。だが、それはほんのかたちだけのもので、彼は把手（とって）を引いた。

浴室は湯気で白い霧が立ちこめていた。ガラス戸を開けたので新しい冷たい空気で白い湯気が裂けはじめた。その裂け目から、横たわっている白い肉体が見えてきた。

魚住は、数秒間、それを見ていた。声を呑（の）んだままであった。凝視の時間はずいぶん長かったようにも思われたが、またほんの瞬（またた）きの間のようでもあった。彼は突然ドアをぴしゃりと閉めると、湯上り場から廊下に大急ぎで出た。その戸も固く閉めた。荒い息になっていた。

魚住は床の間の自分のスーツケースを提げた。部屋の格子戸を開け、うしろも閉めずに廊下を玄関のほうに向かった。すると、さっきの女中が浴衣を片手に抱え、片手に茶道具を持ってくるのに出遇った。背の低いその女中は彼の姿を見てびっくりしたように停（と）まった。

「あら、お出かけでございますか?」

「ああ。ちょっと駅に忘れものをした。すぐ取ってこないと無くなるかもしれないので行ってくる」

「じゃ、スーツケースを置いてお出かけになったほうが……」

「いや、この中の品で渡したいものがある。相手が待っているんだ」
魚住は訳の分からないことを云い、逃げるように玄関へ出た。
「靴を、ぼくの靴を……」
彼はそこにいる番頭にうわごとのように云った。

——一体、あれは幻影ではなかろうか。

魚住は東京へ向かって走る列車の中で、そのことばかりを考えた。頭の中が真空のようになり、身体が熱を持っていた。あたりにどのような乗客が居るのか見分けがつかなかった。あの目撃を境にして一どきに世の中の事物が変貌してみえた。

今になると記憶が定かでなかった。立罩めた白い湯気の中である。それを浴室の曇った電燈の光が照らしていた。白い女の身体がタイルの上に伸びていた。豊かな温泉の湯が湯槽から音立ててこぼれ落ちている。女の傍らには洗い桶があり石鹸があった。それだけはいやにはっきりと形が頭に残っている。だが、今となっては、女のその身体のかたちが視覚から半ば消えかかっていた。見たのは、その白い咽喉に深くめりこんでいる指の痕だった。その部分だけが異様に赤くなっていた。いま思い出そうとしても、その赤い色も白い湯気のなかに曖昧に消えかかっていた。

あのときは確かにそうであった。だが、今それを想っても、何かの錯覚のようであった。実際、あのときはわが眼を疑ってしばらく凝視していた。信じられないものを不意に見せられたときの状態だった。

あのときは彼の二つの思案が激しく揺れた。それはぶつかり合い、揉み合った。一つはすぐこの変事を宿の者に報らせることである。一つはこのまま逃げ出すことであった。この災難に巻き込まれた自分の危険を避けるためにである。結局、瞬間の決心はあとの思案を択んだ。

——あれが幻想でなかったら。

魚住は正確な記憶の呼び戻しを何度か試みた。恵子は殺されていた。いや、殺されていたとしよう。犯人は誰なのか。表は鍵がかかっていなかった。彼女の入浴時には誰でも侵入できる。

まさか彼女の夫が二人の仲を知って追跡し、宿の湯殿に飛びこんで仕返しをしたわけでもあるまい。それだったらあまりに急にすぎる。そのような事態になるまでには必ず何か前ぶれがなければならなかった。恵子の夫はギター弾きであった。危険な亭主だ。魚住にとっても冒険であった。しかし、恵子は亭主との間にトラブルのあることは何も話さなかった。

では、宿の番頭か、または浴客かが浴室に侵入したのだろうか。いや、客かもしれない。部屋を間違えて入ったが、そこで女ひとりが入浴していると知って邪心が生じたのかもしれぬ。それは自分が女中に案内されて部屋に入る三十分くらい前だったかもしれない。

魚住は怖気をふるった。いま追跡されているのは、このおれではないか。女の待っていた伴れだということは宿で分かっている。ただ、どこの何者と知らないだけだ。

それに、恵子はギター弾きの亭主に隠れて九州に来ているので、金輪際自分の名はもとより魚住の名前も出してはいない。バアの同僚にも絶対に秘密にしていた。

しかし、旅館では警察に逃げた男の人相や特徴を云うであろう。魚住は背の低い女中のことを考えたが、あの女中が一ばん気にかかった。旅館の女中は客の人相の記憶に強い。近ごろは目撃者の話で巧妙なモンタージュ写真ができる。

しかし、魚住はなるべく明るいほうに自分の想像を持って行った。自分のような顔はまことに平凡で、これという特徴はない。あの女中もほんの何分間か自分を見ただけだから、そんなに詳しく人相の細部まで云えるはずはないと思った。また、彼は温泉街でタクシーを拾い、駅に行ったが、その駅から用心をしていったん鈍行で下りに行き、そこで乗りかえて、また鈍行で急行の停まる駅まで引き返して東京行に乗りかえたのである。各駅とも警察の警戒ははじまっていなかった。

捜査の追跡は自分に及ばないものと思った。

3

事件から二カ月経った。

その二カ月の間、魚住はノイローゼ気味だった。最悪の場合を考えて苦悩した。せっかく東大を出て、上級国家公務員試験にも合格し、役人になったのだ。はじめから官僚としてのエリートコースであった。バアの女との浮気で一生を滅茶滅茶にされたら、こんな不合理なことはない。これがもっとまじめな恋愛で命を賭けてもいいというようなことだったら自分の一生の犠牲もやむを得ないが、こんなことで人生をすべり落ちたら、それこそ神は存在しない。そんな不合理な話はない。

究極では恵子を殺したのは彼でないと分かっても、真犯人がつかまるまで彼は重要参考人か、または被疑者として厳重な取調べを受けるであろう。そうなると、役所のほうは当然に退職せざるを得なくなるのである。妻は実家に帰って離婚を迫るだろう。思っても死に直面したような想像であった。

二カ月間のそうした彼の苦しみがつづいたあと、近ごろではその不安がうすらいできた。恵子の事件はまさに幻でも何でもなく、東京の新聞にも小さく隅に出ていた。

被害者が東京のバアの女なので、九州のことだが関係記事として報道されたのである。旅館の同室から逃げたサラリーマン風の男が重要参考人として追及されているとあった。その記事を見てから魚住は色の違った洋服に着更えて出勤した。

その後、新聞は何も報じなかった。魚住の役所には九州で発行されている地方紙も綴込みとして保存してあった。しかし、彼はそれをのぞいて見るのが怖ろしかった。その新聞を読んでいるところを他人に気づかれたら発覚の糸口にならないとも限らなかった。

それから三月が過ぎると、もう魚住も完全に不安と恐怖から解放された。事件発生後五カ月も経てば、真犯人は挙がらず、捜査本部もとっくに解散されたに違いなかった。彼のもとには交通の巡査一人、事情を訊きにこなかった。魚住は俄かに広びろとした青空を望んだような気になり、これからは絶対に危ない橋は渡るまいと心に決めた。家庭は和やかであった。彼は出張には予定通り、きっちりと家に帰るようになった。

魚住課長のところには毎日のように業者の陳情者がくる。課長の仕事の半分は、陳情者をさばくことと、判コを捺すことと、会議に明け暮れることであった。

そんな或る日だった。九州視察の最後、夜の懇談会を断わった××会社の本社の販売部長が挨拶（あいさつ）とも陳情ともつかない用事で彼を訪ねてきた。

その会社の重役でもある販売部長は、ひと通り用談を済ませたあと、ふと笑顔を泛（うか）べ、多少卑屈な様子になって魚住にこう訊いた。

「課長さん、まことにつかぬことを伺いますが、課長さんが×月×日にてまえどもの北九州工場をご視察なさいましたが、あのときのことをちょっと伺ってもよろしゅうございましょうか？」

魚住はどきんとした。北九州のその都市の名前を聞いただけでも不安な思いに駆られた。しかし、あの工場と恵子の事件とは何の関連もない。同じ北九州といっても温泉地と工場のある土地とは違うのである。

「はあ。何でしょうか？」

彼はわざとけげんな表情で訊いた。

「いいえ、あの晩、課長さんは工場長その他の幹部の宴席にお出ましになったのでしょうか？」

魚住はまた心臓が高鳴った。

一瞬、ためらいが起こった。たしかにあのときは、自分は工場長や次長の気持を付（そん）度（たく）して出席したことにしてもいいと答えておいた。多分、料亭のツケを添付した会社の伝票の上でもそうなっているに違いない。見送りが済むや否(いな)や、ホームから出口に走るように去った連中の姿が泛んだ。

そうだ、これは出席していたことにしたほうがいいと魚住課長は瞬時に決心した。そのほうがあの温泉地に立ち寄らなかったというアリバイにもなる。

「ええ、あの晩は皆さんのお世話になりましたよ」

「ああ、そうですか」

心なしか販売部長の顔には翳(かげ)のようなものが射(さ)した。が、すぐにそれは明るい少年の笑顔に変わった。

「どうも行き届かなかったことと存じますが、ありがとうございました」

と、販売部長は取ってつけたような挨拶をした。

その販売部長が帰ったあと、魚住課長はしばらくさっきの質問が心にひっかかった。なぜ、あんなことを今ごろになって云うのであろう。販売部長とは、あの出張から帰ってからも何度も話し合っている。たしかに北九州工場の視察を受けたことについての話は出たが、ついぞ今まで夜の宴席に出席してくれたかどうかをたしかめたことはなかった。ふしぎなことである。

だが、これはあんまり心配すべきことではないと思った。多分、販売部長は、自分と話しているうちに北九州工場から回ってきた報告書の中にある夜の宴席のことを思い出したのであろう。それ以外に原因はないと考えた。

それからまた一ヵ月経った。恵子の事件は完全に魚住課長の傍から遠ざかってしまった。課長は前にも増して仕事に精励した。

ある日、課長は別な会社の招待で銀座裏の料理屋に坐（すわ）っていた。その会社は、この前の販売部長の社とは競争相手であり、商売敵であった。

雑談のとき、出席した幹部の一人が笑いながら魚住課長に云（い）った。

「××さんでもちょっとした不祥事がありましたな」

××はライバルの会社だった。

「不祥事って何です？」

「北九州の工場の工場長と次長とがひどいいがみ合いを起こしたそうです。工場長は次長を馘首（くび）にすると云い、次長はおれをクビにするならしてみろと云って居直っているそうです」

競争相手は絶えず相互の社内情報を取ってその事情に通じている。いま、その幹部が××会社の「不祥事」を話すのは、その不幸をよろこぶ意識の上に、自社の立場を役人に有利に認めさせようという計算もあった。

「一体、どうしたというんです？」

魚住課長も思わずつりこまれて訊いた。

「××さんの経理監査で、北九州工場の次長の不正行為が暴露したんですね。次長は、あの工場全体の経理を握っていたので自分の思いのままのようなことができたらしいです。簡単に云うと、いろいろな支出を水増しして、その差額を着服していたらしいんですよ」

「…………」

「よくあることですがね。次長は購入した資材を請求書に水増しさせて、その差額を浮かしてふところに入れたり、また架空の宴会などをいくつもつくっていたそうです」

魚住課長は狼狽した。それで初めて、この前、販売部長が来て、あの晩の宴会に魚住が出席していたかどうか、それとなくたしかめたのだと分かった。しかし、課長は、その顔色を話し手に読まれないように努力した。

「それは困ったものですね」

課長はなるべく話を逸らそうとしたが、相手のほうは自分の話に興が乗っていた。

「宴会のたびに空伝票ばかり出していてはほかの者に気づかれやすいと思ったか、適当に架空の招待客をつくり、部下をつれ、高級料亭などで飲み食いしていたそうです」

「………」

「そんなことが分かったので本社のほうで次長を退職処分にしようとしたんですね。すると、次長は、おれだけが悪いのではない、工場長もおれ以上に悪いことをしていると云って、工場長が私行上使っている金などを暴露したそうです。つまり、工場長の権限で会社の経費を公私混同していたんですね。次長に云わせると、自分などはまだ少ないほうだ、工場長はもっともっと多額な社費を横領散財している。自分はその尻尾をつかんでいる。自分を馘首にするんだったら、工場長が女に使っている金も社費からゴマ化して出ていることを世間に暴露してやる、工場長と刺し違えると云っているそうですよ」

魚住課長は、それから酒を呑む気力を失った。

また、一カ月近く経って、魚住課長のところに警察の人が訪ねてきた。捜査二課の名刺を見て、彼は生きた心地もなく私服の警官を別室に通した。

「課長さん、あなたは××会社の北九州工場の夜の宴会に出席されましたか?」

警官は世間話の末にきり出した。

「はあ……」

魚住は唾をのみこんで微かにうなずいた。

「いや、それは嘘でしょう。あなたはその席においでにならなかったですね。何処かよそに行ってましたね？」

魚住は眼をむいて警官の顔を眺めていた。彼は、もう駄目だと思った。警官は彼を睨んでいた。彼は恵子を殺したのは自分でないと弁解する気持が先に走った。日ごろから、絶えず相手の先手先手と話をとってゆく優秀な官僚の性格がここにも表われた。

「近くの温泉地にはたしかに、あれから行きましたが、あの旅館で起こった殺人事件はぼくには絶対に関係がありません。ぼくは、ただ浴室をのぞいたときに、女が死んでいたのを見ただけですから……」

魚住は両手を宙に動かすようにして説明した。

「温泉旅館の女の死体ですって？」

警官のほうが、きょとんとした。それから魚住の顔を訝かしげに見て云った。

「何のことか分かりませんが、××会社の北九州工場の鶴原というクビになった次長が工場長を背任罪で訴えているのです。そのカラの宴会伝票に課長さんの名が載っているのです。わたしは、その捜査の裏づけをとりにここに伺ったのですが……」

魚住は口がきけなかった。

「……しかし、いま云われたお話は何か殺人事件に関係があるようですから、もう一度、詳しく言ってくれませんか?」

刑事はポケットから手帳を出した。

土偶

1

汽車の中は立っているだけがやっとだった。ほとんどが買出し客か米のヤミ商人だった。時村勇造と英子のように発車前から坐っていないと、座席に腰を下ろせる状態ではなかった。それも十時間近く乗りつづけて来た。

駅からやっと出たとき勇造は、まだ自分の身体でなかった。手枷足枷で閉じ込められたものが俄かに解放されたら、こういう気持になるだろう。身体に感覚がなかった。立ちつづけも辛いが、坐ったまま身動きできないというのも責苦である。

駅前からは、今度は立ちづめのバスに乗った。まだタクシーはなかった。ハイヤーでもタクシーでもそこにあったらどんな高い料金でも出すところである。金はふんだんに持っていた。

古いバスは長いこと傷んだ道路を走った。坂道にかかると、渓流が横手に見えるのだが、立っているのが精いっぱいでは窓からのぞくどころの算段ではなかった。バスも買出し客でいっぱいだった。目的地の温泉の町に降りたとき、もう一度人心地が戻るのに時間がかかった。

駅を出るとだらだら坂である。旅館街がその道を挟(はさ)んで両側にならんでいた。大きな川が屋根のうしろに見えた。

旅館の半分はほとんど戸を閉めていた。一見(いちげん)の客は断わっているのだ。表を開けている旅館も、女中の姿はなかった。どの旅館もはじめから客に無愛想な表情だった。その二階には自炊の客が七輪に鍋(なべ)をかけている姿ものぞけた。

勇造は三、四軒の旅館を回ったが、どこも断わられた。だが、ニべもなく拒絶されたのではなく、旅館の者が心残りげな目つきで断わった。この時代には珍しい上等の服を着ている勇造をいい客と思っているのだ。先客を入れていっぱいなのを残念がっている。この田舎の温泉町だけでなく、東京でも勇造の服装(みなり)なら目立つ。英子も新しい着物を着ていた。そんな客は珍しかった。

勇造はこの風采(ふうさい)を見たら必ず泊めてくれるという自信が汽車に乗る前からあった。どんなに法外なヤミ値を云(い)われても平気なのだ。提げているトランクも進駐軍の将校から買った新品のアメリカ製であった。

三十分も経(た)たないうちに泊まる旅館にありつけた。

「お米は持っていらっしゃいますか？」

と、宿の者は型通りに勇造に訊(き)いた。

「いや、米は持ってないんですがね。けど、こちらで都合をつけてもらえればいくらでも金は出しますよ」

勇造は愛想笑いをした。

旅館はわりと大きく、戦前から一流だと分かった。女中に呼ばれて出てきた四十ぐらいのおかみは二人の服装を見て泊めることをすぐ承知した。勇造の脱いだ靴を女中が眼をみはって眺めていた。

通された部屋もこの家では上等であった。古いが、十畳ぐらいの広さである。四畳半の控えの間がついていて、欄間の彫りも手の混んだ模様であった。旅館がこの部屋を空けていたのは、彼のようなカモの客を待っていたのである。

「宿泊料はいくらですか?」

勇造は茶を汲んできた女中に訊いた。

「何ぶんにも、このごろはすぐに物価が騰りますので……」

とても公定価ではお泊めできないと女中は云った。

「そりゃ分かっていますよ。こんな立派な部屋に通してもらっただけでもありがたいと思っていますからね、遠慮のないところを云って下さい」

女中が云った値段に、勇造のほうからその倍を出そうと云った。女中はびっくりして引きさがった。玄関に顔を見せたおかみが、改めて階下から上がってきて、丁寧に礼を述べた。勇造は気前よく心づけを出した。チップはさっき女中が云った宿泊料と同じだった。

勇造は、金銭が無価値に見えて仕方がなかった。いくらでもあとからふところに入ってくるのである。忙しく身体を動かすだけでよかった。その生活がもう三年もつづいている。ここに女を伴れてきたのはその骨休めであった。

勇造は終戦間際まで横須賀にいた。彼はそこで海軍の軍需品を入れた倉庫の雇員をしていた。彼は要領のよさで上官に可愛がられた。敗戦で横鎮も大混乱に陥ったが、その際、彼は「払下げ」という名目でおびただしい資材を倉庫から引き出すことに成功した。上官の好意だったが、上官たち自体は自暴自棄になっていた。彼のヤミ商売がはじまった。表面は「廃品回収業」だったが、実際は軍需品の「払下げ」をもとでにしたヤミ取引だった。

その商売が現在もつづいて何倍もの規模にふくれ上がっている。金が面白いように儲かった。海軍の軍需品は良質のものばかりだったから、彼のもとにあらゆるヤミ商人が蝟集した。当時は金属品が払底していたので、彼の扱っている品物は特別の価値があった。たとえばワイヤーなどは亜鉛びきのピカピカした新品だった。そのほか、飛行服の布地にしても、軍靴にしても、防寒用品にしてもほとんど新しかった。

こうなると、彼が望む他の品物は何でも手に入った。他のヤミ商人が望めない品がやすやすと入手できたのである。彼の持っている商品が他の良質な品物を引きよせた。廃品回収業「時村商会」と称していたが、二十数人の店員を雇っている立派な商業であった。商品が統制違反として警察に挙げられたことも一再ではなかったが、そのつど警官に金品を贈って没収と経済犯から免れた。どうしても仕方のないときには社員を身代りにした。

金が面白いように入ってくるが、次第にヤミ商売も底をついてきた。彼が敗戦時に運んできた海軍軍需品もとうに無くなってしまったが、その交換をくり返してつづけた商売は順調であった。

次第に品薄になって、ヤミ商売もそろそろ先が見えてきた。彼は次に打つ手を考えなければならなかったが、これまでの惰性で相変わらず金銭に対しては極めて虚無的な気持であった。いくら札束が入っても価値の実感がなかった。唯一の価値は英子を手に入れたことであった。

英子には好きな男がいた。が、彼女もまた彼の札束に誘惑された。勇造に金の価値をはじめて覚えさせたのは英子という女の身体であった。あらゆる物品の価値が変動している際、これだけは確実な実価を信じさせた。

旅館の待遇は大そうなものだった。勇造は毎日ヤミ米を食べていたので白米にはおどろかなかったが、それでも、この辺の米は有名な庄内米や仙台米である。東京の近くから運んでくる瘦せた米とは違っていた。それに、魚も川魚や塩釜あたりからくる海の魚がふんだんに出た。金を持っていると睨んだ旅館では、惜しげもなくそうした料理を出した。山菜もおいしかった。酒も地酒ながら、水増しでないので結構飲めた。勇造も英子も久しぶりに戦争前の食べものに満腹した。それに、温泉はいつも湯壺にたたえられている。夜中でも湯は音を立てて流れているのだ。まるで極楽であった。

だが、そうした生活も人間どうしの気持を常に平和の状態におくとは限らない。何かのことで勇造と英子とは口争いをした。多分、それは英子の恋人に端を発したと思われる。宿に着いて二日目の晩、二人は背中を向け合わせて寝た。

あくる朝も英子は不機嫌だった。勇造も腹を立てていた。

それは春であった。東京では桜の満開期だが、ここは二十日は完全に遅れていた。山の色もまだ黄色かった。

勇造は英子を残してひとりで出た。革のジャンパーで温泉町の坂道を登った。それから川のほうに下りた。橋を渡って路を歩いた。そうして、いつの間にか寂しい、うら枯れた野に出たのだった。

2

その道はところどころに侘しげな農家があった。その庭先や納屋のあたりにリュックサックや袋を担いだ町の人間らしい姿がチラチラと見えた。米や芋の買出し人である。客は愛想笑いを泛べ、百姓の女房は邪慳に振舞っていた。

勇造は、金だと思った。近ごろの百姓は金よりも都会のタンスに仕舞ってある着物や洋服を欲しがる。だが、実際はやはり金だ。物価の二倍も三倍も出せば、べつに着物や洋服を出さなくとも供出から隠した米をこっそり出してくれる。勇造は百姓の強欲を憎むと共に、なけなしの着物を運んでくる都会の者が哀れに見えた。

勇造は、こんな時節に温泉に女伴れでくるのも世の中にはそうザラにないと思うと満足だった。都会の者はたけのこ生活から解放されてなかった。みんなはインフレに煽られ、生活苦に喘いでいる。こんな結構な境涯に感謝しなければならなかった。

感謝といえば、英子こそ自分にそれをしなければならぬと思った。彼女もまた身の皮をはぐ生活に追われているはずであった。給料だけでやってゆける道理はなく、まして今の彼女の恋人といつ結婚できるか分からないのだ。その女が法外な値段で買ってもらった着物をつけ、こうして東北の温泉地に悠々と遊びにこられるのも誰のお蔭かと云いたかった。些細なことで反抗する女の了簡の狭さと、その増長が腹立たしかった。

野原はまだ枯れていた。黄色い草の間から青草がのぞいていたが、十分ではなかった。杉林は黒ずんだ茶褐色でひろがり、落葉樹はまだことごとく裸であった。

道はいつの間にか野の径に変わっていた。行く手に波打つ山がみえる。勇造は、もう少し先まで行ったら引き返すつもりだった。この径をすすむとどこに出るのか分からないが、とにかくもう少し先まで行って、そこにどのような部落があるのか見ておくのもあとの思い出になると思った。こんな気持になるのも英子との昨夜からの衝突が横たわっていて、何かで気持を紛らわせたかったのである。

草原の径は川の傍に出た。が、あたりはまるで冬のように蕭条として人の影もなかった。頭の上を鴉が何羽も啼いて過ぎた。水の色も寒そうである。

その川から径はまた離れた。草はやはり枯れたままに短い。去年の薄も黒く折れていた。勇造は、もう引き返そうかと思った。そのときだった。彼は右手の藪の中から出てきた人の姿にびっくりして立ち停まった。

それは女のうしろ姿だった。絣の着物を着て黒いズボンをはいていた。肩には古い魔法瓶を吊り下げていた。髪の形や身体の恰好からいって若い女であった。

勇造はその女の後ろ姿を見ているうち次第に好奇心が増してきた。ここにくるまで長いこと百姓の姿も見なかったのに、突然、都会風な女が飛び出したのである。女はふり返りもせず、径の先を急いで歩いていた。よごれたズックをはいていた。

径の両側には低い丘の端が突き出て崖になっていた。そこを境に径が曲がっているのでその先の風景はせばまっていた。好奇心を起こした勇造は女のあとから歩いた。べつに追跡するのではないが、この静かな道でその女と言葉を交せたらと思ったのである。

崖を曲がると川は逆に道から離れ、あたりは深い杉の木立になっていた。一方が雑木の密林であった。ほとんど裸梢だが、樹が茂り合っているので奥の見通しは利かなかった。

女の足どりは軽かった。急いでいるようである。径の行く手はまた壁のように小さな丘陵が遮っている。丘陵の上には明るい陽が当たり、禿げた所の赤土が赫と輝いていた。陽の当たらない林の暗さと、その丘の明るい輝きとが明確な対照でいつまでも勇造の心から放れない。

相変わらずあたりは人が居なかった。勇造は、ここで何か彼女に言葉をかけたくなった。この径をあの女とちょっと話しながら歩くのも悪くないと思った。彼は足を早めた。

「もしもし」

勇造は声をかけた。

女の足がピタリととまった。それから首だけをこちらに向けたが、その眼は大きく見開かれていた。それもほんの瞬間である。女は前よりはずっと足早になった。

勇造は、女が見知らぬ男に声をかけられて警戒したのだと思い、自分がそうでないことを見せて彼女の気持を和ませ、話を交そうと思った。若い女だったら誰でも、こんな野道で見知らぬ男に声をかけられたら、はじめは怖(おそ)れるにきまっている。そのときの勇造の気持は、人気のない所で若い女と語り合いたいという多少ロマンチックなもので、全く他意はなかった。

「もしもし、お嬢さん、ちょっと伺いますがね」

と、勇造は少し大きな声で呼んだ。

べつに道を訊くつもりではなかったが、何となくそう云って相手の足を停めたかった。

女は反射的に足を停めた。その背中が竦(すく)んでいるように見えた。あとで考えて、それは彼女が恐怖に襲われたのだが、そのときはこちらの言葉が通じて待ってくれるのだと思っていたのである。

「もしもし、あなたはどちらからお見えになったんですか？」

と、勇造は女の足を停めたのに気をよくして云った。

元来、彼は、その体格が骨太のように声も大きかった。横鎮の倉庫の雇員ではあったが、海軍の予備兵曹長であった。声は艦で鍛えたものだし、身体も頑丈につくられている。また、その顔はいわゆる容貌魁偉であった。

女は、勇造の思いがけないことに、ふいに大声を出した。

「助けて！」

絶叫と同時に女は水筒をそこにほうり投げ一散に径を走り出した。

勇造は迷った。女は明らかに誤解をしている。が、ここでその誤解を解くべきか、それとも知らぬ顔をして引き返したほうがよいか、とっさの判断に躊躇した。が、結局、彼は前者をとった。

というのは、人ひとり居ない原野の径である。この径の先は分からないが、近くに部落があるような気がした。女が人家に駆け込んで急報したら、今にもそこから追手が追ってきそうであった。彼はそうなったときの自分の奇妙な立場にうろたえた。今の間に女の誤解を解き、自分自身の危機を救わねばと思った。

それには女を説得することが一ばんであった。彼も女のあとから駆けた。

しかし、女はうしろの足音を聞き、さらに大きな声を出した。

「誰か来て！」

そのとき勇造は女に追いついてその口を塞いでいた。声を立てられることが、この場合最も都合が悪かった。

「大きな声を出さないでくれ」

と、勇造は若い女を叱った。彼の大きな手の甲に蔽われたそとには、若い眉と眼があった。その眼は恐怖に慄え宙を睨んでいた。

しなやかな女は彼の腕の中で藻掻いた。勇造は、いま彼女を手放せば、さらに事態が悪化すると判断した。もはや、この二人の状態がいかなるものかはもし目撃者があれば即断するところである。

勇造を怯えさせたのは、ここが径ではあるが、とにかく人の歩く所だという観念であった。いつ人影が曲がった径の向うから現われないとも限らなかった。そこで彼は、この危険な獲物をひとまず野道の視野から隠さなければと思った。彼は女を雑木林の陰に引きずった。落葉は足首を没するまでに深く溜まっていた。女の脚が落葉の一部を飛散させた。

勇造は、この危急をどうして逃れようかと思った。今さら女に説明しても、理性にすぐ届くはずはなさそうだった。ここで女に走られたら、彼は自滅することになるかもしれない。せっかく築いた商売のことも、家に残した妻のこともあった。それから、何よりも温泉宿に置いてきた英子のことが頭の中を横切った。痴漢として村の駐在にでもつき出されたら取返しのつかないことになる。女の口を塞いだ彼の手には思わず力が入った。

腕に女の身体の重みを急に感じたのは、その何分かあとだった。決して長い時間とは思わなかったが、実際には、それが五分くらいはつづいていたのかもしれない。とにかく無我夢中であった。腕を解くと、女の身体が倒れ落ちた。落葉がその脇腹(わきばら)を半分埋めた。はじめて顔を見たが、女は眼を剝(む)いたままで鼻血を出していた。

勇造はすぐ逃げようとした。場所は雑木林の陰だが、すぐ傍に土の崩れた崖があり、その上から樹の根が無数に白い筋をもつらせて垂れ下がっていた。この光景もあとまで彼の記憶に残った。

勇造が急いでそこを出たとき、向うからリュックサックを持った若い男がくるのと径で出遇(であ)った。出遇いがしらに立ち停まった二人は、しばらく睨み合っていた。男は登山帽のような帽子を被り、安手のジャンパーに、これも古いコール天のズボンと破れ靴をはいていた。男の肩にはリュックサックがあった。

「この辺で若い女を見かけませんでしたか？」

と、若い男は性急な調子で訊いた。その男もまだ二十七、八くらいだった。顔の蒼白い、痩せた、ひ弱そうな男だった。

勇造は、知らない、と云った。

「ちょっと待って下さい。さっき、女の声がしたんですがね」

若い男は詰め寄るように勇造に云った。その顔つきと語気には、すでに勇造が女に何かをしたと感じているようであった。眼は血走り、荒い息を吐いているのである。

「知らないよ」

勇造は立ち去ろうとした。が、男は必死の面持で彼の厚い革ジャンパーの胸をどんと押した。

「待ってください。いま、その辺を見てきますから」

男は勇造に命令するように云うと、急いで落葉の溜まっている奥に歩き出そうとした。

勇造に殺意はなかったが、この男をここで止めておかなければという衝動が起こった。彼は女が落葉の上に横たわっているのを見られたらおしまいだと思った。

勇造は男の背中に猛然と飛びかかった。

――堆く積まれた落葉の中に若い男と女の死体が二つならべられた。落葉の層の一部はまるでそこが深い溝でもあるかのように男の死体を引きずった跡がついた。逃げかかったとき、勇造はそこにリュックサックが置いてあるのが眼に止まった。それは半分もふくれていなかったが、彼に中をのぞかせる気持を起こさせた。

リュックを開けて勇造は唖然とした。中には赤茶けた素焼の破片が無数に詰っていたのだ。泥のついた小さな鍬や小さなシャベルなどもあった。

勇造が袋の口をそのまま閉じて、男の死体を引きずって行こうとしたときである。リュックサックのポケットに入っている何か硬いものに膝の先が当たった。彼はポケットをあけた。新聞紙に丁寧にくるんだ硬いものが入っていた。上からさわっただけでも三、四個のものが入っていた。

新聞包みを開けると赤い素焼の小さな人形が現われた。人形といっても奇怪な顔の素焼だった。眼の異常に大きい醜悪な面相である。もう一個は、その裸胴体である。あとの欠片は腰から下の部分に当たっていた。腹が妊娠しているように異常にふくれている。乳も妙なかたちをしている。グロテスクな人形だった。頭、胴、下部が南洋の土俗品のようにばらばらに割れているのである。その壊れたあとは古かったので、この男がいま割ったものでないことは分かった。頭、胴、下肢とつなぎ合わせてみても、せいぜい五センチぐらいの短軀であった。

勇造は、その人形の大きな眼が、いま殺したばかりの男の魂を憑り移らせて自分を睨んでいるような気がした。そのグロテスクに歪んだ顔が何ともいえない嫌悪感を起こさせた。彼はその忌わしい面相の人形をつかみ、落葉の溜まった場所を出て径の石の上へ投げつけた。素焼の人形は他愛なく砕けた。それを彼は靴で上から踏みつけ、粉々にした。

3

——十二年経った。

今は総和商事という株式会社の社長になっている時村勇造は、十二年前、東北の温泉地で起こった記憶が夢の中の出来事としか考えられなかった。

若い男女を殺したということが思い出の実感になかった。いつか読んだ小説の一場面ぐらいにしか思えなかった。もっとも、彼の記憶がそうなるまでには、少なくとも三年間の不安と恐怖の経験の通過が必要であった。

その三年間、勇造は、今にも自分の前に私服の刑事が現われて黒い警察手帳を見せるのではないかと怖れた。幸い、あのときは宿に逃げ帰っても英子も気がつかず、旅館の者も彼の蒼い顔に気を留めなかった。勇造はすぐにも宿を発ちたかったが、うろたえていてはかえって怪しまれると思い、無理してその晩も泊まった。すぐにもあの山路での殺人事件がこの温泉町にも伝えられ、土地の警察の捜査がはじまるかと思ったが、鄙びた温泉町には何の変化もなかった。遂に彼が出発するまで事件の噂も耳にしなかったのである。

思うに、あの死体は人の来ない山林の深い落葉の上に横たわっているので発見が容易でなかったと思われるのである。径を歩いていても気がつかない崖の陰であった。あの場所に足を踏み入れない限り、二つの死体は人の眼に止まらないはずである。が、それが永久ということは考えられなかった。いずれは発見される。そのとき白骨となっているか、その前の腐爛状態かは分からないにしても、殺人死体が永久に知れないはずはなかった。しかし、むろん、彼のとっている東京の新聞には、そのことについて何も出なかった。

女が悪いのだ、と勇造は思った。あのとき、あんな大きな声を出さなければ殺そうなどという考えは毛頭なかったのである。女は淋しい山路で突然声をかけた男の顔と革ジャンパーを見て咄嗟に誤解を起こしたに違いない。あの服装からすると、そう思われても仕方のないところはあるにはあった。が、結局、女の叫びが若い二人の命を落とす原因になったのだ。

あの男女は多分恋人であろう。解せないのは男がリュックサックに詰めた素焼の人形の破片だが、一体、あれはどういう目的で集めていたのか。どのようなわけであのような淋しい土地に入ってあんなものを掘っていたのだろうか。何かの学問の標本ということは見当がついたが、正確には分からなかった。とにかく、あのグロテスクな人形は考えただけでも忌わしかった。

いずれにしても、殺人死体が遅く発見されたことはそれだけ勇造の身辺に捜査の手が伸びるのを遅らせたようであった。土地の刑事たちがあとで温泉宿をシラミ潰しに調べたとしても、まさか東京から来たらしい金持の男女がその犯行に関係があるとは思うまい。この場合、有利だったのは彼が女を伴れていたことである。これも彼を被疑者の範囲から遠ざけたに違いなかった。

宿の者も気がつかず、英子も知らなかったとすれば、旅館では宿帳も出さなかった。だが、もう一つ彼を安心させたのは、英子とあれから一年後に別れたことである。英子は恋人といっしょになって、彼から去った。今はその所在さえ分からない。あるいは捜査の参考人になるかもしれなかった女が永久に消えたことは、勇造をますます安全にしたのだった。

彼の商売は繁栄していた。今では従業員が百五十人もいる。ヤミ商売からは完全に脱皮し、正常な業務についていた。取り扱う品は金属製品で、彼は前の縁故から大手の金属品メーカーの特約店になっていた。支店も大阪に置き、出張所は九州の福岡につくっている。そうして、月に一回は飛行機で大阪や九州に飛んだ。

資産もできたし、社会的な地位らしいものも出来上がった。閑静な場所に家を新築し、豪華な外車を乗り回した。すでに東北の温泉地で起こった事件は彼の過去の幻影にすぎなくなっていた。実際、あのことが警察沙汰にもならず新聞にも報道されないとなると、錯覚として片づけても不自然ではなかった。

勇造のもとには画商や骨董屋が出入りしはじめた。このような種類の商人は伝手から伝手を求め、抜き差しならぬ人の紹介状を持って来る。財産づくりはこのような貨幣価値の変動に影響されないものこそ最適だと熱心に口説きにきたりした。

勇造は美術品をまるきり解さなかった。しかし、彼のように資産も地位もできてくると、やはりそうしたものはひと通りは持たなければならないという資格的な気持になった。だが、勧められる品を何でもというわけにはゆかない。それではあまりにも成上り的だし、田舎大尽に見える。彼が択んだのは絵よりも古代の工芸品であった。中国、古いものほど価値がある。茶碗、皿といったものは、日本の古陶器のみならず、中国、西洋のものまで次第に手を伸ばして蒐めた。そうすると、ふしぎなもので、彼はそのほうに眼があるように思われ、骨董屋が何かとその系統の品物を運んでくるのである。

　ある日、いちばん熱心に通って来ている修美堂という骨董屋の番頭が小型の桐箱を持参した。何だと訊くと、西洋の骨董で、先史時代のものだという。そのころ、勇造は西洋のものとしては彩文土器をいくつか持っていた。それらは中国の唐三彩から趣味が発展したものである。

「まあ、見て下さい」

　と、番頭は桐箱の蓋を開けた。

「これにはA先生の箱書がついております」

　A先生は西洋の古代文化の大家であった。

　桐蓋の次には紫色の床がつくられ、その中に高さ五センチばかりの土俗人形が入っていた。勇造は、その面相を見て、ぎょっとなった。眼が異常に大きく、腹がふくれている。

「これはハンガリーを中心に栄えたドナウ第二期に属する土偶です。日本には非常に珍しいものですから、社長の趣味にはきっと合うと思って持って参りました」

A先生の箱書には番頭の云った通りのことが書いてあった。新石器時代中期のもので、勇造が前に買った彩文土器と同時代のものだった。地中海沿岸の南ヨーロッパの新石器時代の遺跡からはこうした土偶がしばしば発掘されるのである。

勇造は、その土偶を睨んだ。十二年前の記憶が蘇った。若い男のリュックサックから出た奇怪なかたちの人形が土偶だったということもはじめて知った。もっとも、この西洋の土偶のかたちと、日本のそれとはかなり違う。日本のは矮小で横幅の広いものだが、西洋のは腰部と脚が発達した、かなり彫刻的なものだった。しかし、その面相のグロテスクなことは両者とも共通していた。

土偶は人のかたちに作った土製品で、日本では縄文土器時代に属する。北海道から九州に至る各地に分布しているが、東北から関東にかけては特に濃密である。土偶がどのような目的で製造されたか、まだよく分かっていないが、曾て人類学者の鳥居龍蔵はヨーロッパ新石器時代の土偶の解釈に従って、これを女神像と考えた。つまり、生殖、豊饒、繁栄に関係のある地母神信仰の対象物と考えたのである。日本での土偶はおびただしく発見されているが、完全なかたちで出土するものは少なく、どこかに欠損がある。これはすでに埋めたときから五体の一部を破壊し、疾病、傷害、災害の身代りとした呪物(じゅぶつ)のようなものであろうといわれている。

西洋の土偶と、日本でのそれとはかたちの上で直接な共通点はないが、しかし、最近、大分県で発見された旧石器時代の土偶は明らかにシベリアの影響があるとみられるので、祖形は大陸の旧石器時代から何らかのかたちで尾を曳(ひ)いているのかもしれない。

それはともかくとして、勇造は修美堂の番頭が持ってきた南ヨーロッパの土偶を買った。ずいぶん高い値段だったが、彼は断わることができなかったのだ。

正確に云えば、彼は、その西洋の土偶が東北地方で殺した男のリュックサックにあったものと極めてよく似ていたので買わないわけにはゆかなかった。それを買わなかったら、なんだか、あのことを気にしているこっちの心を不自然なものに相手にとられはしないかというひそかな危惧(きぐ)があったのである。

4

余計なものを買ったというのが勇造のそのときの気持であった。本来ならば、気に入らぬと云って突き返せばよかったのだ。しかし、どうもあのことが心に咎(とが)めて、拒絶すれば自分の気持を相手に見すかされるような不安がしてならなかったのだった。

彼は、その高価な土偶を箱ごと物置に仕舞った。二度とその人形を出して見るのも忌わしかった。

そうすると、修美堂の番頭はまた次の西洋の土偶を持ってきた。今度は琥珀で出来た女神像だった。琥珀は南ヨーロッパにはない。したがって、材料を北ヨーロッパから持ってきて地中海沿岸でその土偶がつくられたという珍しいものだった。やはり奇怪な容貌をしていたが、勇造は番頭のすすめに従った。彼は前に一度西洋の土偶を買っているので、今度もその珍しい土偶を買わなければならないという義務的なものを感じた。

そうすると、修美堂だけでなく、他の骨董屋の番頭も続々と彼のもとに土偶を持参した。西洋だけでなく、日本のもあった。あの十二年前の忌わしい記憶が、日本の土偶を前にして、現実にそこにかたちを見せた。

土偶に眼をつけられるとは社長の見識です、などと煽てあげられると、勇造はそれらも買わないわけにはゆかなくなった。殊に、日本の土偶は東北の落葉の積んだ死体の持っていたリュックサックの土偶と瓜二つだったから、余計にそれを断われなかった。この土偶とあの事件とは直結していた。拒絶すれば誰かに怪しまれそうであった。

こうして勇造のコレクションには土偶の数が次第にふえてきた。といって彼は、それを自分の書斎や応接間の陳列棚にならべる気持は全くなかった。買った品は箱ごと物置の中に積み上げて放っておいたのである。

　しかし、勇造は、自分の家の中にあの忌わしい人形が置いてあると思うと、気持が落ちつかなかった。十何個という人形が、醜悪な眼を剝いて物置の隅から自分の過去を呪咀していると思うと、いっそのこと、全部を破壊したかった。その欲望が次第に気持の中に昂じてきた。彼は自分でもノイローゼに罹ったのではないかと思った。

　金を使った上で厄介なものを背負いこんだやりきれなさは、どうにも紛らわしようがなかった。単に金の浪費だけでなく、わざわざ自分を呪っている人形を求めたことに口惜しいとも無念とも云いようのない感情に襲われてきた。なにもあんなものを買わなくとも事件が露顕るはずはないのだ。

　彼はとうとう我慢ができなくて、ある晩、ひそかに箱の中の土偶を全部とり出すと、それを庭の隅に持って行き、石の上に叩きつけた。丁度、東北の落葉の積もった岩角でやったように粉々にした。一個何十万円もする西洋の土偶が微塵となった。また、立派に修理され復原された日本の土偶も粉となって砕けた。彼はそれを見て爽快な気分になった。

　勇造は、それらの破片を箒で集めると、大きな紙袋に入れ、よその家のゴミ箱の中に棄てた。その家の者が発見しても、誰かが悪戯に投げ込んだとしか思わないに違いなかった。土の破片にすぎないのである。それが一個何万円も何十万円もする値打ちのものとは想像もしないであろう。

勇造は、久しぶりに胸がすっとなった。これで、あの忌わしい人形から呪われることはないと思った。それらの土偶を形のないものにしたのは、事件の記憶を破壊したことであった。

そんなことがあって二週間ばかり過ぎた或る日、若い考古学者が彼の持っている土偶をぜひ見せてくれと云って来た。いっしょについて来た修美堂の番頭の紹介であった。勇造は困ったが、ここで遁辞を設けて一時逃れをしても、また同じことを云ってくるに違いないと考え、あの土偶は盗まれた、と云ってしまった。それは前後の考えもなく答えたのである。

「警察に届けていますか？」

と、びっくりした修美堂の番頭は訊いた。

「いや、あんなものはどうせ蒐集狂か何かの手もとに行っているに違いないから、べつに警察には届けていない。また、もしそうだったら、ぼくなんかが持っているより、そのほうが価値があるかもしれないからね」

勇造は笑った。番頭も、その若い考古学者も彼の太っ腹におどろいていた。

勇造のもとに蒐められた高価で珍しい土偶が盗難にかかったという噂は、たちまち古美術商の間にひろがった。それを聞きこんだ警察が彼のもとに訪ねてきた。どうして盗難届を出さないかというのである。

「盗られたものは仕方がありませんからね。まあ、あんなものはもう蒐めませんから、これを幸いに諦めているんです」

勇造は鷹揚にそう答えた。

しかし、警察は職務に熱心であった。警官は彼から盗難の日を聞くと、その日近所で怪しい者は見かけなかったかと聞きこみに歩いた。そして、ある一軒の主婦が、ゴミ箱に投げ棄てられた紙袋の内容物のことを云った。焼物らしい土の破片がおびただしく入っていたというのである。その破片は模様の断片でもあった。

「あんまり珍しいので、少し大きな破片をとっておきました」

主婦はその破片を警官に見せた。土偶の眼に当たる部分であった。

警官は、それを持って勇造のところには戻らなかった。センスのある警察官だったので、鑑定を乞いに行ったのは、勇造を訪ねたことのある若い考古学者のもとだった。

「これはたしかに日本の土偶の一つです。……けど、泥棒がどうしてこんなものをこわしたのでしょうね。わざわざ盗みに入ったというなら大事に持っていそうなものですが？」

警官も同じ思いだったが、犯罪捜査の精神が旺盛だったので、あるいは、この実際の犯人は勇造自身ではないかと想像した。というのは、勇造の説明がどうにも曖昧で腑に落ちないと思っていたからである。

「総額百何十万円にも達する蒐集品を自分でこわす奴もいないでしょう」

と、警官の推理を聞いた若い考古学者は笑った。

しかし、考古学者は、あまりふしぎなので、それを何かのついでに先輩に話した。

「刑事の持ってきた欠片を見せてもらったんですが、東北に分布している石器時代の土偶ですね。それも優秀な出来ですよ」

話を聞いた先輩もふしぎなことだと考えた。その場の話合いは二人の疑問だけで終わった。

しかし、先輩の考古学者は、ふと、過去に起こった事実に思い当たった。十二年前、自分の同僚が東北の或る地方にある貝塚を掘りに行ったことである。そのとき、彼は女子学生の婚約者といっしょであった。二人は、その近くの山陰に半ば腐爛死体となって発見された。警察の推定では、そのとき死後経過一週間ということだった。犯人がどのような目的で二人を殺害したかははっきりしないが、場所が場所だけに、あるいは、その女子学生が一人だったところを襲われ、それを彼女の婚約者が救いに行き、遂に二人とも犯人の手にかかったのではないかということだった。それきり犯人は分からずに終わっている。殺されたのは考古学で将来有望な新進学徒であった。今でも仲間が集まると、その男を惜しむ声が強いのであった。

若い考古学者は捜査精神の旺盛な警官に先輩の話をとり次いだ。警官は時村勇造に不審を起こした。百万円以上の土偶を買っておいて、それを打ち砕くのが常人とは思われなかったのである。総和商事の社長の心理には土偶に関して何か異常な影がある と推察した。彼はこれを上司に報告した。

ある日、その警官が勇造のもとに現われ、雑談した。警官は、こうして折角お近づきになったのだから、社長に何か記念になることを書いていただきたいといって持参の色紙をさし出した。

時村勇造がうっかりしていたことが一つあった。十二年前の東北地方の警察は彼が思っていたほど頓馬(とんま)ではなかった。若い男の死体の傍にあったリュックサックから指紋を採り、その写真を保存していたのである。色紙の指紋は気持がいいくらいそれに合致した。

解説

中島河太郎

推理小説を毛嫌(けぎら)いしたり、まったく関心を持たなかったひとたちを、惹(ひ)きつけて離さなかったのが、松本清張氏の作品群である。清張の作品なら必ず目を通すが、だからといってもろもろの推理小説まで触手を伸ばさない読者が多い。従来固い殻(から)に閉じ籠(こも)りがちだった推理小説の門戸を、広く開放した功績は目ざましい。

推理小説は戦前探偵(たんてい)小説と呼ばれていたが、わが国に輸入された明治二十年代は、黒岩涙香(るいこう)が一流の達文で多くの翻案を試みて、当時の文壇に脅威を与えた。尾崎紅葉を盟主とする硯友社(けんゆうしゃ)派の作家は、涙香を目の仇(かたき)にして探偵小説退治に乗り出したほどである。涙香の翻案は大衆を熱狂させたにかかわらず、彼の探偵小説に対する興味は五、六年しか続かなかった。また折角試みた創作の『無惨(むざん)』のおもしろさが、当時の読者に理解されなかったため、ただ一編で終ってしまった。

その後三十年を経て江戸川乱歩らが出現するまで、長い沈滞期を余儀なくされるのだ。大正末期の大衆文学興隆の一翼をになって、探偵小説はようやく市民権を獲得したのだが、殺人や犯罪をテーマにする小説は、戦前のモラルからは不健全な読物として忌避された。

探偵小説の特殊な性格が理解されず、その取り扱う素材にばかり目の向けられた嫌いがあるが、一方では作家自身の芸術作品への指向の低さも指弾されなければならなかった。昭和十年前後に小栗虫太郎、木々高太郎、久生十蘭といった作家が登場して、質的昂揚が見られたが、まだ小説界をリードするには至らなかった。

戦後ようやく欧米流の本格長編時代に入り、探偵小説の論理性や特殊な構成法が認識されるようになったが、新奇なトリックの案出に行き詰って、袋小路にはいりこんでしまった。

松本氏の出現が推理小説界に与えた衝撃は測り知れぬものがある。ややもすると奇想天外な謎とその解決に憂き身をやつして、小説であることを忘れた作品が幅を利かせていた。松本氏は従来の作法にとらわれず、まず「小説」から出発した。『張込み』『顔』などの短編が引き続いて発表され、こけおどしでないサスペンスにひきこまれた。

わざわざ奇妙な舞台設定や、特異な状況にもちこんで、異常な人物をうろうろさせるいわゆる探偵小説的世界は、氏の顧みるところではなかった。のちに「社会派」と命名された作風は、その名称が妥当だとは思えぬが、すくなくとも日常性、現実性に立脚して、読者の誰もが関心を持ち得る身辺の事象が扱われていた。

作者が机上でこしらえた謎を進行させるために、あやつり人形同然の人物しか登場させなかったこの世界は、松本氏の首肯するところではなかった。「戦前からもそうだったが、戦後の探偵小説は、どうも人間というものが描かれていない。描かれていないというよりも、作者が初めから書く意志を抛棄しているようにみえる」というのが、氏の偽らぬ感想であった。

戦前ではわずかに木々高太郎が思索し、生活する人間を描こうとしたが、その木々の推挽によって、「三田文学」に『記憶』と『或る「小倉日記」伝』を発表した。後者が芥川賞を受賞して、職業を転ずる契機となったのだが、松本氏が相当の歳月を費やして、推理小説の体質改善に並々ならぬ意欲を燃やしたことには深い底流があったといえよう。

それまで現代小説、時代小説の筆を執っていた氏が、新鮮なスタイルで犯罪にからまる作品を続々発表したときの驚きは、今でもあざやかである。戦後主流を形成していた謎解きに拘泥せず、人間と犯罪の接点を鋭く抉って、動機を追求し、心理の襞を窺い、身近に息づいている人間の姿を捉えていた。瑣末な人工的謎をこねくり回す旧来の手法を黙殺した氏は、また在来の起承転結を墨守しようとはしなかった。『点と線』『眼の壁』以後、おびただしい長編の筆を執っているが、初期にはかなり謎の解決を主潮としたものが多い。長編の骨格を維持し、サスペンスを持続するためには、確実な方法に相違なかったが、次第にその枠組にもあきたらなくなり、近年の作品は破格を嫌わず、多様な試みに推理小説の可能性をさぐっている。

殊に松本氏の特色が窺われるのは連続短編の形式である。『小説日本芸譚』『無宿人別帳』『黒い画集』『影の車』『別冊黒い画集』『私説日本合戦譚』『紅刷り江戸噂』『黒の様式』と並べてみると、各編が鎖の一環となり、しかもがっしりと繋がった太い鎖を形造って、それぞれが共鳴して主題に統合されている。

本書もその連続短編形式の一つで、はじめ『十二の紐』と題して「小説新潮」に連載された。昭和四十二年二月から十二月まで十一回に亙っている。第一回の『交通事故死亡1名』には「赤い紐」と註してあるように、色分けして十二色を書き分けるつもりだったと思われるが、十一編で終ってしまい、同年十二月の単行本刊行の際、『死の枝』と改題された。

第一話の『交通事故死亡1名』に扱われた素材は、不可抗力の人身事故で今では二ユース種にもならないほどである。タクシー会社の事故係がいわば探偵役になるのだが、不都合な点は見当らず、事故を起した運転手はすでに実刑を科せられて服役中である。

　事故から一年経って、その事故係の頭をかすめた疑惑が再調査の意欲を起させた。警察や世間の盲点をついた犯行企図をようやく明らかにするもので、従来のこの種の作品のように、事件が起ればただちに探偵役が登場し、解決にこぎつけるといった手際のよさは拋棄している。『家紋』も父母を殺害された子供が成人して、十八年後に真犯人を推測するし、『史疑』は七年後に郷土史家が殺人犯人を推理する。『古本』にしても事故死のあった十カ月後に、手がかりがつかめそうだし、『不在宴会』は七カ月後にうっかり真実を洩らす。『土偶』に至っては十二年後に真犯人の証拠が一致するというように、決して速戦即決主義をとっていない。

　実際の事件というものは、そんなにすべてがとんとん拍子に片づくものではないが、推理小説では約束事として解決を提示することになっていた。それを短い枚数で処理するために、どの作家も俊敏な名探偵を創造したのだが、あやつり人形を忌避した氏は、あくまでも現実件に立脚して、犯人の示唆にとどめた場合が多い。被疑者の訊問、逮捕のきまりきった形式を踏襲しなかったのは、かえってさわやかな読後感を覚える。

犯人の逮捕されるのはわずかに『偽狂人の犯罪』だけで、『不在宴会』や『土偶』が逮捕を匂わしているが、あとはようやく目星がついて意見を申告するところで筆をおいたものが多い。

またこれまでの謎解き推理小説では、冒頭に事件や謎を提出するのが通例で、犯人側の犯罪工作を先に描き、ついで捜査側の推理と摘発をうつしたものを倒叙スタイルと呼んでいるが、この連続短編集には犯人側から始まる作品がほとんどである。『偽狂人の犯罪』は完全犯罪を狙えば狙うほど、破綻が生じて犯行が暴露する、かえって犯行はあからさまにして罪を免れることを考えたのが、精神分裂症を装うことであった。『史疑』では貴重文献を盗もうとして発見されたため、自己防衛の殺人と激情の姦淫を犯し、『年下の男』ではプライドを傷つけられたくない年上の女性が、『古本』では弱点をつかまれた作家が、『ペルシアの測天儀』では愛人との痴情沙汰から会社の課長が、『土偶』では声をかけて恐怖の叫びをあげられたヤミ商人が、計画的にあるいは激情から相手に死を齎す。『不在宴会』は密会した相手が死んでいたため、見捨ててこっそり逃げ帰るのだが、

『入江の記憶』に至っては愛人である妻の妹をともなって故郷に帰って、父母の回想をたぐりだしながら、最後を思いがけぬ表白でしめくくっている。

いずれも人間の欲望、愛情、怨恨などさまざまな想念が、破局へと足を踏み出さずにはおれぬ状況を描いているから、冒頭から謎を提出して読者に挑もうとする作風より、ずっとその世界にはいり易い。しかも登場人物は読者の周辺にいくらもいそうな連中であり、かれらの考案する犯罪工作は決して奇抜で実行不可能なプランではなかった。

犯人の意図がつかめない従来の作風のものは、『交通事故死亡1名』、『家紋』、『不法建築』の程度で、殊にあとの二編は絶対的な論証がなされたわけではない。多発する交通事故の不幸な一例に見せかけようとしたり、不法建築にうるさい近所の人の密告と区役所の監察係に従った内面の魂胆など、いかにも現代世相に密着した着眼だが、その一方では信徒間の共同防衛意識をとりあげるなど、作者の視点は一方的ではない。

史学者にとっては垂涎の的である貴重文献を扱った『史疑』、埋もれた地方作家の興趣に富んだ物語を発掘した『古本』、厭な記憶にまつわる土偶を収集する『土偶』など、作者ならではの素材がまじえられて、氏の多彩な短編技法を遺憾なく発揮している。同一パターンを極度に避ける氏は、「死」につながるどの枝にも異なった果実をつけることに腐心している。

（昭和四十九年十月、文芸評論家）

この作品は昭和四十二年十二月新潮社より刊行された。

松本清張著

小説日本芸譚

千利休、運慶、光悦――。日本美術史に燦然と輝く芸術家十人が煩悩に翻弄される姿――人間の業の深さを描く異色の歴史短編集。

松本清張著

或る「小倉日記」伝

芥川賞受賞　傑作短編集(一)

体が不自由で孤独な青年が小倉在住時代の鷗外を追究する姿を描いて、芥川賞に輝いた表題作など、名もない庶民を主人公にした12編。

松本清張著

黒地の絵

傑作短編集(二)

朝鮮戦争のさなか、米軍黒人兵の集団脱走事件が起きた基地小倉を舞台に、妻を犯された男のすさまじい復讐を描く表題作など9編。

松本清張著

西郷札

傑作短編集(三)

西南戦争の際に、薩軍が発行した軍票をもとに一攫千金を夢みる男の破滅を描く処女作の「西郷札」など、異色時代小説12編を収める。

松本清張著

佐渡流人行

傑作短編集(四)

逃れるすべのない絶海の孤島佐渡を描く「佐渡流人行」、下級役人の哀しい運命を辿る「甲府在番」など、歴史に材を取った力作11編。

松本清張著

張込み

傑作短編集(五)

平凡な主婦の秘められた過去を、殺人犯を張込み中の刑事の眼でとらえて、推理小説界に新風を吹きこんだ表題作など8編を収める。

松本清張著
駅路
傑作短編集(六)
これまでの平凡な人生から解放されたい……。停年後を愛人と送るために失踪した男の悲しい結末を描く表題作など、10編の推理小説集。

松本清張著
わるいやつら(上・下)
厚い病院の壁の中で計画される院長戸谷信一の完全犯罪！ 次々と女を騙しては金をまき上げて殺す恐るべき欲望を描く長編推理小説。

松本清張著
歪んだ複写
―税務署殺人事件―
武蔵野に発掘された他殺死体。腐敗した税務署の機構の中に発生した恐るべき連続殺人を描いて、現代社会の病巣をあばいた長編推理。

松本清張著
半生の記
金も学問も希望もなく、印刷所の版下工としてインクにまみれていた若き日の姿を回想して綴る〈人間松本清張〉の魂の記録である。

松本清張著
黒い福音
現実に起った、外人神父によるスチュワーデス殺人事件の顛末に、強い疑問と怒りをいだいた著者が、推理と解決を提示した問題作。

松本清張著
ゼロの焦点
新婚一週間で失踪した夫の行方を求めて、北陸の灰色の空の下を尋ね歩く禎子がまき込まれた連続殺人！『点と線』と並ぶ代表作品。

松本清張著
眼の壁

白昼の銀行を舞台に、巧妙に仕組まれた三千万円の手形サギ。責任を負った会計課長の自殺の背後にうごめく黒い組織を追う男を描く。

松本清張著
点と線

一見ありふれた心中事件に隠された奸計！列車時刻表を駆使してリアリスティックな状況を設定し、推理小説界に新風を送った秀作。

松本清張著
黒い画集

身の安全と出世を願う男の生活にさす暗い影。絶対に知られてはならない女関係。平凡な日常生活にひそむ深淵の恐ろしさを描く7編。

松本清張著
霧の旗

兄が殺人犯の汚名のまま獄死した時、桐子は依頼を退けた弁護士に対する復讐を開始した。法と裁判制度の限界を鋭く指摘した野心作。

松本清張著
蒼い描点

女流作家阿沙子の秘密を握るフリーライターの変死――事件の真相はどこにあるのか？代作の謎をひめて、事件は意外な方向へ……。

松本清張著
影の地帯

信濃路の湖に沈められた謎の木箱を追う田代の周囲で起る連続殺人！　ふとしたことから凄惨な事件に巻き込まれた市民の恐怖を描く。

松本清張著
時間の習俗
相模湖畔で業界紙の社長が殺された！　容疑者の強力なアリバイを『点と線』の名コンビ三原警部補と鳥飼刑事が解明する本格推理長編。

松本清張著
砂の器（上・下）
東京・蒲田駅操車場で発見された扼殺死体！新進芸術家として栄光の座をねらう青年の過去を執拗に追う老練刑事の艱難辛苦を描く。

松本清張著
黒の様式
思春期の息子を持つ母親が、その手に負えない行状から、二十数年前の姉の自殺の真相にたどりつく「歯止め」など、傑作中編小説三編。

松本清張著
Dの複合
雑誌連載「僻地に伝説をさぐる旅」の取材旅行にまつわる不可解な謎と奇怪な事件！　古代史、民俗説話と現代の事件を結ぶ推理長編。

松本清張著
眼の気流
車の座席で戯れる男女に憎悪を燃やす若い運転手、愛人に裏切られた初老の男。二人の男の接点に生じた殺人事件を描く表題作等5編。

松本清張著
巨人の磯
大洗海岸に漂着した、巨人と見紛うほどに膨張した死体。その腐爛状態に隠された驚きのトリックとは。表題作など傑作短編五編。

渦　松本清張著

テレビ局を一喜一憂させ、その全てを支配する視聴率。だが、正体も定かならぬ調査による集計は信用に価するか。視聴率の怪に挑む。

共犯者　松本清張著

銀行を襲い、その金をもとに事業に成功した内堀彦介は、真相露顕の恐怖から五年前に別れた共犯者を監視し始める……表題作等10編。

渡された場面　松本清張著

四国と九州の二つの殺人事件が、小さな同人雑誌に発表された小説の一場面によって結びついた時、予期せぬ真相が……。推理長編。

水の肌　松本清張著

利用して捨てた女がかつての同僚と再婚していた――男の心に湧いた理不尽な怒りが平凡な日常を悲劇にかえる。表題作等5編を収録。

隠花の飾り　松本清張著

愛する男と結婚するために、大金を横領する女、年下の男のために身を引く女……。転落してゆく女たちを描く傑作短編11編。

天才画の女　松本清張著

彗星のように現われた新人女流画家。その作品が放つ謎めいた魅力――。画壇に巧妙にめぐらされた策謀を暴くサスペンス長編。

松本清張著

憎悪の依頼

金銭貸借のもつれから友人を殺した孤独な男の、秘められた動機を追及する表題作をはじめ、多彩な魅力溢れる10編を収録した短編集。

松本清張著

砂漠の塩

カイロからバグダッドへ向う一組の日本人男女。妻を捨て夫を裏切った二人は、不毛の愛を砂漠の谷間に埋めねばならなかった――。

松本清張著

黒革の手帖（上・下）

横領金を資本に銀座のママに転身したベテラン女子行員。夜の紳士を相手に、次の獲物をねらう彼女の前にたちふさがるものは――。

松本清張著

蒼ざめた礼服

新型潜水艦の建造に隠された国防の闇。日米巨大武器資本の蠢動。その周辺で相次ぐ死者……。白熱、迫真の社会派ミステリー。

松本清張著

状況曲線（上・下）

二つの殺人の巧妙なワナにはめられ、追いつめられていく男。そして、発見された男の死体。三つの殺人の陰に建設業界の暗闘が……。

松本清張著

けものみち（上・下）

病気の夫を焼き殺して行方を絶った民子。疑惑と欲望に憑かれて彼女を追う久恒刑事。悪と情痴のドラマの中に権力機構の裏面を抉る。

西村京太郎著

阿蘇・長崎「ねずみ」を探せ

テレビ局で起きた殺人事件。第一容疑者は失踪。事件の鍵は阿蘇山麓に？　十津川警部の推理が、封印されていた〝過去〟を甦らせる。

西村京太郎著

寝台特急「サンライズ出雲」の殺意

寝台特急爆破事件の現場から消えた謎の男。続発する狙撃事件。その謎を追う十津川警部の前に立ちはだかる、意外な黒幕の正体は！

西村京太郎著

黙示録殺人事件

狂信的集団の青年たちが次々と予告自殺をする。集団の指導者は何を企んでいるのか？十津川警部が〝現代の狂気〟に挑む推理長編。

西村京太郎著

生死の分水嶺・陸羽東線

鳴子温泉で、なにかを訪ね歩いていた若い女の死体が、分水嶺の傍らで発見された。十津川警部が運命に挑む、トラベルミステリー。

西村京太郎著

十津川警部　時効なき殺人

会社社長の失踪、そして彼の親友の殺害。二つの事件をつなぐ鍵は三十五年前の洞爺湖に。旅情あふれるミステリー＆サスペンス！

西村京太郎著

神戸電鉄殺人事件

異人館での殺人を皮切りに、プノンペン、東京駅、神戸電鉄と、次々に起こる殺人事件。大胆不敵な連続殺人に、十津川警部が挑む。

新田次郎著
強力伝・孤島
直木賞受賞
直木賞受賞の処女作「強力伝」ほか、「八甲田山」「凍傷」「おとし穴」「山犬物語」など、山岳小説に新風を開いた著者の初期の代表作。

新田次郎著
孤高の人（上・下）
ヒマラヤ征服の夢を秘め、日本アルプスの山々をひとり疾風の如く踏破した〝単独行の加藤文太郎〟の劇的な生涯。山岳小説の傑作。

新田次郎著
八甲田山死の彷徨
全行程を踏破した弘前三十一聯隊と、一九九名の死者を出した青森五聯隊——日露戦争前夜、厳寒の八甲田山中での自然と人間の闘い。

新田次郎著
アイガー北壁・気象遭難
千八百メートルの巨大な垂直の壁に挑んだ二人の日本人登山家を実名小説として描く「アイガー北壁」をはじめ、山岳短編14編を収録。

新田次郎著
銀嶺の人（上・下）
仕事を持ちながら岩壁登攀に青春を賭け、女性では世界で初めてマッターホルン北壁完登を成しとげた二人の実在人物をモデルに描く。

新田次郎著
アラスカ物語
十五歳で日本を脱出、アラスカにわたり、エスキモーの女性と結婚。飢餓から一族を救出して救世主と仰がれたフランク安田の生涯。

吉村昭著
ポーツマスの旗

近代日本の分水嶺となった日露戦争とポーツマス講和会議。名利を求めず講和に生命を燃焼させた全権・小村寿太郎の姿に光をあてる。

吉村昭著
冷い夏、熱い夏
毎日芸術賞受賞

肺癌に侵され激痛との格闘のすえに逝った弟。強い信念のもとに癌であることを隠し通し、ゆるぎない眼で死をみつめた感動の長編小説。

吉村昭著
天狗争乱
大佛次郎賞受賞

幕末日本を震撼させた「天狗党の乱」。水戸尊攘派の挙兵から中山道中の行軍、そして越前での非情な末路までを克明に描いた雄編。

吉村昭著
プリズンの満月

東京裁判がもたらした異様な空間……巣鴨プリズン。そこに生きた戦犯と刑務官たちの懊悩。綿密な取材が光る吉村文学の新境地。

吉村昭著
島抜け

種子島に流された大坂の講釈師瑞龍は、流人仲間と脱島を決行。漂流の末、流れついた先は何と中国だった……。表題作ほか二編収録。

吉村昭著
大黒屋光太夫（上・下）

鎖国日本からロシア北辺の地に漂着し、帝都ペテルブルグまで漂泊した光太夫の不屈の生涯。新史料も駆使した漂流記小説の金字塔。

城山三郎著　**総会屋錦城**　直木賞受賞

直木賞受賞の表題作は、総会屋の老練なボス錦城の姿を描いて株主総会のからくりを明かす異色作。他に本格的な社会小説6編を収録。

城山三郎著　**役員室午後三時**

日本繊維業界の名門華王紡に君臨するワンマン社長が地位を追われた――企業に生きる人間の非情な闘いと経済のメカニズムを描く。

城山三郎著　**雄気堂々**（上・下）

一農夫の出身でありながら、近代日本最大の経済人となった渋沢栄一のダイナミックな人間形成のドラマを、維新の激動の中に描く。

城山三郎著　**男子の本懐**

〈金解禁〉を遂行した浜口雄幸と井上準之助。性格も境遇も正反対の二人の男が、いかにして一つの政策に生命を賭したかを描く長編。

城山三郎著　**落日燃ゆ**　毎日出版文化賞・吉川英治文学賞受賞

戦争防止に努めながら、A級戦犯として処刑された只一人の文官、元総理広田弘毅の生涯を、激動の昭和史と重ねつつ克明にたどる。

城山三郎著　**指揮官たちの特攻**　―幸福は花びらのごとく―

神風特攻隊の第一号に選ばれた関行男大尉、玉音放送後に沖縄へ出撃した中津留達雄大尉。二人の同期生を軸に描いた戦争の哀切。

新潮文庫の新刊

畠中恵著
こいごころ
若だんなを訪ねてきた妖狐の老々丸と笹丸。三人は事件に巻き込まれるが、笹丸はある秘密を抱えていて……。優しく切ない第21弾。

町田そのこ著
コンビニ兄弟4
―テンダネス門司港こがね村店―
最愛の夫と別れた女性のリスタート。ヒーローになれなかった男と、彼こそがヒーローだった男との友情。温かなコンビニ物語第四弾。

黒川博行著
熔果
五億円相当の金塊が強奪された。堀内・伊達の元刑事コンビはその行方を追う。脅す、騙す、殴る、蹴る。痛快クライム・サスペンス。

谷川俊太郎著
ベージュ
弱冠18歳で詩人は産声を上げ、以来70余年、谷川俊太郎の詩は私たちと共に在り続ける――。長い道のりを経て結実した珠玉の31篇。

紺野天龍著
堕天の誘惑
幽世(かくりよ)の薬剤師
破鬼の巫女・御巫綺翠と連れ立って歩く美貌の「猊下」。彼の正体は天使か、悪魔か。現役薬剤師が描く異世界×医療×ファンタジー。

貫井徳郎著
邯鄲の島遥かなり（下）
一橋家あっての神生島の時代は終わり、一ノ屋の血を引く信介の活躍で島は復興を始める。一五〇年を生きる一族の物語、感動の終幕。

新潮文庫の新刊

結城真一郎著
救国ゲーム
〝奇跡〟の限界集落で発見された惨殺体。救国のテロリストによる劇場型犯罪の謎を暴け。最注目作家による本格ミステリ×サスペンス。

松田美智子著
飢餓俳優　菅原文太伝
誰も信じず、盟友と決別し、約束された成功を拒んだ男が生涯をかけて求めたものとは。昭和の名優菅原文太の内面に迫る傑作評伝。

結城光流著
守り刀のうた
邪気を祓う力を持つ少女・うたと、伯爵家の御曹司・麟之助(りんのすけ)のバディが、命がけで魑魅魍魎(ちみもうりょう)に挑む！　謎とロマンの妖(あやかし)ファンタジー。

筒井ともみ著
もういちど、あなたと食べたい
名脚本家が出会った数多くの俳優や監督たち。彼らとの忘れられない食事を、余情あふれる名文で振り返る美味しくも儚いエッセイ集。

玖月晞(ジウユエシー)
泉京鹿訳
少年の君
優等生と不良少年。二人の孤独な魂が惹かれ合うなか、不穏な殺人事件が発生する。中国でベストセラーを記録した慟哭の純愛小説。

C・S・ルイス
小澤身和子訳
ナルニア国物語1
ライオンと魔女
四人きょうだいの末っ子ルーシーは、衣装だんすの奥から別世界ナルニアへと迷い込む。世界中の子どもが憧れた冒険が新訳で蘇る！

新潮文庫の新刊

隆慶一郎著
花と火の帝（上・下）
皇位をかけて戦う後水尾天皇と卑怯な手を使う徳川幕府。泰平の世の裏で繰り広げられた呪力の戦いを描く、傑作長編伝奇小説！

一條次郎著
チェレンコフの眠り
飼い主のマフィアのボスを喪ったヒョウアザラシのヒョーは、荒廃した世界を漂流する。愛おしいほど不条理で、悲哀に満ちた物語。

大西康之著
起業の天才！
―江副浩正　8兆円企業リクルートをつくった男―
インターネット時代を予見した天才は、なぜ闇に葬られたのか。戦後最大の疑獄「リクルート事件」江副浩正の真実を描く傑作評伝。

徳井健太著
敗北からの芸人論
芸人たちはいかにしてどん底から這い上がったのか。誰よりも敗北を重ねた芸人が、挫折を知る全ての人に贈る熱きお笑いエッセイ！

永田和宏著
あの胸が岬のように遠かった
―河野裕子との青春―
歌人河野裕子の没後、発見された膨大な手紙と日記。そこには二人の男性の間で揺れ動く切ない恋心が綴られていた。感涙の愛の物語。

帚木蓬生著
花散る里の病棟
町医者こそが医師という職業の集大成なのだ――。医家四代、百年にわたる開業医の戦いと誇りを、抒情豊かに描く大河小説の傑作。

死の枝

新潮文庫　ま-1-31

昭和四十九年十二月十六日　発行
平成二十一年八月三十日　五十三刷改版
令和六年十二月十日　六十刷

著者　松本清張
発行者　佐藤隆信
発行所　株式会社 新潮社

郵便番号　一六二―八七一一
東京都新宿区矢来町七一
電話　編集部(〇三)三二六六―五四四〇
読者係(〇三)三二六六―五一一一
https://www.shinchosha.co.jp

価格はカバーに表示してあります。

乱丁・落丁本は、ご面倒ですが小社読者係宛ご送付ください。送料小社負担にてお取替えいたします。

印刷・錦明印刷株式会社　製本・株式会社大進堂
© Youichi Matsumoto 1967 Printed in Japan

ISBN978-4-10-110932-9 C0193